Pr Jean-Claude Chermann
Olivier Galzi

Tout le monde doit connaître cette histoire

Stock

Ouvrage publié sous la direction de
Véronique de Bure

ISBN 978-2-234-06375-4

À Dany, Jean-François et Olivier, pour avoir partagé si longtemps mes joies comme mes peines.

À mon père et mon beau-père, qui n'ont pas connu mon travail dans la découverte du virus.

Jean-Claude Chermann

À ma fille, Victoria, et à son frère, Valentin... Que cette histoire les aide à mieux comprendre les chemins de la vie.

À mes parents, qui ont toujours répondu à mes questions.

À Marguerite, pour sa patience, son amour, et pour la justesse de son regard.

Olivier Galzi

« Si parfois j'ai troublé le calme de nos Académies par des discussions un peu vives, c'est que je défendais passionnément la vérité. »

Louis Pasteur

« Ce n'est pas parce que les choses sont difficiles que nous n'osons pas, c'est parce que nous n'osons pas qu'elles sont difficiles. »

Sénèque

Introduction

Pour bien commencer cette histoire, je vais être honnête avec vous, avant d'écrire ce livre, je ne connaissais pas Jean-Claude Chermann. Son nom m'est apparu à l'occasion du prix Nobel de médecine 2008. L'exercice journalistique a cette particularité, qui peut ne pas plaire à tout le monde, mais qui est un fait : il faut mettre une « casquette » à tous ceux qui font l'actualité dans nos journaux. Sur celle de Jean-Claude Chermann, il était clairement écrit : « L'oublié du prix Nobel de médecine. » J'étais trop jeune à l'époque pour m'en souvenir, mais, il y a vingt-cinq ans, le professeur avait une autre casquette dans les médias. Il était « le découvreur du virus responsable du sida ». Comment un chercheur aussi brillant pouvait-il ainsi être écarté d'un prix qui récompensait sa découverte, celle qu'il avait faite avec son équipe dans son laboratoire ? Comment pouvait-il avoir été oublié, rayé de la mémoire collective ? C'est avec ces questions en tête que j'ai décidé de le rencontrer pour la première fois au printemps 2009. Je n'ai pas été déçu par l'histoire qu'il m'a racontée. Cette histoire est l'une des plus belles qu'il m'ait été donné d'entendre. C'est l'histoire d'un homme, parti de rien, qui a payé son lycée et ses études en vendant des frites dans les fêtes foraines. C'est l'histoire d'un « cherchant », plus que d'un chercheur, qui rêve de sauver l'humanité. C'est l'histoire de sa rencontre avec le plus grand tueur en série de tous les temps : le sida, avec ses 27 millions de morts et des millions de victimes à venir. C'est l'histoire d'un homme qui, comme un détective, va traquer le tueur. Il y a vingt-cinq ans, il a été le premier à l'identifier. Depuis, il l'observe, le suit à la trace, tente de trouver son talon d'Achille. Pour la première fois dans l'histoire de la médecine, les chercheurs du monde entier sont confrontés à un adversaire plus intelligent qu'eux. Pourquoi ? Car il maîtrise le nerf de toute guerre : la vitesse. Il mute, constamment, et neutralise ainsi des légions de scientifiques dont les armes, à peine élaborées, sont déjà dépassées. C'est aussi l'histoire d'un « scandale », presque au sens biblique du terme. L'homme qui avait découvert le mal, le porteur de la nouvelle, devait être banni, exclu. Cela prendra un quart de siècle. L'oubli du Nobel n'est pas un point de départ, mais un aboutissement, la conclusion logique d'un système implacable régi par les lois du dogmatisme et du mercantilisme. Le problème, c'est que ce système, décrit dans ce livre, est celui... de la santé publique !

Ce système, Jean-Claude Chermann l'a refusé. Après avoir découvert le virus, il a très vite compris que l'art de la guerre couché sur les testaments et textes sacrés des mandarins de la médecine ne suffirait pas. Il fallait penser autrement. Tout reprendre à zéro. Revenir aux temps héroïques où les combattants de la médecine devaient fabriquer eux-mêmes leurs armes et non pas les commander en kit auprès des grands laboratoires. Il a donc fait, sacrilège, ce que personne n'avait fait avant lui : il a quitté le Temple, l'Institut Pasteur. Un geste qui lui a coûté cher. Depuis, personne ne semble plus s'intéresser à ses recherches sur un vaccin. Personne, sauf... aux États-Unis. Quelle ironie du sort pour l'homme qui s'est battu là-bas pour que le monde entier reconnaisse que la découverte du virus était française ! Nul n'est prophète en son pays...

À la fin de cette histoire, je me suis même posé cette question : la France saurait-elle aujourd'hui reconnaître Louis Pasteur s'il venait à se présenter ? En lisant ce livre, vous verrez que rien n'est moins sûr. Et pourtant, vous le verrez aussi, à travers l'exemple donné par Jean-Claude Chermann, sa ténacité, sa volonté, sa capacité à sortir sans cesse des sentiers battus, cette histoire est un message d'espoir. C'est une histoire que tout le monde doit connaître.

OLIVIER GALZI

1

En route pour un destin

Naître en 1939 n'est probablement pas anodin pour quiconque a un destin. Lorsque la vie offre à vos yeux tout neufs la vision de ce qu'il y a de plus moche, elle imprime aussi nécessairement en vous une force intérieure qui vous suivra jusqu'à la mort. Au début, en écrivant ce livre, je ne souhaitais pas accorder trop d'importance à ce chapitre sur l'enfance et la jeunesse de Jean-Claude Chermann. Je pensais qu'il fallait « aller à l'essentiel ». Mais à force de l'écouter, j'ai fini par comprendre que l'essentiel était là.

*

Olivier Galzi : La communauté scientifique s'accorde aujourd'hui à dire que la découverte du virus du sida fut l'une des plus grandes découvertes du siècle. Comment en êtes-vous arrivé à vous retrouver au cœur de cette incroyable aventure ?

Jean-Claude Chermann : Par hasard... et grâce à quelques belles rencontres ! Rien a priori ne me destinait à embrasser la carrière de chercheur. Je suis petit-fils d'immigrés, russes du côté de mon père, espagnols du côté de ma mère. Leurs parents avaient fui la misère de leur pays. Mes grands-parents habitaient Nogent-sur-Marne et vendaient des lessives et toutes sortes de produits ménagers dont ils avaient l'exclusivité sur les marchés. Mes parents sont tous les deux nés à Paris et se sont rencontrés chez Gégène, une guinguette du bord de Marne. Mon père était un monsieur brillant. Pendant la guerre, anéanti par la déportation de toute sa famille vers les camps nazis, mon père a commencé à boire, abandonnant au passage sa joie de vivre, son foyer familial et ses devoirs paternels (mais après, il a été un père, un beau-père et un grand-père parfait !). Ma mère, qui pour financer mes études travaillait le jour comme serveuse et le soir comme ouvreuse dans un théâtre, ne parvenait plus à subvenir à nos besoins. Résignée, elle avait donc décidé qu'à la sortie du collège il me faudrait travailler. Nous étions à deux mois de mon BEPC (Brevet des collèges) et elle avait pris rendez-vous avec un imprimeur dans le quartier où nous habitions. Ce dernier cherchait en urgence un typographe. Heureusement, cet homme de lettres était aussi un homme de cœur. Il comprit en quelques minutes la situation et fit passer mon intérêt avant celui de son commerce, convainquant ma mère que nous n'en étions pas à deux mois près et qu'il fallait que je passe d'abord mon diplôme. Le rendez-vous avait duré dix minutes, il s'acheva par un clin d'œil du vieil imprimeur à mon endroit. Je garderai toujours ce clin d'œil en mémoire, comme un clin d'œil de la vie. Il y en a eu d'autres ensuite.

En quelque sorte, nous devons à cet imprimeur anonyme votre découverte du virus du sida !

Oui, et pas seulement à lui. Déjà bien avant, quand j'étais au CM2 à l'école communale, l'instituteur avait convaincu ma mère de me faire passer le concours d'entrée en sixième et de m'envoyer au lycée. Nous ne savions même pas ce que c'était qu'un lycée dans notre famille. Personne avant moi n'y avait mis les pieds. J'ai été m'inscrire seul au lycée Condorcet à Paris, et tout se passa bien jusqu'à l'épisode du typographe. C'est là que j'ai réalisé les problèmes financiers de ma mère. Je voyais bien qu'elle faisait de son mieux, mais qu'elle ne pourrait pas se permettre de financer des études. J'ai donc passé tous les week-ends et toutes les vacances qui ont suivi à faire des petits boulots. Le plus lucratif était celui de vendeur de saucisses-frites dans toutes les foires de Paris ! La fête des Loges, la fête à Neu-Neu, la foire du Trône… J'ai même fait les bals géants des Invalides. C'était incroyable, il y avait une ambiance de dingue ! Je pouvais bosser vingt-quatre heures d'affilée, non-stop, et j'arrivais ainsi à gagner jusqu'à mille francs ! C'était beaucoup, à l'époque, et ça payait mes études. En quelque sorte, on peut dire que les danseurs des Invalides et les parents qui emmenaient leurs enfants à la fête foraine ont, eux aussi, en achetant mes sandwichs, participé à leur manière à la découverte du virus !

Revenons un instant sur cette petite enfance. Vous êtes né en 1939, juste avant la guerre. Vous avez parlé de la déportation de votre famille dans les camps nazis. Vous vous en souvenez ?

Parfaitement. C'est probablement mon premier souvenir. J'avais quatre ans. Je revois mon père à califourchon sur une chaise, comme un gamin. Il se cachait la tête dans les bras et il pleurait. Mes grands-parents s'apprêtaient à partir. Lui restait : il n'était pas sur la liste. Ils lui disaient : « Ne t'inquiète pas, il s'agit d'une vérification, nous allons revenir. » Une camionnette bâchée est arrivée en bas de l'immeuble. Je l'ai vue, la camionnette Peugeot... Elle les a emportés avec mes oncles, mes tantes, leurs enfants et d'autres familles. Il y avait des bébés qui pleuraient. Autour, les badauds passaient comme si de rien n'était. Je m'en souviens très bien. Ils ne sont jamais revenus.

Aucun d'entre eux ?

Si, une seule. Une de mes tantes. Elle avait deux jumeaux de seize ans et un bébé qui venait de naître. En arrivant à la gare de Drancy, elle a compris qu'il ne s'agissait pas d'une simple vérification. Avec son bébé dans les bras, elle a demandé à un soldat allemand le droit de quitter la file pour aller le changer. Le soldat a très bien compris qu'elle essayait de s'enfuir. Mais, probablement, l'image de cette jeune maman avec son nouveau-né l'a attendri. Il l'a laissée partir... (*Silence.*) Je ne veux pas m'appesantir là-dessus. Ce que je veux vous dire, c'est que j'ai probablement, ce jour-là, acquis une certitude. On a souvent dit de moi par la suite que j'étais trop pressé. Trop pressé d'annoncer une découverte ou un vaccin... Mais depuis ce jour, je sais que, dans la vie, il n'y a pas de temps à perdre.

Ce drame a ensuite déchiré votre famille ?

Oui. Mon père ne s'en est pas remis. Il s'est mis à jouer aux cartes, à boire, puis il est devenu violent... Mes parents ont divorcé. Le tribunal, sous contrôle allemand, a confié ma garde à ma mère, et celle de mon frère à mon père. C'est là qu'elle m'a envoyé chez ses parents en Seine-et-Marne. Là-bas, je peux dire que j'ai expérimenté la vraie misère. Les Montoya, comme beaucoup d'immigrés espagnols, étaient arrivés en France en 1920. Ils ont d'abord vécu non loin des bords de Seine, dans un wagon désaffecté, comme des vagabonds. Mais comme mon grand-père était un travailleur acharné, il a pu gravir un à un les échelons, devenant contremaître dans une usine des eaux, celle qui alimentait Paris. C'est chez eux que j'ai commencé à apprendre la vie. J'ai ainsi quelques souvenirs qui, je pense, ont joué un grand rôle pour la suite. Je me souviens de mon grand-père à table me disant : « Tu manges trop, tu nous coûtes trop cher, ta mère n'envoie pas assez d'argent. » Ce jour-là, je suis allé pleurer dans le jardin. Pour se faire pardonner, le grand-père est venu m'apporter un bout de gâteau. Par effronterie, je l'ai donné au chien que j'étais en train de caresser et qui n'a pas demandé son reste… Je peux vous dire que j'ai ensuite passé un sale quart d'heure ! Je me souviens de mon oncle préféré, Émile. À quinze ans, il s'était engagé dans la Résistance et m'avait fièrement montré son fusil avant de partir pour le maquis. Je l'admirais. À la fin de la guerre, il avait rejoint la 2e DB du général Leclerc. Lui, jeune immigré espagnol mais fier d'être français, a compté parmi les héros qui ont libéré Paris. Lorsque la capitale fut libre, les radios ne marchaient plus. Il fallait donc annoncer la bonne nouvelle aux Parisiens. Il a enfourché une mobylette en criant victoire à tue-tête. Un soldat allemand, qui était resté caché derrière une fenêtre, l'a abattu. Il avait dix-huit ans. Je vous raconte cela parce que cette idée de mourir quand on ne devrait pas m'est devenue ce jour-là insupportable. Vous comprenez, mourir au combat, ce n'est pas anormal, mais pas après la victoire…

Votre mère revient vous chercher juste après la guerre ?

Non. Il lui fallait le temps de s'installer, de trouver un logement décent et un travail qui lui permette de me faire revenir auprès d'elle. Cela arrivera en 1950. Lorsqu'elle est venue me chercher en me disant :

« On rentre à Paris », je crois que ç'a été le plus beau jour de ma vie ! J'avais onze ans.

Et c'est donc là que votre instituteur a insisté auprès de votre mère pour que vous entriez au lycée...

Oui, j'ai connu le pire et le meilleur de ce que l'Éducation nationale peut produire. À Esternay, dans la Marne, j'avais eu droit à l'étoile jaune et à l'instituteur qui passait son temps à me punir. J'avais quatre ans. Il s'était mis en tête de me faire comprendre ce que cela signifiait d'être juif. Régulièrement, je subissais donc l'épreuve de la craie. J'étais à genoux, face au mur, avec une craie coincée entre le mur et mon nez. Dès qu'elle tombait, il me battait. Quand je suis arrivé à Paris, j'ai rencontré l'opposé. L'instituteur à l'écoute, émerveillé par mon parcours et surtout par le fait que je vienne de « la campagne », comme il disait. Il devait avoir une adoration secrète pour Rousseau, car il disait toujours : « Regardez Jean-Claude, je le vois assis au pied d'un arbre en train de lire... Prenez exemple ! » Bref, il pensait, contrairement à ce qui était mon devenir en Seine-et-Marne – être premier de canton –, que mon avenir devait dépasser l'usine de tuyaux de Longueville. Alors il a fait le forcing auprès de ma mère pour que j'entre au lycée.

Vous saviez déjà à cette époque que vous vouliez devenir chercheur ?

Non. D'ailleurs, par goût des lettres, j'ai passé un bac littéraire ! Mais comme je rêvais de devenir chirurgien, j'ai pris des cours par correspondance de physique et de mathématiques après le bac. Je les potassais le soir après mon service. À cette époque, j'avais trouvé une place de serveur dans un bistrot. Au début, je l'avais fait pour payer mes études, mais je dois dire que je ne suis jamais allé au travail en rechignant, car c'est au comptoir, en regardant les clients, en observant leurs habitudes, que j'ai appris « l'humain ». Je peux même dire que j'en ai plus appris sur l'homme en me postant derrière mon comptoir que par la suite, en tentant de percer les mystères de la vie au microscope... Bref, après ces cours par correspondance, j'ai passé un deuxième bac qui me permit d'être reçu parmi les premiers à la faculté des sciences de la Sorbonne. J'y ai vécu de superbes années. Du travail, beaucoup, un amour, un grand, Dany, qui deviendra mon épouse, et du rugby... ma passion ! Je jouais tous les dimanches au Paris Université Club. Je ne saurais dire tout ce que je dois à ce sport : il m'a appris la rigueur, l'honnêteté, le contrôle de soi, l'esprit d'équipe... En un mot, il m'a aidé à devenir un homme.

Votre épouse, Dany, est toujours à vos côtés aujourd'hui. Elle vous a toujours soutenu. Pouvez-vous nous dire un mot de votre rencontre ?

Elle étudiait aussi à la fac de sciences, et nous partagions les cours de travaux pratiques. Elle était mon binôme de TP. Je l'avais repérée depuis longtemps, mais je n'osais pas l'approcher en dehors des cours. De toute façon, les études, le travail et le rugby me prenaient tout mon temps. Dany – c'était son nom – ne comprenait pas que je ne lui propose jamais d'aller boire un verre après les cours alors que nous venions tout de même de partager l'intimité d'une dissection de lapin… Un jour, une amie, Marie-José, me demande : « De toutes les filles qui sont là, il n'y en a pas une qui te plaise ? » Elle espérait, je crois, que je lui dise : « Si, toi bien sûr ! » Mais j'ai été un peu goujat et j'ai montré du doigt celle qui avait mes faveurs. « Trop belle et trop distinguée pour toi », m'a-t-elle répondu. Ce n'était pas tout à fait faux, encore que j'étais beau gosse, à l'époque ! Quand même, ça m'a mouché. Alors, après un TP, je me suis décidé. Je lui ai proposé de la raccompagner en scooter jusqu'à la gare Saint-Lazare (elle habitait Nanterre). Jusqu'au jour où je me suis maladroitement lancé dans une déclaration d'amour. Pour ne pas l'attaquer de front, je lui ai fait le portrait de la femme idéale… Elle n'a même pas compris que je parlais d'elle et que j'étais en train de lui déclarer ma flamme !

Et alors ?

Et alors, paradoxalement, les choses se sont arrangées après mon accident de scooter…

2

Un mauvais virage

Il y a parfois, dans la vie, des moments où l'on se dit : « Game over. *Ma vie s'arrête là.* » *Un drame, un accident grave, une nouvelle dont on est persuadé, sur l'instant, qu'elle marque le point final à tous les rêves que l'on a pu former. Cette impression, cette certitude, Jean-Claude Chermann l'a eue au détour d'un virage. Il venait de quitter le cours de travaux pratiques de l'université. Il se souvient d'avoir pris son scooter, puis... plus rien. C'est Dany, celle qui deviendra son épouse, qui raconte la suite : « Je suis allée le voir à l'hôpital. Il était dans une grande salle qui ressemblait à un immense mouroir. Lorsqu'on m'a indiqué son lit, je me suis approchée... Il était méconnaissable. Je ne le lui ai pas dit sur le moment, bien sûr, mais je ne l'ai reconnu que grâce à sa voix et à ses mains qui étaient restées intactes. Étrangement, je ne voyais pas qu'il était abîmé. J'étais amoureuse, mais cela, il ne le savait pas. Je l'admirais. Je l'admirais pour toutes ses qualités, pour tout ce qu'il avait fait pour s'en sortir. À l'université, la plupart des étudiants n'avaient pas eu à se battre. Leur carrière, leurs études étaient une suite logique des promesses de leur milieu familial. Jean-Claude, lui, était différent et, en plus, il était meilleur que nous tous en cours. Après son accident, mes parents n'étaient pas très favorables à ce que je poursuive ma relation. D'autant qu'elle n'avait pas vraiment commencé... Nous flirtions, mais nous n'avions pas encore su nous dire que nous nous aimions. Après l'accident, mes parents ont donc pensé qu'il ne serait résolument pas un bon parti pour leur fille. Pour moi, l'argent ne comptait pas ; de toute façon, on n'en avait pas. Tout ce qui comptait, c'était que je l'aimais. »*

*

Parlez-moi de votre accident de scooter.

Je sortais d'une expérience de laboratoire dans les sous-sols de la Sorbonne. Sans m'en apercevoir, j'avais inhalé un gaz que nous avions utilisé lors de nos travaux pratiques, pour endormir et disséquer des poussins. Résultat, j'ai pris mon scooter et je me suis retrouvé le soir à l'hôpital.

Vous ne vous souvenez de rien entre l'accident et le réveil ?

Si, il s'est passé une chose incroyable. Comme quoi, il faut se méfier de ce qu'on dit dans une chambre d'hôpital, même si on pense que le patient n'est pas en état d'entendre. Je me souviens de ma mère parlant avec le médecin et lui demandant s'il allait m'opérer. Sa réponse a été : « Non, on ne l'opère pas. » Ces mots m'ont sauvé, j'en suis persuadé. En entendant cela, j'ai eu la force de me battre car je me suis dit : c'est bon, ce n'est pas grave, on ne m'opère pas. En réalité, mais je ne l'ai compris que plus tard, le médecin avait dit cela en pensant : « On ne l'opère pas, il est inopérable » !

Il pensait que vous étiez condamné ?

Oui, et d'ailleurs, vu l'état de mon crâne, n'importe qui aurait pensé la même chose ! Bref, sa phrase m'a revigoré et le lendemain, à la surprise générale des médecins, je n'étais pas mort ! Au début, personne n'avait le droit de venir me voir. Même moi. Je n'avais pas droit au miroir, de toute façon je n'y voyais rien ! Ma face était tellement enflée que je ne pouvais même pas ouvrir les yeux, et pour réaliser mon électroencéphalogramme, alors que généralement on vous demande d'ouvrir et fermer les yeux, à la place, on m'a demandé de compter. Après, les médecins pensaient probablement que je ne supporterais pas le choc. J'ai donc eu des nouvelles de mon état grâce aux surnoms que me donnaient les infirmières... Au début, elles m'appelaient « Tête de veau » (c'était affectueux). Quand, au bout d'une semaine, elles se sont mises à m'appeler « Tête de fouine », j'ai compris que j'allais mieux !

Et là, vos amis ont eu le droit de venir vous voir ?

Oui, mais même une semaine après ils ne me reconnaissaient pas. Alors j'ai su qu'ils ne me reconnaîtraient plus jamais. C'était terrible comme sentiment. Comme si le Jean-Claude qu'ils avaient connu était mort. Même ma « fiancée » m'a avoué par la suite qu'elle m'avait reconnu grâce à ma voix et mes mains. Au bout de plusieurs semaines, j'ai finalement eu le droit de me rendre seul aux toilettes. C'est là que je me suis vu pour la première fois dans un miroir. Lorsque je me suis regardé, je n'ai pas tout de suite compris qu'il s'agissait de moi. J'étais devenu un monstre. Je me suis mis à pleurer. Je n'avais pas vingt ans. Mon crâne, défoncé d'un côté (il l'est toujours en partie), avait gonflé de l'autre. Sur le moment, je me suis dit que tout était fini : Dany, le rugby, l'avenir… Et puis, quand j'ai vu la réaction de Dany, j'ai eu une révélation. J'ai compris ce jour-là que seul l'intérieur comptait, la « coquille » n'était rien. C'est peut-être ce qui m'a poussé à explorer l'intérieur des cellules humaines !

Cela aurait pu aussi renforcer votre conviction de devenir chirurgien ?

Non. J'ai subi par la suite trois opérations à la tête, à cause d'une maladie nosocomiale, un mauvais staphylocoque doré attrapé à l'hôpital. Les chirurgiens ont fait un travail remarquable. Je me suis dit qu'ils étaient suffisamment nombreux et compétents pour que je ne vienne pas m'ajouter à la liste ! Plus sérieusement, c'est une rencontre (encore une) qui m'a fait dévier de ma vocation originale. Il y a parfois, dans une vie d'étudiant, des professeurs qui peuvent, sans s'en rendre compte, infléchir le cours de votre vie. Le mien s'appelait Jacques Monod. Sa qualité, sa passion, son envie de transmettre ont forgé en moi, dès la première rencontre, une conviction : je serais chercheur.

C'est aussi simple que cela ?

Dans l'idée oui, mais dans les faits… pas vraiment. Une fois diplômé, j'ai répondu à une petite annonce de la Ligue contre le cancer qui offrait une bourse pour devenir chercheur. Mais je me suis heurté à un nouvel obstacle, qui à l'époque s'écrivait dans les termes suivants : « Références morales exigées… » Autrement dit, du piston. Et je n'en avais pas.

Le diplôme ne suffisait pas ?

Non, et ce fut pour moi une immense déception. J'étais sorti parmi les premiers, j'avais travaillé dur, mais ce n'était pas suffisant. Effondré, je suis allé me plaindre auprès de ma mère au bar dans lequel elle travaillait rue Princesse. Rue bien nommée pour moi car ce qui s'est produit ce jour-là relève vraiment du conte de fées ! Un client, le Dr Juin, qui a entendu ma conversation, est venu vers moi et m'a tendu un bout de papier avec un nom et une adresse en me disant : « Allez de ma part à l'Institut Pasteur de Garches, voir le Pr Marcel Raynaud. »

Vous y êtes allé ?

Bien sûr ! Je pensais me faire sortir à coups de pied aux fesses mais j'y suis allé. En guise de coups, le Pr Raynaud m'a reçu avec une proposition de sujet de recherche : les endotoxines. Bien que ne connaissant rien au sujet, je lui ai dit que cela m'intéressait. Il m'a remis une pile de documentation. Sur le moment, je n'ai pas osé regarder, mais en sortant, je me suis aperçu que tout était en anglais ! Ma mère m'avait poussé à apprendre l'espagnol au lycée, parce que c'était son pays d'origine. Le professeur, lui, m'avait conseillé l'allemand, à cause de la guerre. Je me suis donc mis à apprendre l'anglais. Un investissement que je ne regretterais pas par la suite, lorsqu'il me faudrait convaincre le monde entier que nous avions découvert dans mon laboratoire le virus du sida...

Vous êtes donc devenu un spécialiste des endotoxines ?

Et comment ! Le Pr Raynaud m'avait fait confiance, il n'était pas question de le décevoir. Il dirigeait alors un service d'une cinquantaine de personnes, spécialisé dans l'étude des toxines et de certains virus. Dans mon laboratoire de vingt mètres carrés, nous étions cinq, dirigés par Monique Dijon. J'avais bien conscience d'avoir été pris en surnombre. Je me suis donc fait petit, j'ai observé et j'ai appris. Celle qui m'a le plus appris était une technicienne, Jeannette Riza. Je la cite, car je pense qu'il faut toujours rendre hommage à ceux qui vous ont appris… Jeannette m'a appris tout ce qu'elle savait, à commencer par l'observation. Savoir REGARDER. Cela peut paraître stupide et évident, mais un chercheur qui oublie cela en se réfugiant dans sa science est un chercheur qui ne trouvera jamais. Au bout de quelques mois, j'ai proposé à Jeannette d'intervenir, de modifier quelques techniques. J'avais peur qu'elle en prenne ombrage. Bien au contraire. De dix ans mon aînée et bien qu'elle fût désignée comme ma responsable à mon arrivée, elle m'a laissé prendre les choses en main en me disant : « L'élève a dépassé le maître. » De ce jour, j'ai tiré une leçon : on ne peut diriger quelqu'un que si l'on est meilleur que lui…

Votre mentor, le Pr Raynaud, n'a donc pas regretté de vous avoir fait confiance ?

Je ne crois pas, puisqu'il m'a très vite proposé de passer ma thèse de « docteur ès sciences » que j'ai soutenue et obtenue à l'âge de vingt-sept ans, alors que généralement on la passait en fin de carrière. J'étais donc très jeune. Mais pour avoir un poste, à l'époque, il fallait avoir soutenu une thèse.

Qu'est-ce qui vous a poussé ensuite à vous orienter vers la rétrovirologie, science balbutiante à l'époque ?

La rétrovirologie me passionnait. C'est un mécanisme de transformation de cellules tout à fait extraordinaire. Le rétrovirus est un transmetteur de messages d'une espèce à une autre. Prenons un exemple : pendant la période de glaciation, certaines espèces avaient trouvé dans la pilosité la solution pour survivre à ce changement climatique.

Vous voulez dire que le rétrovirus, qui a fait tant de victimes avec le sida, a aussi été une solution trouvée par la nature pour préserver certaines espèces ?

Exactement.

Et lorsque vous choisissez de poursuivre la rétrovirologie, c'est avec cette idée de rester au cœur de l'évolution de la vie ?

J'avais opté pour la rétrovirologie parce que j'étais convaincu qu'on découvrirait le virus du cancer. Je demeure convaincu que certains cancers sont d'origine virale. Je restais donc au cœur de la définition des mécanismes du cancer.

La France avait-elle à l'époque une longueur d'avance en matière de rétrovirologie ?

Pas du tout, personne ne s'y intéressait ! Pour faire mes armes, je suis parti aux États-Unis en 1970, dans le temple de la science, au centre de Bethesda, près de Washington. J'y ai appris beaucoup et notamment une rigueur expérimentale à laquelle, il faut l'avouer, nous n'étions pas habitués en France. Pour atteindre la zone d'expérience, protégée, il fallait passer par trois sas et prendre une douche chaque fois ! Les moyens développés par les Américains pour la recherche étaient incroyables. Pour nous, Français, c'était presque de la science-fiction. Il faut se souvenir qu'en 1970 le président Richard Nixon avait solennellement déclaré la guerre au cancer et notamment à la leucémie. Il avait annoncé la victoire pour 1975. Ses armes : des milliards de dollars qui pleuvaient sur le centre de Bethesda. Qui pouvait douter de l'issue de la bataille ? Kennedy avait bien annoncé que les Américains marcheraient sur la Lune en 1969, ce qui fut fait.

À croire qu'il est plus facile de percer le mystère des étoiles que celui des cellules...

À croire qu'il est plus facile d'explorer l'infiniment grand que l'infiniment petit... c'est vrai. Le problème dans le second cas, c'est que nous ne disposions pas des bons outils d'observation. Pour déterminer la présence d'un rétrovirus dans une cellule, il faut pouvoir identifier une enzyme qui s'appelle la *transcriptase reverse*. Mais pour l'identifier il faut un révélateur, comme pour une photographie en noir et blanc. Si, au laboratoire, on ne met pas le révélateur sur le papier, la photo n'apparaît pas. Eh bien, ces révélateurs, seuls les Américains les possédaient. Mon stage à Bethesda m'a permis d'organiser une filière... Une sorte de « French Connexion » des drogués de la rétrovirologie ! Nous nous fournissions en révélateurs et autres articles scientifiques six mois avant leur parution en France.

Vos amis américains ne craignaient pas la concurrence ?

Non, car nous étions très peu dans le monde à nous intéresser à ce domaine. Nous fonctionnions donc comme une communauté. La rétrovirologie était notre patrie. Il faut dire qu'on ne savait pas encore vraiment à quoi cette science pourrait nous servir. Les seuls rétrovirus identifiés l'avaient été sur des animaux. On n'imaginait pas qu'un jour, un rétrovirus deviendrait le plus grand tueur en série de tous les temps.

Et malgré cela, votre patron de l'Institut Pasteur de Garches vous avait déjà laissé monter votre laboratoire en 1967 ?

Non seulement cela, mais le Pr Raynaud nous a aussi donné les moyens de nos ambitions. C'est ainsi qu'en 1972 nous avons découvert le premier agent antirétroviral au monde, le HPA23 : nous avions prouvé qu'en bloquant la transcriptase reverse, il protégeait les souris de la leucémie. Une découverte qui me vaudra une première médiatisation aux retombées amères...

Pourquoi amères ?

Nous fûmes invités au journal télévisé de l'ORTF tandis qu'un journal à scandale titrait sur notre découverte en une : « La poudre blanche qui guérit le cancer. » J'imagine les faux espoirs que ces médias ont soulevés chez les malades. Car rien ne prouvait que ce qui était valable pour une souris le serait aussi pour l'homme, d'autant qu'à cette époque, encore une fois, personne n'avait isolé de rétrovirus chez un être humain. Quand, des années plus tard, nous avons identifié celui qui était responsable du sida, j'ai ressorti du placard mon HPA23 avec des résultats plutôt intéressants.

La communauté scientifique vous en a voulu de cette mise en lumière trop rapide ?

Et comment ! Une commission scientifique a été montée pour nous sommer de nous expliquer sur cette poudre blanche ! Elle a finalement conclu à l'intérêt de nos travaux (reconnus et publiés par ailleurs aux États-Unis), mais pour le Pr Raynaud, le mal était fait. À cette époque, il était en guerre ouverte pour la succession à la direction de l'Institut Pasteur avec un certain... Jacques Monod. Vous vous souvenez, le professeur qui m'a donné la vocation de chercheur ! Ce dernier a profité de la période d'émoi pour coiffer son concurrent au poteau. Sa première mesure en tant que directeur de l'Institut Pasteur fut de fermer les antennes de la région parisienne, pour des raisons économiques. Faute de laboratoire, le Pr Raynaud sera mis en retraite anticipée. Je venais de mettre un pied dans les intrigues du mandarinat...

Celui qui vous a donné la vocation d'un côté, celui qui vous a fait confiance de l'autre... Ce combat de chefs a dû être pénible pour vous ?

Oui, car les deux hommes avaient la même stature, la même envergure, le même attachement à l'Institut Pasteur. Qu'ils se fussent combattus plutôt qu'alliés m'apparaissait comme un beau gâchis. C'est malheureusement courant dans le domaine de la recherche.

Après la fermeture en 1974 de votre laboratoire de Garches, qu'advient-il de vous ?

Le Pr Monod me convoque pour me « rapatrier » à Paris. Il me demande de choisir entre mes différents sujets de recherche. Selon que je choisirai de poursuivre dans les antiviraux, les endotoxines ou les rétrovirus, me dit-il, je serai rattaché à un service différent. J'optai pour les rétrovirus. Cette spécialité n'existant pas, à l'Institut, je fus rattaché administrativement au service d'oncologie de Luc Montagnier.

Il travaillait sur les rétrovirus ?

Non. C'est d'ailleurs moi qui faisais le cours de rétrovirologie [1] à l'Institut. Lui s'occupait du cours de virologie [2]. Il a accepté que je lui sois rattaché administrativement, mais il m'a prévenu lors de notre première rencontre qu'il n'avait pas assez de place pour accueillir toute mon équipe et mon matériel. C'est ainsi que je me suis retrouvé dans un petit réduit, dans un bâtiment différent du sien. Nos crédits ont fondu comme neige au soleil. J'ai dû me séparer d'une de mes techniciennes. Le chercheur américain qui travaillait avec nous a dû retourner aux États-Unis. Cette époque fut la plus noire de ma carrière. Des raisons administratives venaient de briser l'élan d'une équipe soudée qui avait pourtant commencé à faire ses preuves. Là encore, j'ai vécu cela comme un véritable gâchis. Le seul point positif fut d'envoyer ma jeune stagiaire que j'avais recrutée à Garches en 1971, Françoise Sinoussi, aux États-Unis pour parfaire sa formation, le temps pour nous de remonter un laboratoire digne de ce nom.

Et pendant ce temps-là, qu'avez-vous fait ?

Un jour, François Garcia, un garçon de laboratoire de mon équipe vient me voir et m'annonce : « J'ai trouvé un endroit où l'on pourrait s'agrandir ! » Il m'a emmené dans les sous-sols de l'Institut Pasteur. Derrière une porte, il y avait une pièce sombre qui servait de dépotoir. Depuis des années, les chercheurs de l'Institut y entassaient leurs déchets. Des tubes, des flacons, des débris de toutes sortes. Ce n'était pas très engageant, mais la pièce était deux fois plus grande que celle qui nous avait été allouée. Pendant plusieurs jours, François et moi avons retroussé nos manches, acheté des balais et du détergent, et nous avons vidé, nettoyé, astiqué ! Ç'a l'air fou, mais c'est ainsi que la recherche française a pu reprendre dignement son travail sur les rétrovirus.

Vous voulez dire que, sans la découverte de ce dépotoir en sous-sol, vous n'auriez jamais fait la découverte que vous avez faite par la suite ?

C'est évident. Cette pièce nous a permis de reprendre nos cultures de cellules, de reconstituer nos stocks de virus et notre animalerie, et de faire rentrer Françoise Sinoussi des États-Unis. Les expériences ne se font pas seulement sous un microscope. Il faut aussi savoir apprendre de tout ce qui se passe dans une vie. La mienne m'a convaincu d'une chose, qui s'est toujours confirmée par la suite : ce sont les petits événements qui rendent les grandes choses possibles... La découverte que nous allions faire des années plus tard n'allait pas être le fruit du hasard, mais l'aboutissement d'une longue préparation et d'un travail d'équipe. C'est comme si nous avions tout fait pendant toutes ces années pour êtres prêts le jour venu...

Et pendant ce temps-là, aux États-Unis ?

Le programme lancé par le président Nixon avait pris fin. Les Américains avaient marché sur la Lune, mais ils n'avaient pas vaincu le cancer. Cela dit, les conséquences de ce programme furent fondamentales. Les chercheurs avaient démonté les mécanismes de cancérisation de la cellule grâce à la découverte des oncogènes. La biologie moléculaire, née de la découverte de la transcriptase reverse avait progressé à pas de géant, ouvrant des horizons toujours plus vastes. Concernant la rétrovirologie, un homme croyait comme moi que cette science s'appliquerait un jour à l'homme. Il était persuadé que certains cancers humains étaient causés par un rétrovirus. Cet homme s'appelait Robert Gallo.

Le fameux Pr Gallo qui vous contestera par la suite la paternité de la découverte du virus du sida ! Quand l'avez-vous rencontré pour la première fois ?

Très tôt, en 1967. Il n'était pas encore le « pape de la discipline » comme il le deviendrait plus tard, mais je partageais sa démarche. Il était déjà très brillant, mais perçu à l'époque comme un marginal, car il refusait de rester sur les sentiers battus par les autres chercheurs, ce qui lui a d'ailleurs attiré beaucoup d'ennemis. Même dans ce pays de pionniers, on ne pardonne pas à celui qui s'écarte... D'ailleurs, Gallo aussi a eu une jeunesse difficile. Sa sœur Judith, qu'il adorait, est morte d'une leucémie à l'âge de treize ans. C'est cet événement tragique qui a poussé Bob à se lancer dans la recherche médicale.

Finalement, vous êtes assez proches, vous auriez pu être son ami !

Mais je le suis ! D'ailleurs c'est drôle, nous sommes nés le même jour ! Il ne faut pas confondre le combat et les hommes. Le combat se fait POUR une cause et pas CONTRE des hommes. Sinon, c'est un mauvais combat. Je vous dirais même que les hommes que vous êtes amené à combattre peuvent parfois vous apporter beaucoup. Gallo, par exemple, m'a offert très tôt (et malgré lui) l'une de mes plus grandes leçons dans ma vie de chercheur. Il s'agit paradoxalement de son premier échec. Un jour où il avait cru isoler enfin un rétrovirus humain (la quête de sa vie), il avait eu l'imprudence d'annoncer ses résultats avant d'avoir procédé à quelques vérifications. En réalité, le virus qu'il avait trouvé dans une cellule humaine était le résultat d'une contamination du laboratoire par un virus de singe. Ce faux virus humain fut tourné en dérision et surnommé GAGA (du nom de ses deux découvreurs, Gallo et Gallagher). Raillé par tous ceux qui ne croyaient pas à ses recherches, Gallo mettrait beaucoup de temps à s'en remettre. Depuis ce jour, j'ai toujours été poursuivi par le « syndrome GAGA » et j'ai toujours veillé à ne pas me laisser emporter par la joie d'une découverte.

Sur l'échelle des risques pour un chercheur, où situez-vous celui que vous venez de mentionner ?

Tout en haut ! Le chercheur n'échappe pas à cette règle de la vie : le pire ennemi pour un homme, c'est d'abord lui-même. Vous n'imaginez pas le sentiment que peut provoquer une découverte chez un chercheur. Elle lui procure un incroyable bonheur, une sensation de fouler des terres vierges où abondent des trésors. Mais il ne peut (et il ne doit) la partager avec personne, au risque de perdre sa crédibilité... et ses crédits. En science, découverte et confirmation sont deux processus différents.

Vous faites allusion à vos recherches actuelles sur un vaccin contre le sida ?

Un bon chercheur doit avoir deux qualités : l'intuition et la patience. L'intuition, c'est d'imaginer une hypothèse à laquelle personne n'a pensé. Cela relève presque de la « fulgurance ». La patience, c'est accepter le temps nécessaire entre la naissance de cette intuition et sa confirmation. Vous connaissez la différence entre le sage et le fou ?

Dites-moi ?

Le sage ne dit pas qu'il sait. S'il déroge à cette règle, la société se chargera de dire de lui qu'il est devenu GAGA ! Heureusement pour le Pr Gallo, le fou était aussi têtu... Il prouvera par la suite le bien-fondé de ses intuitions et sera le premier chercheur au monde à découvrir un rétrovirus humain : le HTLV (Human T Leukemia Virus). Lorsque, des années plus tard, nous avons découvert à l'Institut Pasteur le virus responsable du sida, il sera persuadé qu'il s'agissait du sien. Ce sera la deuxième grande erreur de sa carrière... et le début d'une guerre, non pas contre le virus, mais entre chercheurs !

3

La découverte

« J'ai trouvé, ça y est. J'ai trouvé ! On le tient ! » Ces mots, Olivier, le jeune fils de Jean-Claude Chermann, s'en souvient très bien. C'était au printemps 1983. Son père venait de rentrer à la maison. « Il a pris ma mère dans ses bras. Il avait l'air très ému. Ce jour-là, j'ai su que je venais de perdre mon père. » L'intuition d'Olivier était juste. La découverte que Jean-Claude Chermann et son équipe venaient de faire n'allait pas simplement bouleverser le cours le la science, elle allait aussi bouleverser sa vie. Il ne le savait pas encore, mais ce qui pouvait apparaître comme un aboutissement n'était que le point de départ d'une aventure qu'il ne maîtrisait déjà plus. Signe qui ne trompait pas chez les Chermann : ses deux fils, Jean-François et Olivier, s'imaginaient déjà devoir se rendre seuls à leurs matchs de rugby du dimanche. Quelque chose avait changé dans les

tribunes du stade municipal de Plaisir. Leur équipe risquait de perdre l'un de ses plus fervents supporters.

*

Comment en êtes-vous venu à vous intéresser au sida ?

C'était en 1982. On commençait tout juste à en parler en France. Tout ce que l'on savait, c'est que c'était une maladie nouvelle qui semblait n'affecter que les homosexuels de sexe masculin. Dans la revue *Nature*, un article émettait à peine, au détour d'une phrase de sa conclusion, l'hypothèse que cette maladie pourrait être d'origine virale.

Et vous ? Aviez-vous une idée sur la question ?

Oui, car nous en avions discuté dès 1982 avec Robert Gallo. Il avait observé que, dans le cas du sida, la cellule cible (les lymphocytes CD4) était celle qui disparaissait. Par contre, le HTLV1 (le rétrovirus de la leucémie T) multipliait les CD4, provoquant la leucémie. Même si le résultat était différent, le fait que la cible soit la même nous a conduit à penser que le sida pouvait être déclenché par un rétrovirus. Robert Gallo avait même la conviction que ce rétrovirus devait être de la même famille que le sien, le HTLV1.

À ce stade, il faut nous expliquer la différence entre un virus et un rétrovirus...

Le virus suit les mécanismes immuables de la vie : il pénètre dans la cellule et va utiliser la machinerie cellulaire. Il existe des virus à ADN et des virus à ARN. Le schéma habituel de la réplication est le suivant : ADN, ARN, protéines. Le virus à ADN prend la voie classique, ADN, ARN, protéines. Le virus à ARN, lui, fait ARN, protéines. Un rétrovirus ne peut pas se répliquer directement dans la cellule. Il emprunte donc un chemin inverse (d'où son nom de rétrovirus) : ARN, ADN, ARN, protéines. Bref, il sortait du dogme selon lequel on ne pouvait passer que par la voie ADN, ARN, protéines. En 1970, des chercheurs américains ont mis en évidence que, pour effectuer cette « remontée » dans l'ADN, le rétrovirus utilise une enzyme que l'on appelle la « transcriptase reverse ». C'est fondamental, car cette enzyme est la signature de la présence d'un rétrovirus. C'est grâce à elle qu'un chercheur peut dire s'il est en présence ou non d'un rétrovirus.

L'hypothèse que le sida pouvait être déclenché par un rétrovirus a-t-elle tout de suite été entendue ?

Oui, en tout cas en France. Un groupe de cliniciens et d'immunologistes emmené par le Pr Willy Rozenbaum en avait entendu parler. Il faut ici leur rendre hommage. Les Rozenbaum, Brun-Vézinet, Leibovitch, Gluckman, Seux, Brunet, Klatzmann (une vingtaine de personnes en tout) ont été les premiers en France à s'intéresser à cette maladie qui, encore une fois, touchait une population que la société n'était pas particulièrement prompte à défendre à l'époque[3]... Au-delà de leur curiosité et de leur sens de l'observation, ils ont fait preuve d'un courage et d'une humanité remarquables. Ils étaient donc partis en quête d'un rétrovirologue pour leur expliquer le fonctionnement de ce qu'ils constataient depuis des mois : une étrange maladie détruisait les défenses de leurs patients jusqu'à la mort.

Ce sont donc eux qui sont venus vous chercher ?

Oui, s'agissant d'étudier l'hypothèse d'un rétrovirus, ils se sont directement adressés à moi, ce qui n'était pas illogique puisque j'étais celui qui faisait le cours de rétrovirologie à l'Institut Pasteur. À l'automne 1982, Willy Rozenbaum donne une conférence à l'Institut Pasteur et prononce cette phrase qui a été largement reprise plus tard par la presse : « Y a-t-il un rétrovirologue dans la salle ? » Pas de réponse. Quelques jours plus tard, il rencontre Françoise Brun, qui avait suivi mes cours de rétrovirologie, et celle-ci lui dit : « Il y a une personne à Pasteur qui travaille sur les rétrovirus, c'est Chermann. » J'ai été contacté et je me suis donc rendu à l'hôpital de la Pitié-Salpêtrière où étaient réunis les immunologistes et cliniciens que je vous ai cités dans la salle de la bibliothèque. Ils m'ont parlé des cas auxquels ils avaient affaire, des symptômes constatés, puis m'ont posé des questions sur le fonctionnement d'un rétrovirus. Je peux dire, avec le recul, que tout s'est joué ce jour-là.

C'est-à-dire ?

Pardonnez ce qui va apparaître comme un manque de modestie, mais j'ai eu ce jour-là un éclair de génie ! La caractéristique principale que présentaient les patients de ces médecins était une perte des défenses immunitaires qui se traduisait plus particulièrement par une forte baisse des lymphocytes CD4. Or, comme je vous l'ai dit, les rétrovirus humains qui venaient d'êtres isolés par le Pr Gallo aux États-Unis (HTLV1 et HTLV2) se caractérisaient par une multiplication à l'infini des cellules T et non par leur mortalité. J'ai donc émis l'hypothèse que, s'il s'agissait bien d'un rétrovirus, il s'agissait d'un tueur. Par conséquent – et là arrive l'hypothèse implacable –, si nous voulions espérer le trouver, il ne faudrait pas le chercher chez une personne malade, mais chez une personne à risque !

Pourquoi pas chez le malade ?

Parce que le virus, en tuant la cellule, disparaissait avec elle, il serait donc difficile de l'isoler. Du moins, c'était mon hypothèse de base ! Les symptômes constatés par les cliniciens n'étaient pas les symptômes du virus, mais ceux des maladies qu'il déclenchait après avoir réduit à néant les défenses des patients. La plupart du temps, il s'agissait de pneumocystoses ou de sarcomes de Kaposi (cancers de peau qui génèrent des taches violettes). Pour trouver le virus, il fallait donc le chercher au moment où il commençait à peine son travail de destruction, c'est-à-dire chez une personne à risque, qui ne se savait pas encore atteinte, car pas encore malade.

Dire qu'il fallait chercher le virus responsable d'une maladie chez des non-malades... On ne vous a pas pris pour un fou ?

C'est vrai que c'était surprenant ! Mais si les cliniciens m'avaient fait venir, c'était bien pour demander mon avis, non ? Et mon avis était celui-ci. Je vous l'ai dit, il ne suffit pas d'être premier au bac de sciences pour être un bon chercheur : il faut aussi avoir des intuitions. Un chercheur sans intuition reste un chercheur qui ne trouvera pas !

Personne à risque : cela voulait dire quoi, au début des années quatre-vingt ?

On savait que la maladie touchait les hommes homosexuels. On savait qu'elle s'était particulièrement développée aux États-Unis. On savait que la multiplicité des partenaires augmentait la probabilité d'une contamination. Willy Rozenbaum est donc parti à la recherche d'un homosexuel qui voyageait fréquemment aux États-Unis et qui reconnaîtrait avoir des rapports sexuels avec de très nombreux partenaires. La difficulté, c'est que nous ne connaissions pas la période d'incubation du virus. Comme nous savions aussi que le virus s'attaquait aux défenses immunitaires, les cliniciens de la Salpêtrière ont imaginé qu'un ganglion (réaction typique de l'organisme à une attaque du système immunitaire) serait un réservoir plausible.

En quelque sorte, vous avez défini un profil type, mais la marge d'erreur était énorme !

Elle l'était en effet. En procédant ainsi, nous avions autant de chances de le détecter que de retrouver une aiguille dans une botte de foin. Mais que voulez-vous, lorsqu'on sait que c'est dans la botte de foin qu'il faut chercher l'aiguille, a-t-on vraiment le choix ?

C'est vous qui avez sélectionné le « supposé contaminé » ?

Non. Je vous rappelle que je suis scientifique et non médecin. Ce sont les cliniciens de la Salpêtrière, le Pr Rozenbaum en tête, qui ont placardé leurs affiches « *Wanted* » dans tous les services concernés (c'est une image, bien sûr). Ce travail a été fondamental car, évidemment, s'ils n'avaient trouvé personne, ou s'ils s'étaient trompés dans leur « profilage », nous n'aurions rien trouvé. Le problème, c'est que nous n'aurions pas su si notre échec était dû au fait que le patient n'était pas le bon candidat ou si cela était dû au fait que mon hypothèse de départ était mauvaise...

Le Pr Rozenbaum envoie donc ses limiers... Et ensuite ?

C'est Françoise Brun-Vézinet, mon ancienne élève en rétrovirologie, qui nous a contactés pour nous annoncer qu'ils avaient peut-être trouvé ce que l'on cherchait. Elle était à l'époque responsable du laboratoire de virologie de l'hôpital Claude-Bernard et travaillait avec le Dr Rozenbaum sur cette maladie. Quelques jours avant Noël, un jeune homme blond s'était présenté à la consultation du Dr Rozenbaum. Il était styliste, il reconnaissait ouvertement son homosexualité et le fait qu'il avait un très grand nombre de partenaires, ce qui lui avait d'ailleurs valu quelques « soucis vénériens » par le passé. Enfin, il effectuait de nombreux séjours à New York. Sans le savoir, en nous avouant tout cela, il allait inscrire son nom dans l'histoire de la recherche mondiale. Nous l'appelions BRU (les trois premières lettres de son nom de famille).

Avouer ouvertement son homosexualité et ses pratiques sexuelles n'était pas si courant à l'époque...

En effet ! Et c'est pour cela que nous lui devons beaucoup. Sans son courage et sa personnalité aussi affirmée, nous serions peut-être passés à côté de notre découverte. En tous les cas, elle ne se serait pas faite aussi rapidement.

Pourquoi ce patient s'était-il présenté à la consultation du Dr Rozenbaum ?

Probablement parce que ce dernier avait une excellente réputation comme infectiologue au sein de la communauté homosexuelle. Il avait alerté (tenté d'alerter) à plusieurs reprises l'opinion publique et les autorités de santé sur les dangers de ce qu'on appelait encore à l'époque « le cancer gay ». Or, ce monsieur BRU commençait à s'inquiéter. En cette veille de Noël, il s'était réveillé un matin avec un énorme ganglion à la base du cou.

A-t-il su ce que vous comptiez faire avec son ganglion ?

Ce que le patient et son médecin se sont dit relève du secret médical. Ce que je sais, c'est qu'il a accepté qu'on prélève le ganglion pour l'analyser. La grande aventure pouvait commencer...

Justement, comment a-t-elle commencé, concrètement ?

Le lundi 3 janvier 1983... dans un pot à lait ! Vous savez, ces sortes de gourdes en fer dans lesquelles les fermiers vendaient leur lait de vache à l'époque ? Eh bien, cela ressemblait à ça. Nous avons donc vu arriver à l'Institut Pasteur Françoise Brun-Vézinet avec son petit pot à lait à la main ! Il était rempli de glaçons, avec le précieux ganglion à l'intérieur.

Vous étiez face à une maladie inconnue qui tuait ses victimes. Vous n'avez pas eu peur d'ouvrir cette boîte ?

Bien sûr que nous avions conscience du danger. Lorsque nous avons récupéré le « petit pot », j'ai réuni les membres de mon équipe[4] et je leur ai dit : « Voilà. Nous ne savons pas ce que nous allons trouver. Nous prenons un risque, l'hypothèse d'un virus tueur est solide. Qui veut participer à cette recherche en connaissant ce risque ? » Et la réponse a fusé : « Si vous le faites, nous le faisons. »

Cela vous a surpris ?

Non, car c'était une équipe soudée et motivée. Je les connaissais bien, je les avais tous choisis, un par un. Mais j'aurais compris si quelqu'un s'était désisté.

Vous n'avez pas hésité à engager ainsi votre équipe dans une aventure qui aurait pu se révéler mortelle ?

Non, parce que la première de mes préoccupations a été de trouver un laboratoire isolé, de rechercher des méthodes pour inactiver le virus et désinfecter les paillasses du labo, donc de nous autoprotéger.

Comment avez-vous fait ?

Comme on partait de rien, puisque nous étions face à un ennemi inconnu, j'ai tout essayé, de manière empirique. J'ai donc commencé par vérifier si les lampes à UV que nous utilisions habituellement tuaient le virus. Résultat : négatif. Du coup, j'ai tout essayé : on a chauffé le virus, on l'a plongé dans l'alcool, etc. C'est ainsi que, très vite, j'ai pu démontrer un certain nombre de méthodes d'inactivation du virus dès les premiers mois.

C'est sur cette base que les autorités sanitaires ont ensuite décidé de chauffer les lots de sang destinés aux hémophiles ?

Oui, j'avais démontré la méthode, et ensuite Montagnier l'a appliquée en menant une grande étude avec le centre de transfusion sanguine de Lille visant à démontrer l'innocuité des facteurs chauffés. J'ai publié les résultats dans le *Lancet*[5], avec deux applications importantes : la première, que l'utilisation de l'alcool pour la purification des anticorps détruisait le virus (aucun cas de sida n'a été transmis par des immunoglobulines) ; la seconde, que le chauffage pendant trente minutes à 56 °C était la seule méthode qui détruisait le virus, d'où une préconisation du chauffage pour éliminer le virus des facteurs anti-hémophiles.

Je vais vous raconter une anecdote. Lorsque je cherchais ces fameuses méthodes d'inactivation, j'ai aussi testé la Javel. D'ailleurs, c'était assez efficace contre le virus. Vous savez ce que certains disaient, à Pasteur, à ce moment-là ? « Chermann fait mettre de la Javel dans des tubes à ses étudiants... » On se moquait de moi ! C'est quand même ça, pourtant, le travail d'un chercheur : quand on ne sait pas, on essaye, si ça marche, on continue, et si ça ne marche pas, on arrête et on cherche autre chose ! Il fallait bien nous protéger en inactivant le virus ! Mais eux, ils se fichaient de moi parce que faire mettre de la Javel sur le virus, ça ne faisait pas sérieux...

Revenons à notre pot à lait... C'est donc après avoir consulté votre équipe sur sa volonté de continuer que vous avez ouvert le « pot » ?

Non, car nous avions beaucoup de rétrovirus en culture dans mon laboratoire, et je ne voulais pas prendre le risque de contaminer le ganglion. Vous savez, lorsque plusieurs virus ont été manipulés dans une pièce, il y a toujours la possibilité que l'un d'entre eux contamine les cellules manipulées. C'était déjà arrivé par le passé. Je me suis donc dit qu'il fallait mettre toutes les chances de notre côté et créer, de toutes pièces, un nouveau labo dans lequel aucun virus n'aurait jamais été manipulé. Ainsi, si nous trouvions quelque chose dans ce ganglion, nous n'aurions pas de doute sur son origine. J'ai donc pris la décision de transporter le ganglion dans le laboratoire du Pr Montagnier (qui ne manipulait pas de rétrovirus) et qui, comme je l'ai dit, se trouvait dans un autre bâtiment que le mien. Il y est resté deux jours, le temps pour moi de transformer la laverie en laboratoire !

La laverie ?

Oui, c'était la seule pièce où aucune de ces vilaines petites bêtes n'avait été manipulée... L'endroit idéal !

Et puis je vous rappelle que nous avions un problème de place : il fallait trouver une solution rapidement. Lorsque nous avons fini la mise en place, j'avais l'intuition que cette pièce allait participer à l'écriture d'une page d'histoire. Je l'ai donc baptisée la pièce « BRU », en l'honneur du patient qui nous avait donné son ganglion.

Et pendant ce temps-là, que faisait le Pr Montagnier avec ce ganglion ?

Il l'a disséqué, découpé, a dissocié les cellules, les a mises en culture, puis nous les a rendues.

Il avait commencé le travail ?

Il l'avait préparé. Le travail à proprement parler ne commence qu'à partir du moment ou les cellules se divisent. Le principe est simple : on force les cellules à se reproduire. En se multipliant, elles multiplient aussi le virus (ou rétrovirus) qui est en elles. C'est indispensable, car dans ce monde de l'infiniment petit, seule la reproduction permet d'obtenir une quantité suffisante de virus pour qu'il révèle sa présence.

Au bout de combien de jours était-il censé apparaître ?

Pour les rétrovirus que nous connaissions, il fallait trois jours pour qu'ils se multiplient et passent dans leur bain de culture. Tous les trois jours, nous changions donc le bain, nous le centrifugions pour séparer les lymphocytes, nous récupérions le liquide surnageant, et nous le soumettions au test qui devait révéler l'apparition de la transcriptase reverse, vous savez, cette fameuse enzyme qui permet au rétrovirus de passer dans l'ADN de la cellule. Cette enzyme est la signature du rétrovirus, sa trace. C'est par elle que nous saurions si nous étions bien en présence d'un rétrovirus.

Qu'a donné la première analyse ?

Rien. Ni la deuxième, ni la troisième, ni la quatrième... Le compteur censé détecter la présence de l'enzyme restait désespérément muet. Au quinzième jour, nous commencions à douter lorsque, tout à coup, le compteur électronique a commencé à révéler une trace de transcriptase reverse. Le taux était faible, mais nous détenions la preuve qu'il y avait bien un rétrovirus dans les cellules du ganglion de BRU. C'était notre première victoire ! Ensuite, ce taux n'a cessé d'augmenter, ce qui était la preuve que le rétrovirus était en train de gagner l'ADN de la cellule. Au vingtième jour, nous avons constaté un pic.

J'imagine que la joie était immense à cet instant ?

Non, car le pic était faible par rapport à ce que l'on connaissait des rétrovirus animaux. C'était simplement un encouragement à continuer. Le problème, c'est que dès le lendemain, donc au vingt et unième jour, nous avons constaté que les cellules commençaient à mourir...

Le rétrovirus tueur ?

Exactement. L'excitation de l'expérience m'avait presque fait oublier mon hypothèse de départ, celle pour laquelle nous n'avions pas choisi un malade, mais une personne à risque. En s'attaquant à la cellule, le virus la tuait et disparaissait avec. Nous constations dans nos éprouvettes ce qui se passait *in vivo* chez les malades. Nous venions à peine de trouver la trace du tueur et il nous échappait déjà !

Qu'avez-vous fait alors ?

Je lui ai donné à manger ! Je me suis dit : ce virus dévore tout, puis disparaît quand il a tout tué. Je lui ai donc donné des lymphocytes en pâture...

L'idée vous est venue comme ça ?

Dans la minute, car nous n'avions pas le temps, nous étions en train de perdre le virus ! J'ai donc sollicité un des médecins présents et je lui ai demandé : « Tu veux donner à manger au virus ? » Il m'a regardé bizarrement, puis m'a dit : « OK. » Il s'appelait Jean-Baptiste Brunet. Encore un nom qui contribua à écrire ce jour-là une page de l'histoire de la recherche ! Il a payé de sa personne, c'est le moins qu'on puisse dire.

Vous avez donc prélevé son sang et donné ses lymphocytes pour nourrir le virus ?

Exactement. Mais du coup je lui ai interdit l'accès à la pièce BRU, car, dès lors, le virus (qui a particulièrement apprécié ses globules blancs) s'était adapté à ses cellules. Nous ne connaissions pas précisément le mode de transmission de la bête, je ne voulais pas lui faire prendre le risque d'une contamination. C'est d'ailleurs pour cette raison qu'à partir de ce jour toutes nos réunions se sont déroulées dans le bureau de Montagnier, car son bureau et son laboratoire étaient dans un bâtiment différent du nôtre.

Que faisait le Pr Montagnier pendant toute cette phase cruciale ?

Il passait tous les soirs regarder ce qu'on faisait, prendre des notes.

Il n'a donc pas participé à la découverte ?

Si. En tant que responsable administratif de mon laboratoire, il était mon patron. Même s'il ne dirigeait pas scientifiquement mes travaux et même s'il n'était pas physiquement présent, il n'était pas illogique qu'il soit associé à nos découvertes. C'est la tradition dans le milieu.

Une de vos techniciennes à l'époque, Rosette Lidereau, témoin de ces jours historiques, affirme que vous avez effectué un véritable « travail à quatre mains » sur les cellules du ganglion avec Françoise Barré-Sinoussi. Vous confirmez ?

Absolument. Je vous rappelle que j'ai formé Françoise. C'est moi qui l'ai prise en stage alors que j'étais encore à l'Institut Pasteur de Garches. Ce mois de janvier 1983, cela faisait déjà douze années qu'elle travaillait à mes côtés. Nous n'avions pas besoin de nous parler pour nous comprendre. Un simple regard suffisait. Oui, nous avons mené ces opérations ensemble.

Revenons à notre virus : vous lui donnez à manger des lymphocytes de votre ami médecin. Que se passe-t-il ensuite ?

Comme l'opération a fonctionné et que le virus avait un appétit d'ogre, nous avons trouvé d'autres victimes pour ne pas anémier ce pauvre Dr Brunet ! Des donneurs anonymes mais aussi des cellules prélevées sur des cordons ombilicaux récupérés dans les maternités alentour. C'est le Pr Robert Gallo qui m'avait donné le tuyau. Son HTLV était très friand de lymphocytes prélevés sur un cordon ombilical. Il était persuadé que, si nous avions trouvé quelque chose, il s'agissait de son virus, donc il nous prodiguait tous les conseils utiles pour valider son hypothèse. C'est ainsi qu'il a accepté de nous fournir les révélateurs nécessaires pour vérifier qu'il s'agissait bien de son virus.

Qui demande à Gallo son virus et ses anticorps ?

Moi, car j'étais le seul à le connaître. J'ai donc dit à Montagnier qu'il fallait appeler Robert Gallo, et je suis monté dans son bureau pour le faire en sa présence et faire ainsi les présentations.

Vous recevez donc le matériel nécessaire pour vérifier que votre virus n'était pas le même que celui de Gallo. Décrivez-nous cet épisode...

Avec ma technicienne, Marie-Thérèse Nugeyre, nous avions marqué les anticorps à la fluorescéine pour observer la fluorescence au microscope ultraviolet. S'ils venaient s'attacher au virus, cela voulait dire qu'ils le reconnaissaient. S'ils refusaient de l'attaquer, c'était la preuve que le virus que nous avions trouvé était totalement différent du HTLV de Gallo. Le résultat a été immédiat : les anticorps du HTLV n'ont pas reconnu notre virus...

Vous deviez être euphorique à ce moment-là !

Au risque de vous décevoir, non. En tout cas pour ma part. Comme je vous l'ai dit, le pic de transcriptase reverse était trop faible à mon goût pour affirmer qu'il s'agissait bien d'un nouveau rétrovirus. Il fallait donc procéder à d'autres vérifications.

Lesquelles ?

D'abord, le bourgeonnement. La particularité d'un rétrovirus, c'est que, lorsqu'il sort de la cellule, il bourgeonne. Donc il fallait trouver un bourgeon. Comme je n'avais pas de microscope électronique dans mon laboratoire, je suis allé dans celui de Montagnier. Le problème, c'est que là-bas personne n'avait jamais vu de rétrovirus ! Comment voulez-vous reconnaître un ennemi lorsque vous ne savez même pas à quoi il ressemble ? J'ai donc dû passer deux jours entiers avec le microscopiste, Charles Dauguet, à regarder des centaines et des centaines de préparations de cellules infectées.

Quand avez-vous vu votre premier bourgeon ?

Au bout de deux jours ! Normalement, quand je travaillais sur les rétrovirus de souris, je voyais les bourgeonnements en quelques minutes et il y en avait des millions ! Là, c'était un par-ci, un par-là... Donc pour répondre à la question que vous allez encore me reposer : non, je n'étais pas prêt à ouvrir la bouteille de champagne.

Et Luc Montagnier, quelle a été sa réaction ?

Je vous l'ai dit : il n'avait jamais vu de rétrovirus, il ne savait pas ce que c'était. Pourquoi voulez-vous qu'il soit content parce que j'avais, avec son microscopiste, photographié quelques bourgeons ? Il n'en avait jamais vu avant, donc il me faisait confiance, point final. Si je lui disais : « Il faut un bourgeon », il me disait : « D'accord. » Si je lui disais : « Ça, c'est un bourgeon », il me disait : « D'accord. » Et si je lui disais : « Il faut encore vérifier autre chose », il me disait : « D'accord. »

Que fallait-il encore vérifier alors ?

Le gradient de densité. Après centrifugation, le rétrovirus doit toujours s'arrêter à une densité de 1,16. C'est une de ses particularités, avec le bourgeonnement et la transcriptase reverse. Donc on a centrifugé, mis en tube, et le liquide s'est arrêté à... 1,16.

Je n'ose plus vous demander si vous étiez enfin heureux à ce moment-là...

Et vous avez raison, car je ne l'étais pas totalement. Bien sûr, nous avions avancé. Nous venions d'apporter la preuve irréfutable que nous avions bien trouvé un rétrovirus chez l'homme et qu'il était différent du HTLV de Gallo, encore une fois un des seuls rétrovirus connus à l'époque. C'était déjà énorme, mais pour moi ce n'était pas suffisant, car je vous rappelle que nous avions trouvé ce virus dans un ganglion de personne à risque, et non de personne ayant déclenché la maladie. Donc il me manquait la seule chose qui m'intéressait : la preuve que notre nouveau virus était bien la cause du sida. Pour l'obtenir, il fallait réussir à retrouver notre virus chez tous les patients atteints du sida.

Mais intérieurement, vous ne vous disiez pas : « Mon hypothèse se vérifie » ? Est-ce que vous saviez au fond de vous, à cet instant, que c'était gagné ?

Je suis scientifique, donc je vous l'ai dit : je ferme les portes une par une, mais je ne me regarde pas le nombril à chaque étape en me disant que je suis le meilleur. Il me faut deux choses : la question et la réponse. J'avais la première, pas la seconde.

Quand est-elle arrivée ?

Assez rapidement. Nous avons par la suite recherché le virus dans les cellules d'un jeune hémophile présentant les symptômes du sida. Nous avons refait le travail que nous avions fait sur le ganglion de BRU... et nous avons retrouvé notre virus. Est-ce que j'étais enfin heureux à ce moment-là ? Non, car en confirmant notre découverte, nous confirmions aussi la condamnation à mort du malade. Le jeune garçon n'avait que treize ans.

Comment décririez-vous alors votre sentiment à cet instant ?

Un mélange d'impuissance et de satisfaction. Impuissance face à la maladie, mais satisfaction d'avoir progressé sur la connaissance du tueur.

Vous n'aviez vraiment aucune piste pour un remède ?

C'est exactement la question que m'a posée le Dr Étienne Vilmer, pédiatre à l'hôpital Necker, qui s'occupait du jeune hémophile. Lorsque je lui ai dit : « Ton patient a le virus du sida », il m'a répondu : « Je me fous de ton virus. Ce que je veux, c'est le soigner. Est-ce que tu as quelque chose ? » J'ai alors repensé aux bons résultats qu'on avait obtenus des années auparavant sur des rétrovirus avec le HPA23, dont je vous ai déjà parlé. Et je le lui ai proposé.

4

Going to Paris to live

Été 1985. New York étouffe. L'atmosphère est irrespirable. Pas seulement à cause de la chaleur. Bien malgré elle, la ville de toutes les libertés est aussi devenue la capitale planétaire du sida. Les victimes se comptent par centaines, mais le monde n'a rien à leur proposer. Même pas un nom pour le tueur. Dans les journaux, on parle encore de HTLV3-LAV. Seule certitude pour les malades : leur espérance de vie ne dépasse pas quelques mois, quand ce n'est pas quelques semaines. Beaucoup savent qu'ils ne verront pas les feuilles tomber à l'automne. Ils seront partis avant... Sauf... Sauf s'ils peuvent aller à Paris. Le bruit court que le Pr Chermann, de l'Institut Pasteur, procède à des recherches plutôt encourageantes sur un antirétroviral, le HPA23. Ce n'est pas une cure, encore moins un vaccin, mais un moyen qui semble permettre de bloquer la réplication du virus, et donc le développement de la maladie, lorsque le traitement est initié très rapidement après l'infection. Au cœur du « Village », le quartier gay de New York, la nouvelle s'est répandue comme une traînée de poudre. En cet été 1985, New York Native, *la bible de la communauté homosexuelle, consacrera six numéros spéciaux à ces « Américains chanceux » qui ont pu intégrer le protocole de l'Institut Pasteur. C'est une série de portraits de malades qui racontent leur « exil médical » à Paris. Leur récit fait rêver ceux qui n'ont pas eu la possibilité de faire partie du programme. Ceux à qui on ne propose rien d'autre que la mort, dans quelques mois, dans quelques semaines… avant l'automne. Le titre de cette série d'articles : « Going to Paris to live*[6] *» (aller à Paris pour vivre)…*

*

On va s'arrêter un instant sur ce HPA23. C'était une de vos découvertes : le premier agent antirétroviral au monde. Comment avez-vous mis au point ce produit ?

C'est une très, très belle histoire, car elle en dit long sur beaucoup de choses. Quand j'ai commencé la rétrovirologie et quand j'ai commencé à vouloir travailler chez l'homme (à Garches), Georges Mathé (cancérologue à Villejuif) vient à Garches voir Marcel Raynaud, mon maître à penser, pour discuter de la possibilité des virus dans les leucémies chez l'homme. Le problème, disait Mathé, c'était qu'on ne savait pas les concentrer et les purifier pour les isoler. (Nous étions en 1967.) Je travaillais alors sur les endotoxines bactériennes, je venais de passer ma thèse. Je revenais d'un cours à Stockholm, en Suède, sur la séparation des particules et des macromolécules. Donc Raynaud me fait venir et me demande si on ne pourrait pas utiliser ce que je viens d'apprendre en Suède. Le lendemain, le Pr Mathé m'envoie son assistant, Claude Jasmin, devenu aujourd'hui un grand professeur de cancérologie. Je lui propose de commencer sur la souris. On prend des souris, on leur injecte le virus, elles font des leucémies. Je purifie leur virus dans le sérum, avec les techniques apprises en Suède, et je vois que le virus devient un million de fois plus actif qu'au départ. Là, l'imbécile que je suis se dit : j'ai éliminé un inhibiteur ! Donc je pense que l'inhibiteur doit se retrouver dans le surnageant au-dessus du virus précipité. Je fais mes manipulations pour mesurer le phosphore (témoin à l'époque du dosage des acides nucléiques) et j'obtiens un précipité d'acide silicotungstique (silicotungstate ou ST), réactif du phosphore, qui, effectivement, inhibait le virus. Ce n'était pas *in vitro*, c'était *in vivo* chez la souris ! On voyait bien que les souris étaient protégées par l'injection de ST : celles à qui j'injectais mon produit se portaient à merveille, tandis que les autres mouraient. J'étais époustouflé. Le Pr Raynaud me dit : il faut aller à Jussieu, voir un chimiste, le Pr Souchay, qui connaît très bien ces produits (HPA), et il faut vérifier si le silicotungstate (le HPA1) est le meilleur inhibiteur ou si d'autres fonctionnent mieux. Ce chimiste nous montre et nous donne une trentaine de produits dont certains avec de magnifiques couleurs. Je les teste tous et c'est le vingt-troisième qui fut le meilleur. D'où le nom de HPA23 [7].

Vous veniez donc de trouver un agent antirétroviral qui marchait sur la souris, mais en quoi cela nous rapproche-t-il du sida ?

Attendez, j'arrive... C'est très important, car à l'époque les Américains avaient découvert depuis peu la transcriptase reverse. Un des spécialistes, un chercheur, Dan Haapala, avec qui j'avais travaillé à Bethesda, m'avait rejoint en France pour travailler avec moi. Grâce à lui, on avait tous les produits nécessaires (amorceurs) pour travailler sur la transcriptase reverse. Il faut savoir qu'à ce moment-là personne en France n'avait ces amorceurs. On avait dix longueurs d'avance sur tout le monde ! On a donc testé mon HPA23 et on a vu qu'il bloquait la transcriptase reverse ! Il agissait comme inhibiteur. Je faisais alors le cours de rétrovirologie à Pasteur, mais aussi à Villejuif. Un médecin qui suivait mon cours, Dominique Dormont, s'est montré particulièrement intéressé par ce que je racontais. Il travaillait sur la scrapie (une sorte de Creutzfeldt-Jakob, mais chez la souris). Il me rejoint à Pasteur. On essaye le HPA23 sur la scrapie et, là, on s'aperçoit que la période d'incubation du virus s'allonge considérablement. Si on extrapolait nos résultats sur l'homme, cela voulait dire que, dans le cas d'un Creutzfeldt-Jakob, avec un diagnostic précoce, on pourrait retarder de manière importante le déclenchement de la maladie ! Comme personne n'avait rien trouvé jusqu'à présent pour contrer un Creutzfeldt-Jakob, Dormont demande à Pasteur Production de produire le HPA23 et de le mettre en ampoules. Le service neurologique du Val-de-Grâce (Dr Béquet et Dr Dormont) l'essaye sur ses patients, et là, stupeur : certains malades sortent du coma ! Ils peuvent même aller aux toilettes, ce qui est énorme pour eux. Ils n'étaient pas guéris, puisque déjà malades, mais ça voulait dire qu'avec un diagnostic précoce on avait une piste très intéressante, au moins pour retarder la maladie.

N'y avait-il pas un risque de toxicité ?

Justement, non. C'est en ça que ce produit était génial. Sur les patients testés, aucun n'avait présenté d'effets secondaires.

Donc, lorsque le Dr Vilmer vous demande si vous avez un produit pour soigner le jeune hémophile atteint du sida, vous pensez au HPA23...

Oui. Quand il m'a fait cette réflexion : « Je me fous de ton virus, je veux le soigner », je me suis senti bête et impuissant. Le HPA23 étant non toxique chez les malades du Val-de-Grâce et ayant fait ses preuves comme inhibiteur de la transcriptase reverse, je me suis dit qu'il fallait lui en parler. De toutes les façons, le garçon était condamné.

Il a essayé votre produit ?

Oui. Très rapidement, un comité d'éthique a été réuni à l'hôpital Necker et a décidé de traiter l'enfant, et de suivre le virus en cultivant les cellules T. Le virus était bloqué. L'enfant devenait ce qu'on appellerait aujourd'hui « charge virale négative » (la mesure de la charge virale n'existait pas à l'époque). Effectivement, cet enfant allait de mieux en mieux, et il a même fini par pouvoir retourner à l'école. Cela a duré deux ans.

La maladie a finalement eu raison de lui ?

Oui, le problème (on ne le savait pas à cette époque), c'est que l'enfant a continué de recevoir des lots de sang contaminé... Il est décédé d'une hépatite fulgurante.

Quoi qu'il en soit, les résultats de l'action du HPA23 étaient très encourageants...

Tellement encourageants que, lors d'une conférence à New York en février 1985[8], je décide d'en parler[9]. Levée de boucliers dans la salle. J'en entends même dire : « *Chermann is crazy* (Chermann est fou) ! On ne traitera jamais un rétrovirus avec un agent antirétroviral. » Résultat, vingt-cinq ans plus tard, c'est ce qu'on fait partout !

Pourquoi un agent antirétroviral ne pouvait-il traiter un rétrovirus ? Cela semble un peu paradoxal...

Parce que les rétrovirus induisant des tumeurs ne se multipliaient pas, et donc ne pouvaient être traités que par des produits qui tuaient les cellules cancéreuses.

Du coup, personne ne s'est intéressé à votre produit ?

Si. Contrairement à l'avis général, le Dr Gottlieb a été intéressé. C'était le fameux médecin californien qui, aux États-Unis, avait recensé les premiers cas de sida. La nouvelle a rapidement fait le tour, et c'est comme ça que les malades sont venus par dizaines des États-Unis faire le siège de l'Institut Pasteur. Le mot d'ordre était : « *Going to Paris to live* » (aller à Paris pour vivre).

Comment a réagi la direction de l'Institut Pasteur ?

Disons que l'hôpital de l'Institut était un hôpital dit « des maladies tropicales ». Le sida, cela ne faisait pas très maladie tropicale… Bref, certains ne voyaient pas cet afflux d'un bon œil. Vous savez, à l'époque, on disait des malades qu'ils appartenaient forcément aux « quatre H » : Haïtiens, Homosexuels, Héroïnomanes et Hémophiles. En dehors des hémophiles, il n'est pas révolutionnaire de dire que les autres « H » n'étaient les bienvenus nulle part. Cela dit, je ne veux pas stigmatiser l'hôpital de l'Institut Pasteur. Il y a eu des réactions, c'est vrai, comme partout, mais l'hôpital a accueilli des malades. Le problème est qu'ils étaient trop nombreux pour être tous reçus. À l'époque, quand le HPA23 a commencé à faire du bruit, on parlait même de « charters gays » pour Paris*.

Et alors, qu'avez-vous fait pour les accueillir ?

Je vous rappelle que je ne suis pas médecin. Moi, j'avais fait une découverte que l'Institut Pasteur avait décidé de produire et de mettre en ampoules, je ne pouvais pas faire beaucoup plus… Si ce n'est mettre le Dr Gottlieb en contact avec les cliniciens français qui s'occupaient des malades. Parmi eux, il y avait Rozenbaum, Vilmer et… Dormont. Vous vous souvenez, ce médecin qui avait suivi mon cours et avec qui on avait testé le HPA23 sur la scrapie ? Il exerçait alors à l'hôpital militaire Percy, à Clamart. Un jour de 1984, le Dr Michael Gottlieb m'appelle des États-Unis et me dit qu'il a un patient américain « très important ». Je le renvoie vers Dormont.

Qui était ce patient ?

Je connaissais ses cellules, son vrai nom, mais pas son visage ni son nom de scène. Je l'ai découvert un jour en lisant le journal… Rock Hudson venait d'annoncer qu'il avait le sida.

Que s'était-il passé ?

* Voir annexe p. 280 sur Bill Kraus.

Au début, il venait régulièrement en France pour son traitement au HPA23. Il en était très satisfait et c'est d'ailleurs probablement comme ça qu'il a pu finir tous les épisodes de la série *Dynastie*. Ç'a duré un an et demi, sans problème. Mais quand il retournait aux États-Unis, il arrêtait son traitement. Un jour, alors qu'il était en rechute, il est revenu en France. C'était un samedi. Il a cherché à joindre désespérément Dormont au téléphone, puis a perdu connaissance à l'hôtel. Or, que se passe-t-il quand un Américain a besoin d'être hospitalisé à Paris ? On l'envoie à l'Hôpital américain de Neuilly. Là-bas, il s'est réveillé en disant qu'il avait le sida et qu'il voulait voir le Dr Dormont. Évidemment, tout le monde l'a reconnu.

Le monde venait de découvrir que la maladie pouvait aussi avoir le visage de ses héros. C'était une étape importante dans la prise de conscience ?

Fondamentale ! Qu'un acteur adulé, auquel on avait confié les plus beaux rôles, soit lui-même atteint du sida était important pour faire prendre conscience que tout le monde était concerné. À dater de ce jour, plus jamais personne n'a parlé des « quatre H ».

Rock Hudson est mort par la suite. C'était l'échec du HPA23 ?

Pas du tout. Quand Gottlieb l'a renvoyé à Paris, Rock Hudson avait commencé un lymphome. Il était déjà trop tard. Mais d'autres après lui, des anonymes, ont continué de venir se faire traiter au HPA23. De toute façon, personne n'avait autre chose à proposer. Au bout d'un moment, les médecins qui utilisaient ce produit ont commencé à me dire qu'ils constataient une baisse des plaquettes (trombocytopénie). Ils ont pensé à un effet secondaire et ont donc réduit les doses. Moi, je savais qu'il n'y avait pas d'effets secondaires sur la souris, mais chez l'homme je ne pouvais rien dire, sauf qu'il ne s'était rien passé sur les malades du Creutzfeldt-Jakob du Val-de-Grâce. En fait, si on avait eu des placebos à cette époque, on se serait aperçu de ce que l'on sait aujourd'hui : la baisse des plaquettes n'était pas due au HPA23, elle était déclenchée par le virus lui-même.

Le HPA23 a donc été mis en accusation ?

Oui, et cela sans faire la moindre vérification. Je trouve cela lamentable, car je me souviens que les patients que j'ai vus et qui étaient traités au HPA23 se portaient très bien. J'ai gardé des témoignages émouvants. Encore une fois, à l'époque, c'était la seule solution proposée. Il faut se souvenir que ces patients arrivaient comme des condamnés, avec une espérance de vie de quelques mois...

Pourquoi alors le HPA23 est-il tombé dans l'oubli si ça marchait si bien ?

Parce que, comme toujours dans la recherche, les États-Unis donnent le *la*. Pasteur Production puis Rhône-Poulenc Santé ont tenté de l'exporter aux États-Unis, mais là-bas ils ne savaient pas faire les cultures de cellules pour mesurer le virus avant et après la prise. Dans ces années-là, on ne disposait pas comme aujourd'hui d'analyse de la « charge virale ». Il fallait prélever les patients toutes les semaines, mettre en culture et suivre leurs cellules. C'était le même problème que pour Gallo : les Américains utilisaient des sondes de biologie moléculaire pour détecter les virus, qui ne fonctionnaient pas sur le HIV. Donc, comme les États-Unis n'ont jamais validé le HPA23, le « marché » étant là-bas, le produit a été mis au placard. Ce qui est amusant, c'est que, quelque temps plus tard, les Américains ont sorti l'AZT, un antirétroviral...

L'AZT était-il plus efficace que votre HPA23 ?

Pas que je sache. En revanche, il est de notoriété scientifique que l'AZT, contrairement au HPA23, était hautement toxique. Il y a d'ailleurs eu beaucoup d'effets secondaires et les dosages ont dû être considérablement réduits.

Le HPA23 coûtait à l'époque un prix dérisoire ! N'était-ce pas aussi une bonne raison pour l'industrie pharmaceutique de ne pas investir dans un produit qui ne rapporterait rien ?

Je ne sais pas... Moi, je fais des découvertes, mais quand cela passe en production dans l'industrie pharmaceutique, je n'interviens plus, et d'ailleurs je ne veux plus intervenir. Ce n'est pas mon métier. C'est vrai que certains ont dit, comme dans la pub : « Pas assez cher. » Je l'ai entendu, c'est plausible, mais je n'en sais rien. Il est évident que ça n'aurait rien rapporté financièrement.

Pourquoi ne le reprend-on pas aujourd'hui ?

Ce n'est pas à moi de le faire. Moi, j'ai trouvé, j'ai testé, j'ai démontré. Si l'industrie n'en fait rien, je n'y peux rien. Même aujourd'hui, quand je relis mes résultats sur le HPA23, je n'en reviens toujours pas de l'efficacité, et en plus ça n'était pas toxique !

Comment expliquez-vous que l'AZT soit cité partout comme étant le premier agent antirétroviral trouvé pour l'homme ?

Mais c'est faux ! J'entends cela partout, moi aussi, mais c'est faux ! C'est inadmissible ! Dormont et Rozenbaum ont publié dans *Lancet* dès 1985 [10]. Ce n'est pas le *New York Times* ! Je vais vous dire, ça, c'est toujours l'effet américain sur la recherche...

5

Les coulisses d'une guerre

Jean-Claude Chermann avait désormais l'intime conviction qu'il venait d'identifier le plus grand tueur en série de tous les temps. Mais comme dans les séries policières, il savait que, si le générique et les acteurs n'étaient pas américains, personne ne prendrait cette enquête au sérieux. Et la suite ne lui a malheureusement pas donné tort. Il venait de vivre ses plus belles heures... Les ennuis pouvaient commencer !

*

Comment a débuté cette guerre entre la France et les États-Unis ?

Comme je vous l'ai dit, tout a commencé par une collaboration. Lorsque nous avons isolé le virus responsable du sida, nous savions qu'il nous faudrait convaincre. Or, personne n'accepterait l'idée que, dans la course mondiale contre le virus, ce soit une petite équipe française qui l'emporte. Sauf... sauf si les États-Unis validaient notre découverte. Un seul homme pouvait le faire, c'était le premier chercheur à avoir isolé un rétrovirus humain (le HTLV), le Pr Robert Gallo.

Il vous a donc fourni des réactifs pour vérifier que votre découverte n'était pas celle qu'il avait déjà faite et que les virus étaient différents. Comment a-t-il réagi quand vos analyses ont montré que vous étiez face à une vraie découverte ?

Je l'ai appelé, je lui ai exposé nos résultats, mais je crois qu'il ne m'a pas cru. Il faut dire que, dans le même temps, il avait mis en évidence la présence de son HTLV1 dans certains cas de sida. Il était donc sûr que son virus était bien le responsable de cette maladie. Il s'apprêtait d'ailleurs à publier deux articles sur ses recherches dans *Science*, la revue de référence. Il m'a dit : « J'ai trois places dans *Science*. Envoie ton article, je le fais publier avec les miens. » Ce n'était pas illogique. La revue faisait un point sur ce que l'on savait de l'hypothèse virale du sida.

C'est donc le Pr Gallo qui vous a ouvert les portes de la prestigieuse revue Science *et qui vous a permis d'écrire l'article qui vaudra le Nobel à votre découverte vingt-cinq ans plus tard ?*

Oui. Ce qui est d'autant plus drôle avec le recul, c'est qu'il nous offrait la victoire en pensant conforter sa position ! Et moi, je n'étais pas très enclin à accepter, car je n'avais qu'un isolat de virus, et encore, pas sur un malade du sida mais sur un patient à risque.

Vous étiez prêt à refuser l'article de Science *! Vous n'étiez pas sûr de votre fait ?*

J'étais certain d'avoir isolé un nouveau rétrovirus humain, mais j'aurais préféré attendre un peu. C'était *Science*, quand même ! C'est comme si demain, on vous proposait de présenter *60 minutes* sur CBS (l'émission d'investigation phare aux États-Unis). Si vous n'êtes pas prêt, vous n'allez pas prendre le risque de vous griller ! Moi, je n'avais qu'un isolat, pas encore d'anticorps... Sincèrement, j'ai pensé que l'article ne passerait pas. Vous savez, avant d'être publié, il est analysé et vérifié par un comité scientifique. Mais comme Gallo a insisté et que c'est lui qui a proposé (il avait visiblement ses entrées dans la revue), c'est passé. Là où j'aurais dû me méfier, c'est qu'il a poussé la générosité à écrire lui-même le résumé de présentation.

Et que disait-il ?

Comme nous avions trouvé notre virus dans un ganglion de personne à risque, nous ne voulions pas, à ce stade, le lier au sida. Nous l'avons donc appelé LAV : Lymphadenopathy Associated Virus (« virus associé aux ganglions »). De même, nous avions constaté qu'il s'attaquait aux lymphocytes T. Nous avions donc titré notre article : « LAV, un nouveau virus humain T lymphotrope ». Mais en anglais, cela donnait : Human T Lymphotropic Virus. Résultat, dans son résumé, le Pr Gallo l'a nommé… HTLV ! Les initiales signifiaient autre chose, mais le nom était celui de son virus (Human T Leukemia/Lymphoma Virus) ! Cela a participé à la confusion entre son virus et le nôtre, et lui a permis d'entretenir, dès l'article fondateur, l'ambiguïté sur le fait que notre découverte n'était qu'une validation de ses recherches antérieures.

C'était tout de même un peu naïf de votre part !

Peut-être. Mais je vous rappelle que nous luttions contre un virus mortel, pas contre des chercheurs ! Nous n'étions pas prêts à affronter la « grosse machine » américaine et, de plus, nous avions besoin d'elle, puisqu'en France, à cette époque, personne ne croyait en nous, ou plus précisément en notre capacité à lutter contre l'hégémonie américaine. Une telle découverte devait venir forcément d'outre-Atlantique. Il y a en Europe un complexe d'infériorité de la recherche vis-à-vis des États-Unis. Notre découverte prouvait qu'il n'était pas justifié… Encore fallait-il le démontrer et peu de gens étaient prêts à nous y aider.

Même au sein de l'Institut Pasteur ?

Je vais vous donner un exemple concret. La meilleure façon pour nous de « breveter » notre virus aurait été d'établir dès le départ sa carte d'identité génétique. Pour cela, nos avions besoin de l'aide d'un biologiste moléculaire car, dans mon équipe, personne ne savait faire cela. Mais aucun n'a répondu à notre appel. Pour l'anecdote, il faut savoir qu'à cette époque, pour se rendre à la salle des ordinateurs de l'Institut Pasteur, ces biologistes étaient obligés de passer par notre labo. Je me suis donc posté des jours entiers en attendant le passage d'un biologiste moléculaire dans le couloir. Quand il y en avait un, je lui mettais le grappin dessus en lui vantant l'importance de notre travail et en lui demandant de rejoindre notre équipe... Peine perdue. Aucun n'a daigné répondre favorablement à ma demande.

Pourquoi, selon vous ?

Parce qu'ils ne croyaient pas en nous ! Parce que nous étions français et que nous ne pouvions pas avoir dépassé le pape américain de la rétrovirologie ! C'est le fameux complexe d'infériorité dont je vous parlais. Si l'un de ces chercheurs avait cru en nous à l'époque, nous aurions séquencé le virus avant que Gallo prétende l'avoir découvert et la question de l'antériorité ne se serait pas posée. Nous aurions gagné du temps et probablement épargné des vies en sortant plus tôt notre kit de dépistage.

Revenons à l'article fondateur de la revue Science *du 20 mai 1983. Vous publiez votre article et vous vous apercevez que Gallo a donné à votre virus un anagramme qui correspond au nom du sien : HTLV. Comment réagissez-vous ?*

On a été un peu surpris de son raccourci mais, honnêtement, je ne crois pas qu'il ait agi intentionnellement. Encore une fois, il était trop sûr de son coup. Autant les Français manquaient de confiance en nous, autant lui n'en manquait pas en lui-même ! Et je peux le comprendre : encore une fois, nous n'avions qu'un isolat, trouvé sur une personne à risque ; lui en avait une quinzaine, prélevés sur des malades du sida.

Mais pourquoi trouvait-il son virus HTLV1 chez les malades ?

Parce que ses patients venaient d'Haïti où sévissaient à échelle importante deux virus : le virus du sida et le HTLV1. À l'époque, on ne le savait pas encore, mais avec le recul, il était logique qu'il retrouve son virus chez certains malades du sida.

Il était donc de bonne foi ?

Je le pense. Je n'en ai jamais vraiment discuté avec lui... Ça peut paraître étrange, mais on ne parle pas de ça... Il est embêté avec moi... Je le connais trop, on se connaît trop...

Quelles ont été les réactions après la publication de votre article dans Science *?*

Le moins qu'on puisse dire, c'est qu'à l'époque personne n'aurait misé sur un prix Nobel pour cet article [11] ! Vous savez, la communauté scientifique, c'est comme un organisme vivant : lorsqu'un étranger s'immisce (dans ce qui ne le regarde pas), le système produit ses anticorps pour monter à l'assaut de la bestiole. En l'occurrence, j'ai parfois eu le sentiment que le virus, c'était moi ! Certains spécialistes se sont mis à me combattre. Cela ne me dérangeait pas tant que ça, jusqu'au moment où leurs doutes ont commencé à gagner Robert Gallo.

Gallo a douté de vous ?

Disons que, très rapidement après la publication de l'article, il souhaite vérifier ce que nous avons trouvé. Il me demande de l'ADN de cellules infectées par notre LAV pour vérifier qu'il s'agit bien du même virus que le sien. Je lui envoie et, quelque temps après, il me rappelle et me dit : « Je ne trouve pas de virus dans ce que tu m'as envoyé ! »

Comment était-ce possible ?

Parce qu'il n'utilisait pas les bonnes sondes. Il n'avait pas la bonne méthode. Il cherchait avec les instruments avec lesquels il avait trouvé son HTLV. C'est comme essayer une clé déjà fabriquée pour la mettre dans une serrure qu'on ne connaît pas ! Nous, nous avions d'abord analysé la serrure avant de fabriquer la clé. Mais comment voulez-vous que moi, petit Français, je lui dise à lui, le grand

Pr Gallo : « Tu te trompes, tu cherches mal » ? Je me souviens d'être resté muet au bout du fil, blanc comme un linge.

Vous aviez peur qu'il fasse marche arrière sur l'article ?

C'est exactement ce qu'il m'a dit qu'il allait faire. Ç'a été sa deuxième phrase : « J'ai accepté ton article trop vite. Je vais écrire un édito dans *Science* pour me rétracter. » Imaginez la bombe que cela aurait été dans le milieu ! Nous aurions, au moins dans un premier temps (mais le temps était le nerf de la guerre), perdu toute notre crédibilité aux yeux du monde entier.

Et alors, que lui avez-vous dit ?

Je lui ai dit : « Bob, ne fais pas ça. Laisse-moi te convaincre, j'arrive. » C'était au mois d'août, j'ai sauté dans le premier avion pour Washington et je suis allé le voir dans son centre de Bethesda, avec mes dossiers sous le bras. La seule promesse qu'il m'ait faite en raccrochant était celle d'un sursis : « Je ne ferai rien avant de t'avoir vu. »

Vous n'auriez pas pu le convaincre par téléphone ?

Non. Lorsqu'il m'a appelé, il avait pris sa décision. C'est par sympathie pour moi qu'il a accepté de me voir. Vous savez, parfois, dans la vie, c'est comme au rugby : il y a des moments, très courts, où le match peut basculer. C'est dans ces moments-là qu'il faut s'engager physiquement.

Comment s'est passée votre rencontre ?

Il est arrivé au rendez-vous avec des certitudes, il est reparti avec des doutes...

Gallo pensait qu'une rétractation de sa part signifiait pour nous la peine de mort. Nos ennemis auraient été trop ravis d'achever ce qu'ils considéraient comme une « pseudo-découverte ». Je l'ai donc pris à contre-pied en disant ce que je pensais d'ailleurs au fond de moi : « Si tu fais ça, tu vas te ridiculiser. » Lorsque nous nous sommes vus, mon équipe et moi avions déjà beaucoup progressé par rapport à l'article. Nous avions d'autres isolats, six ou huit en tout, dont celui sur le jeune hémophile atteint par le sida. Nous commencions à avoir des anticorps. Bref, non seulement nos recherches confirmaient l'article de *Science*, mais elles allaient déjà beaucoup plus loin.

Si je comprends bien, en sautant dans cet avion, ce n'est pas tant votre réputation que la sienne que vous avez sauvée ?

Avec le recul, ça me paraît évident. Mais ce n'est pas l'essentiel de ce qui s'est passé ce jour-là. Nos recherches étaient avancées mais pas encore complètes, il aurait pu se rétracter. Il m'écoutait, il regardait mon dossier, mes cas, mon cahier de laboratoire, je sentais qu'il doutait toujours. Puis il a fini par me lâcher une phrase qui résonne encore dans ma tête vingt-cinq ans plus tard. Il m'a dit : « *You are in this story... It must be true* » (Tu es dans cette histoire, ça doit être vrai). Pour moi, cette discussion restera le symbole de ce qu'a été notre combat : un engagement physique, à la hauteur du match, mais un grand respect des adversaires, l'un envers l'autre... Comme au rugby !

Lorsqu'il vous a dit cela, aviez-vous le sentiment que la partie était gagnée ?

Je savais qu'il avait renoncé à se rétracter dans *Science*, mais cela ne réglait pas le problème de fond. Pourquoi ne trouvait-il pas mon virus ? Pourquoi étions-nous les seuls à trouver le LAV, lorsque Gallo et d'autres laboratoires continuaient de trouver le HTLV1 chez des malades ?

Vous n'avez pas eu de doutes sur vos recherches à ce moment-là ?

Pas de doute, mais des questions. Je me suis dit : soit on a raison contre tous, soit on est en train de s'enfoncer dans une erreur. Je suis donc reparti de zéro, sur l'hypothèse que nous faisions fausse route. Quels étaient les faits : le LAV existait bien dans le ganglion de BRU. On le retrouve ensuite dans les cellules de patients atteints de sida. J'ai donc imaginé le scénario catastrophe suivant : le virus de BRU a peut-être contaminé mon laboratoire.

Vous êtes donc reparti de zéro avec le HTLV1 (trouver un patient, isoler le virus) uniquement pour prouver que vous saviez le faire aussi et que votre LAV était bien différent ?

Oui. Je vous l'accorde, c'était une perte de temps immense, mais nous n'avions pas le choix puisque personne ne nous croyait ! Et puis il fallait aussi prouver ce que nous avancions. En science, l'hypothèse est une chose, la vérification en est une autre. Il fallait que nous écartions, une par une, toutes les objections qui auraient pu nous être faites. Nous avons donc récupéré un prélèvement sanguin fait chez un patient atteint par la maladie de Sézary. C'est à partir de cette maladie que Gallo avait isolé pour la première fois son HTLV1. En outre, le patient était issu des Antilles, où ce virus sévissait à l'état endémique. Nous avons donc tout repris à zéro, procédé à la mise en culture de ses cellules, comme pour le ganglion. Nous avons guetté la transcriptase reverse, et c'est ainsi que, des années après Gallo, nous sommes partis sur les traces du HTLV1 uniquement pour valider la pertinence de ce que nous étions les seuls à avoir trouvé...

Et alors ?

Et alors le suspense était à son comble ! Si nous trouvions le LAV, cela voulait dire que nous étions face à une contamination de notre laboratoire. Si nous trouvions le HTLV1, cela voulait dire que nous ne nous étions pas trompés. En réalité, dans mon laboratoire, chaque fois que je prenais des cellules de patients sida, j'isolais le LAV ; aux États-Unis, chaque fois que Gallo isolait un virus sur un patient sida, c'était le HTLV1 ; or, nous savons qu'il n'y a qu'un seul virus responsable du sida. La seule chose qui aurait pu expliquer que je retrouve chaque fois le LAV, c'était que mon laboratoire soit contaminé par le LAV. Pour en avoir le cœur net, j'ai recherché un malade présentant un Sézary, maladie due au HTLV1 mais n'ayant rien à voir avec le sida. J'ai obtenu des cellules du malade et les ai mises en culture pour isoler un virus : si c'était le LAV, mon labo était contaminé ; si c'était le HTLV1, c'était gagné.

Connaissant la suite, je suppose que vous avez isolé le HTLV1...

Bingo ! Vous ne pouvez pas imaginer l'excitation qui régnait dans le laboratoire quand le résultat est tombé. Bien plus que le jour où nous avions isolé le LAV pour la première fois. Car cette fois, c'était très clair : nous n'avions pas seulement trouvé un virus, nous avions apporté la preuve que les autres se fourvoyaient. Nous venions d'apporter la preuve que nous avions raison, seuls contre tous !

Vu tout ce que vous nous avez dit jusqu'à présent, avoir raison contre tous n'était pas forcément une très bonne nouvelle.

(*Sourire.*) C'est vrai. C'est une réflexion que je me suis immédiatement faite. Comment allions-nous convaincre le monde entier ? Comment allions-nous pouvoir contester la toute-puissante recherche américaine ? Comment dire qu'ils s'étaient trompés ? Comment vaincre l'incrédulité et la suspicion ? Nous n'avions pas le choix : il fallait prendre nos bâtons de pèlerins et courir le monde pour prêcher la bonne parole…

6

Dix minutes pour convaincre

L'équipe de l'Institut Pasteur devait désormais se battre contre deux ennemis : le virus... et le temps. Au laboratoire, il fallait continuer d'avancer, et dans les congrès scientifiques du monde entier il fallait s'imposer, faire entendre cette petite voix française. Jean-Claude Chermann, Françoise Barré-Sinoussi et Luc Montagnier se sont donc partagé le monde : l'Europe pour le premier, l'Asie pour la seconde et les États-Unis pour le troisième. Dans les congrès, il fallait rivaliser pour s'imposer au micro. Les équipes du Pr Gallo arrivaient à dix et parlaient l'une après l'autre. Les Français arrivaient seuls : ils n'avaient chaque fois que dix minutes pour convaincre le monde.

*

Comment s'est passée votre « croisade scientifique » ?

Ç'a été très dur. Parfois même violent. Je pense que nous avons commencé à marquer des points lorsque je me suis rendu à Naples, en juin 1983. Les Italiens avaient organisé un grand congrès mondial sur le sida[12]. Michael Gottlieb était présent. C'était une autorité, car c'est lui, je vous le rappelle, qui avait décrit les premiers cas de sida aux États-Unis. Il a écouté ma présentation et, tout de suite après, il est venu me voir pour me poser un tas de questions. Il voulait vérifier que notre virus était bien différent des HTLV déjà décrits par Gallo. Le lendemain, il m'a invité à prendre le petit déjeuner avec lui, et c'est là, face à la baie de Naples, entre un café et deux croissants, qu'il m'a fait la proposition qui allait me permettre de faire éclater notre découverte au grand jour : il m'a invité à la grand-messe de la recherche américaine qui devait se tenir à Park City dans l'Utah huit mois plus tard.

Luc Montagnier n'a-t-il pas, lui aussi, fait une présentation devant le gratin de la recherche mondiale aux États-Unis ?

Si, à Cold Spring Harbor, en septembre 1983[13]. Mais, de l'avis de beaucoup de chercheurs présents ce jour-là, elle a malheureusement été contre-productive. Il n'avait visiblement pas su convaincre. Ç'a l'air d'un détail, mais la phase de conviction dans un grand congrès est fondamentale. Ce n'est pas comme vos émissions de télévision où les invités ont « cent minutes pour convaincre »... Ici, nous en avions dix chaque fois ! Et encore, ça, c'est quand on arrivait à s'incruster dans le programme, car nous n'étions jamais spontanément invités... À la décharge de Luc Montagnier, il faut savoir que nous, chercheurs français, n'étions pas préparés à ce genre de bagarre. Là où les Américains faisaient tous preuve d'aisance et avaient vraisemblablement pris des cours de communication, nous arrivions avec une poignée de mauvaises diapositives et, bien sûr, il fallait s'exprimer en anglais ! De plus, je dois dire que, lorsque le Pr Montagnier s'est rendu à ce congrès, nous n'avions pas encore les billes suffisantes pour balayer toutes les questions, et l'auditoire n'était pas médical, ce congrès était surtout destiné à des scientifiques[14].

Vous aussi, vous avez eu affaire à ce genre d'hostilité ?

Bien sûr ! Et c'est pour cela qu'il ne faut surtout pas prêter le flanc en s'avançant trop tôt. Mais la pire charge que j'ai subie est venue... de Français...

À quelle occasion ?

Lors d'un congrès de l'INSERM (Institut national de la santé et de la recherche médicale) sur les rétrovirus, à Seillac. C'était en octobre 1983. J'avais été invité pour présenter le LAV. Je m'en souviens comme si c'était hier. J'avais été le dernier à parler, juste avant la pause déjeuner. Après ma présentation, je me rends au restaurant de l'hôtel où le congrès a lieu, et je m'aperçois que j'ai oublié mes diapos dans la machine. Je me dis : « Il faut absolument que j'y retourne ! » Je fais demi-tour et là, qu'est-ce que je vois ? Une dizaine de participants était en train de passer mes diapos, clic, clic... (*Jean-Claude Chermann fait le geste et mime le bruit avec un visage ébahi, comme s'il y était.*) Comme j'arrive par le fond de la salle, ils ne me voient pas, et j'écoute donc leurs commentaires... édifiants : « Non, non, ce n'est pas un rétrovirus... Il s'est trompé... Regarde la forme... C'est n'importe quoi ! » Françoise Haguenau, grande spécialiste française de la microscopie électronique, me donne le coup de grâce : « C'est un arénavirus. » Or un arénavirus est un virus de souris ! Ils étaient donc gentiment en train de dire que ce que j'avais décrit était une belle contamination de mon laboratoire par un virus de souris ! Même pas un rétrovirus ! Vous vous rendez compte !

Pourquoi cette erreur, selon vous ?

Parce que personne ne connaissait cette morphologie de rétrovirus, qui, effectivement, pouvait faire penser à un arénavirus. Le problème, c'est que, au-delà des diapos, j'avais tout expliqué, tout démontré... Mais ça, ça ne les intéressait pas parce qu'ils ne voulaient pas croire que nous, Français, avions pu trouver là où les Américains échouaient !

Que leur avez-vous dit ?

Rien. Je me suis approché d'eux, ils se sont écartés, j'ai pris mes diapos et je suis parti déjeuner.

Un congrès pour rien, alors ?

Pas vraiment, car Robert Gallo était présent, et je crois que c'est ce jour-là que je l'ai convaincu que nous avions raison et qu'il se fourvoyait.

Comment cela ?

Après le déjeuner, je vais le voir et je lui dis : « Il faut qu'on se parle. Viens, on va faire une balade à vélo. » Il y avait des vélos pour les clients de l'hôtel. La région est belle, vous savez, c'est le coin des châteaux de la Loire. Je me suis dit qu'il fallait le mettre en condition pour entendre ce que j'avais à lui dire...

Vous êtes donc partis tous les deux à vélo, sur les sentiers de la Loire ?

Tous les quatre. Il y avait avec nous Guy de Thé, un cancérologue, et Françoise Haguenau. J'ai donc pédalé, au propre comme au figuré, pour le convaincre. Ç'a duré deux heures. On ne s'était pas revus depuis mon aller-retour aux États-Unis au cours duquel je l'avais convaincu de ne pas se rétracter dans *Science*. Entre-temps, j'avais avancé dans mes validations. Je lui parle de mes nouveaux isolats, je lui démontre que nous sommes à présent prêts à faire la preuve que nous avons trouvé le virus à l'origine du sida, et pas lui.

Comment réagit-il ?

Il continuait de pédaler. Pendant deux heures, on ne s'est pas arrêtés. Il me posait des questions. Au fur et à mesure, je voyais bien que je commençais à le faire douter. Cette balade à vélo a dû le marquer car dans son livre, *Chasseur de virus*, il publie une photo de cette escapade [15]. Lorsqu'on est rentrés à l'hôtel, j'ai vu que je l'avais ébranlé. Je n'ai pas eu longtemps à attendre pour en être certain. Le soir, nous avions un dîner de gala avec tous les congressistes. J'étais au bord de la piscine, il était à côté de moi, et tout à coup... il m'a poussé dans l'eau tout habillé !

Comme ça ? Devant tout le monde ?

Comme ça ! (*Rires.*) Tout de suite après, il m'a dit : « Excuse-moi, je voulais faire une blague à un copain... Je ne t'ai pas reconnu. » Sornettes ! On marchait côte à côte le long de la piscine !

Que voulait dire ce geste, d'après vous ?

Ça voulait dire qu'il venait de comprendre qu'il s'était complètement fourvoyé. Il a agi nerveusement. En me poussant dans la piscine, il venait en quelque sorte de me faire plonger dans le grand bain de la recherche mondiale. Je venais d'être adoubé par le pape de la rétrovirologie [16] !

Et les autres autour, comment ont-ils réagi ?

Eh bien, pour commencer, le chauffeur du directeur de l'INSERM a dû me prêter son costume pour que je puisse aller dîner ! Je l'ai revu depuis, et il s'en souvient très bien, on en a beaucoup ri ensemble. Mais le plus drôle a été le lendemain. Gallo faisait une présentation, et certains plaisantins avaient dégoté, je ne sais comment, une diapositive d'un canard en plastique flottant dans une piscine. Ils l'ont intercalée avec ses autres diapos. Lorsqu'elle est arrivée entre deux rétrovirus sur l'écran géant, ç'a été l'éclat de rire général dans la salle !

Et lui ?

Il a rigolé aussi. Ensuite, au moment de se quitter, je suis allé le voir pour lui dire au revoir, et là, j'ai arrêté de rire : « Hier, je t'ai tout raconté, lui ai-je dit. Le point définitif de l'histoire, avec les preuves, tu l'auras en janvier, dans ton pays, au grand congrès de Park City dans l'Utah. Michael Gottlieb m'a invité lorsqu'on s'est vus à Naples. La vérité éclatera ce jour-là. »

7

L'heure de vérité

« Qui n'est jamais allé à Park City ne connaît pas la beauté de la montagne », dit un proverbe local. Lorsque l'Amérique souhaite rappeler sa puissance, c'est à Park City qu'elle convoque le monde. Ce fut le cas pour les jeux Olympiques d'hiver de Salt Lake City en 2002. Ce fut aussi le cas en ce mois de février 1984 pour accueillir l'élite mondiale de la médecine. Dans cet écrin de rêve, cent cinquante chercheurs triés sur le volet, à la pointe de la médecine mondiale, étaient venus pour entendre Robert Gallo parler des avancées de ses recherches sur le sida. Mais ce jour-là, c'est un inconnu, un Français, Jean-Claude Chermann, qui emporta le morceau. Sa présentation dura dix minutes. Dix minutes pour offrir à la médecine française l'une des plus grandes victoires de son histoire. Les participants ne s'y trompèrent pas. Le commentaire qui revint le plus après l'exposé de Chermann fut le suivant : « Gallo est resté interdit.

Il vient juste de comprendre que c'est ce gars qui va aller en Suède à sa place pour récupérer le prix Nobel. » L'histoire leur donnera raison... en partie.

*

Racontez-moi comment s'est passé ce congrès.

Pour moi, le ton a été donné deux jours plus tôt. Gallo m'a appelé à Pasteur pour me demander : « Tu arrives quand ? Je viens te chercher à l'aéroport... » Jamais il ne faisait ça ! Lui, Gallo, aller faire le chauffeur pour un participant à un congrès ! Impensable. Mais lorsque je suis sorti de l'avion, il était bien là, à m'attendre. On est montés dans sa voiture, et sur la route il a commencé à attaquer : « Tu sais, j'ai bien réfléchi... Ta transcriptase reverse n'est peut-être pas ce que tu crois. Je me suis fait avoir une fois... » Je lui ai dit : « Écoute, Bob, je suis sûr de tout, donc aujourd'hui je présente. » « Tu ne peux pas faire ça à la légère, m'a-t-il répondu, il y a tout le gratin. Tu prends le risque de te discréditer... Peut-être faut-il encore attendre... » Il est vrai qu'à ce moment-là tout le monde cherchait dans tous les sens. Aux États-Unis, ils en étaient à chercher dans les poppers (vasodilatateurs très prisés des homosexuels). Certains pensaient que le microbe à identifier pouvait venir d'un de ces produits. Le sida, c'était vraiment l'inconnu pour tout le monde. Même Robert Gallo, qui suivait la piste de son HTLV, n'avait pas encore convaincu (et pour cause puisqu'il se trompait). Il comptait, comme moi, sur ce congrès pour le faire.

D'après vous, s'il est venu vous chercher ce jour-là à l'aéroport, c'est uniquement pour tenter de vous dissuader de faire votre présentation ?

Restons-en aux faits : il se trouve que les deux bonshommes dans cette voiture, en train de monter à Park City, étaient les deux seules personnes au monde à avoir vraiment avancé. Les deux voulaient convaincre qu'ils avaient découvert le virus à l'origine du sida. Donc, bien qu'amis, les deux étaient aussi des concurrents. Je dirais que, comme dans toute guerre, la dimension psychologique est importante. Gallo était donc en train de faire ce que j'appellerais une « préparation psychologique ». Mais je n'ai pas lâché !

A-t-il fait d'autres manœuvres par la suite ?

Encore une fois, je vais m'en tenir aux faits, et je vais donc vous laisser le choix d'interpréter si vous le souhaitez. Gallo était président de session. Une fois de plus, je suis coutumier du fait, je devais m'exprimer à la fin. C'était le deuxième jour. Je me prépare lorsque mon tour arrive, quand, soudain, Gallo réinvite une autre personne, un chercheur de Harvard, à parler à la tribune pour répondre à ce que le précédent venait de dire. Il n'était pourtant pas prévu au programme. L'heure de la fin arrivait et j'étais en train de passer mon tour !

Les organisateurs n'ont rien dit ?

Si, Michael Gottlieb, celui qui m'avait invité lorsqu'il m'avait entendu à Naples, s'est levé et a demandé à ce que le programme soit respecté. Il a eu du mal à se faire entendre mais, finalement, l'intervenant inattendu a dû redescendre de l'estrade et j'ai enfin pu parler.

Ça ressemble à un scénario de film, votre histoire !

C'est vrai. Quand j'y pense avec le recul, je me dis ça aussi, mais sur le moment je ne l'ai pas vécu comme ça. Je n'avais pas la pression. J'étais plutôt décontracté. Je venais faire ma présentation, point final. Je pense que je n'avais même pas conscience de ce qui était en train de se jouer autour de moi. Je ne crois pas, sauf exception, que quelqu'un puisse dire : « Tiens, aujourd'hui, je vais écrire une page de l'histoire. » On écrit une page, et la vie décide ensuite si elle doit entrer dans l'histoire. Mais je dois reconnaître que celle-ci est incontestablement entrée dans l'histoire de la recherche française.

Comment a été reçue votre présentation ?

C'était impressionnant. Il y a eu très vite un silence incroyable dans la salle. Tout le monde écoutait (ce n'est pas toujours le cas dans les congrès...). Je n'ai pas vu la réaction de Gallo, mais j'ai lu par la suite des commentaires qui disaient qu'il devenait de plus en plus pâle au fur et à mesure que j'avançais dans ma démonstration.

Vous en avez parlé avec lui après ?

Jamais. En revanche, après la pause, j'ai croisé Donna Mildvan* dans les couloirs. C'était un des pontes de l'assistance. Peu de gens connaissaient aussi bien qu'elle le sujet d'un point de vue clinique. Il faut dire qu'en tant que chef du service des maladies infectieuses au Beth Israel Hospital de New York, elle était au cœur du cyclone. Je l'ai donc croisée dans les couloirs, et là, elle s'est arrêtée de marcher, elle m'a pointé du doigt et elle m'a dit cette phrase dont je me souviendrai toujours : « *You have the virus !* » Vous avez le virus !

Quelle a été votre réaction ?

Je suis resté bête ! Bête et heureux. Lorsqu'elle m'a dit cela, j'ai compris que je venais de convaincre les Américains. J'ai couru dans ma chambre pour annoncer la bonne nouvelle à l'équipe. J'ai appelé Françoise au labo, et je lui ai dit : « Ça y est, on est reconnus ! »

Y a-t-il eu d'autres réactions positives en dehors de celle de Donna Mildvan ?

Oui, plusieurs personnes, comme Murray Gardner, chercheur du centre de primatologie de Davis (Californie), qui utilisait le modèle de macaques infectés par le SIV, sont venues me voir et parler de la

* Voir annexe p. 282 sur Donna Mildvan.

morphologie spéciale du virus, et aussi des chercheurs du CDC (Centre des maladies infectieuses). C'est un organisme gouvernemental très important, basé à Atlanta, et qui organise la veille sanitaire aux États-Unis. C'est lui qui a, le premier, tiré la sonnette d'alarme dès 1981, en constatant la reprise d'une consommation de Bactrim (médicament utilisé pour combattre des pneumonies dans diverses immunodéficiences) et des cas de morts suspectes dans la communauté homosexuelle. À l'issue de la conférence, les gens du CDC sont donc venus me voir, et ils m'ont demandé de me rendre dans leur laboratoire à Atlanta. Au lieu de rentrer à Paris directement, je suis donc parti pour Atlanta afin de présenter mes travaux.

Pourquoi voulaient-ils que vous alliez à Atlanta ?

En fait, c'est aussi à l'occasion de ce congrès de Park City que j'ai donné les premiers résultats de nos tests de dépistage…

Les tests de dépistage : c'était le nerf de la guerre…

Exactement. Connaître le virus était une chose, mais le dépister était fondamental, car cela permettait de prévenir les malades et donc, dans une certaine mesure, d'enrayer la contamination, et surtout d'assurer des transfusions sanguines saines. Je parle ici des enjeux de santé qui m'intéressent, mais il y avait aussi, bien sûr, derrière, un enjeu financier colossal pour celui qui sortirait le premier test.

Comment avez-vous travaillé sur ce test ?

On a fait venir dans mon laboratoire les Dr Françoise Brun-Vézinet et Christine Rouzioux, qui étaient spécialistes des tests de dépistage pour les virus. Mais le problème, au début, c'était surtout d'avoir suffisamment de virus pour mettre au point ces tests. Je vous rappelle que, début 1984, il y avait en France à peine une quinzaine de cas de sida. On a donc demandé aux Américains de nous fournir des sérums, puisque c'était le pays le plus touché [17].

Et ils ont accepté ?

Oui. Enfin, le CDC a accepté. C'est lui qui avait le plus de sérums à l'époque.

Gallo ne leur en a pas voulu de vous aider indirectement à mettre au point votre test ?

Disons qu'il leur a expliqué que lui aussi avait besoin de sérums de malades pour travailler, et le CDC a donc dû réduire ses envois. C'était moitié pour lui, moitié pour nous.

Il leur a dit : « Vous trahissez » ?

Je crois qu'il ne le leur a pas dit comme ça. Il est beaucoup plus fin que ça. Il leur a dit : vous êtes payés par le gouvernement américain. Vous êtes un institut d'épidémiologie et non de rétrovirologie. Le rétrovirologue aux États-Unis, c'est moi ; donc c'est chez moi que doivent arriver les sérums de malades.

Il semblerait que le CDC ait quand même été votre allié aux États-Unis ?

Je dirais que le CDC a été l'allié de la science. Nous avions publié nos recherches, ils étaient au courant, pourquoi se seraient-ils privés de nous sous prétexte que nous étions français ? Par ailleurs, leur confiance n'était pas aveugle. Quand on a travaillé sur le test, ils ont voulu vérifier la qualité de nos résultats.

Comment ont-ils fait puisque les États-Unis étaient en retard sur vous ?

Ils nous ont envoyé trente sérums dont une partie avait été prélevée sur des personnes non malades. Parmi elles, certaines étaient à risque et d'autres pas. Eux seuls connaissaient la provenance des sérums. C'était donc à nous de nous y retrouver avec notre test.

Qu'ont donné les résultats ?

Ils ont été bluffants ! Nous avions quasiment tout trouvé ou presque ! C'est ainsi qu'ils m'ont ensuite invité, le 15 février 1984, au CDC, dans leur laboratoire d'Atlanta. Comme Gallo, ils ne parvenaient pas à retrouver mon LAV. C'était incroyable ! Je me souviens d'un chercheur qui me montrait ses photos de microscopie électronique à partir des sérums en me disant qu'il n'avait rien trouvé. Je les ai regardées avec lui et je lui ai dit en lui montrant : « Là... et là... et encore là... c'est le virus. » Il était interloqué !

Il l'avait sous les yeux mais ne le voyait pas ?

Comment voulez-vous trouver quelque chose quand vous ne savez pas ce que vous cherchez ! Souvenez-vous de notre microscopiste à l'Institut Pasteur. C'était la même chose et c'était normal. C'est comme ça qu'on a commencé à travailler ensemble. Je leur ai donné le virus, je leur ai appris à le cultiver et à le maintenir en vie.

Ils ont accepté qu'un « petit Français » vienne leur montrer comment il fallait travailler ?

Oui, ils étaient même très demandeurs. C'est ainsi que j'ai fait par la suite avec eux des publications communes, sur la transfusion ou encore sur le singe. C'est avec eux qu'on a injecté pour la première fois le LAV à un chimpanzé[18]. C'est là que j'ai constaté qu'il ne faisait pas de maladie. C'est fondamental pour la suite, car à partir de ce jour j'ai compris que nous n'aurions jamais de modèle animal et que nous ne pourrions pas suivre la voie classique connue jusqu'alors pour élaborer par la suite un vaccin.

Vous donnez le virus à Gallo, puis au CDC... Vous n'auriez pas pu mettre vos forces en commun dans cette affaire ?

Mais c'est ce que j'ai essayé de faire ! Un jour, il y a même eu une réunion de conciliation à Paris. Nous tentions de nous mettre d'accord sur le test de dépistage. Le 6 avril 1984, de retour d'un congrès à Zurich, Gallo était venu nous voir. Don Francis*, chef du laboratoire de virologie au CDC, avait aussi fait le déplacement. Lui aussi prônait une collaboration au vu des résultats concluants que nous lui avions fournis. L'ambiance était à couteaux tirés entre lui et Gallo. Gallo est arrivé en retard. Don Francis et moi étions déjà dans le bureau de Montagnier. Quand Gallo est arrivé, il n'a pas voulu démarrer la réunion tant que Don Francis serait présent. Francis est allé attendre sur une chaise dans le couloir. Ensuite, j'ai été le rechercher pour qu'il assiste à la fin de la réunion. Le soir venu, pour surmonter les divisions et cimenter l'équipe, j'invite tout ce beau monde, sur mon argent propre, au Paradis latin. Je m'en souviens comme si c'était hier. C'était digne d'une séquence de film ! Pendant le spectacle, je m'absente pour aller aux toilettes. Au bout d'une minute, je vois Gallo qui débarque. Alors que nous étions en train de nous soulager aux urinoirs, Bob me lâche : « En quoi a-t-on besoin du CDC dans cette affaire ? » Je n'ai pas répondu. Le lendemain, Gallo, qui partageait le même hôtel que Don Francis, prend le petit déjeuner avec lui. C'est Don qui me l'a raconté… Devinez ce qu'il lui a dit : « En quoi a-t-on besoin de Pasteur ? »

---

* Voir annexe p. 283 sur Don Francis.

8

La guerre du nom

Sonné par le congrès de Park City, Robert Gallo n'a pas mis longtemps à réagir. Le scientifique était touché, mais l'homme de réseau n'avait pas dit son dernier mot. La réplique viendra moins de trois mois plus tard, sous le nom de… HTLV3. Gallo affirmait avoir enfin découvert le virus responsable du sida. Selon lui, c'était bien un cousin de son HTLV. Une réplique à l'arme lourde. Pour convaincre le monde, Gallo va signer le même jour pas moins de quatre articles dans la revue Science. *Fidèle à sa réputation, il commentera lui-même la portée de ses articles : « Avoir un papier dans* Science, *dit-il, c'est déjà beaucoup. En avoir deux, c'est fantastique. En avoir trois, c'est un record. J'en ai eu quatre d'un seul coup. » Mais pour parfaire le plan, Gallo eut une idée de génie : impliquer le gouvernement américain dans cette annonce. C'est donc la ministre de la Santé en personne qui s'en chargera. L'Amérique va, comme elle sait le faire, déployer la bannière étoilée pour porter la bonne nouvelle lors d'un show télévisé. Toutes les grandes agences de presse du monde entier avaient été invitées à entendre le discours d'ouverture de la conférence de presse du lundi 23 avril 1984, à 13 h 15.*

« Aujourd'hui, nous ajoutons un autre miracle à la longue liste honorifique du rôle joué par la médecine et la science américaines. [...] Cette découverte représente un triomphe de la science sur la maladie. [...] Depuis les premiers jours de l'apparition du sida en 1981, nos scientifiques et leurs alliés médicaux n'ont eu de cesse de trouver une réponse à l'énigme du sida. [...] Dans six mois, un test de dépistage sanguin sera disponible, et dans deux ans, nous pourrions avoir un vaccin » (Margaret Heckler, ministre de la Santé de l'administration Reagan).

Qu'importe que la ministre se soit un peu avancée sur le vaccin. Robert Gallo, à ses côtés sur la scène, buvait du petit lait. La nation américaine venait de l'adouber aux yeux du monde entier comme le sauveur de l'humanité.

*

Quelle a été votre réaction en regardant à la télévision l'annonce de la ministre de la Santé américaine ?

J'avais été prévenu qu'il allait y avoir une annonce importante, mais là, c'était énorme ! C'était tellement invraisemblable… Un an après notre découverte, les Américains sortaient le drapeau pour annoncer : « *We have the virus.* » J'ai trouvé cela malhonnête.

Personne n'a réagi dans la salle ?

Si, il y avait James Mason, du CDC. Il connaissait la vérité puisque, comme je vous l'ai dit, nous avions travaillé ensemble. Il a levé la main et a dit : « Mais non, le virus a déjà été trouvé en France ! » Il y a eu un énorme blanc dans la salle, mais la ministre ne s'est pas démontée.

Vous n'avez pas appelé Gallo pour lui dire qu'il exagérait ?

Non. J'en ai reparlé ensuite avec lui. Il m'a dit qu'il n'y était pour rien. C'était le gouvernement qui l'avait contacté pour mettre en avant sa découverte du HTLV3, qui devait sortir quelques jours plus tard dans *Science*…

Et en France, le ministre de la Santé n'aurait pas pu faire la même chose avant avec vous ?

Cela nous aurait bien sûr aidés, mais il faut se remettre dans le contexte. Qui étaient Chermann, Barré-Sinoussi et Montagnier à l'époque ? Personne. Gallo, lui, c'était quelqu'un. Il dirigeait un laboratoire au NIH (Institut national de la santé), il avait eu des prix, il avait déjà découvert deux rétrovirus humains...

Aucun politique n'était venu vous voir, malgré votre article dans Science *un an avant ?*

Non. La pensée était simple. Quand on avait trouvé, on nous disait qu'on n'était pas confirmés. Et quand on a été confirmés, on nous a dit qu'on avait trouvé par hasard et qu'on allait se faire dévorer par le rouleau compresseur américain... C'était l'ambiance, il y a vingt-cinq ans ! Je trouve ça inadmissible. D'ailleurs, par la suite, au fur et à mesure de mes conférences, les chercheurs européens venaient me voir et me disaient : « Si vous avez pu, pourquoi pas nous ? »

Vous avez donné de l'espoir à la recherche européenne ?

Complètement. Je crois que ç'a été un déclic pour beaucoup.

Le rouleau compresseur ayant été mis en route, comment avez-vous fait pour résister ?

Heureusement pour nous, cette stratégie avait aussi ses limites. Le principe du rouleau compresseur, c'est de tout écraser sur son passage, sans faire dans le détail. Or, le diable se cache dans les détails... Surtout en science.

En l'occurrence ?

Dans sa précipitation pour annoncer qu'il avait découvert le virus HTLV3 à l'origine du sida, Gallo a laissé passer une photo que certains ont reconnue comme étant celle de notre LAV.

Gallo a publié une photo du LAV en la faisant passer pour son HTLV3 ?

C'est en tout cas ce qu'a dit le microscopiste qui a pris la photo. Il se trouve que, lorsque nous avions envoyé notre virus à Gallo, il a fait sous-traiter les opérations de microscopie électronique dans un autre laboratoire. Celui qui avait pris cette photo du LAV a donc reconnu son travail dans *Science*... si ce n'est qu'elle illustrait l'article sur le HTLV3 !

Comment Gallo a-t-il réagi à cette dénonciation ?

Il a engueulé son équipe pour s'être stupidement trompée dans le choix de la photo ! Mais à partir de ce moment, je dois dire que j'ai commencé à avoir de sérieux doutes.

Vous n'aviez pas douté avant ?

Si, je ne comprenais pas pourquoi Gallo, avant cette histoire de HTLV3, continuait d'appeler son virus le HTLV alors que nous avions prouvé que notre LAV était bien à l'origine du sida. Je me souviens de luttes homériques dans des bars d'hôtel, où nous menions de véritables batailles pour le nom.

Dans des bars d'hôtel !

Oui, on se retrouvait toujours dans les mêmes congrès pour promouvoir, lui son HTLV, moi notre LAV. Je vous rappelle qu'au départ le LAV (y compris dans son appellation) n'était pas encore lié au sida, puisqu'il avait été isolé sur une personne non malade. C'était la même chose pour son HTLV. Il supposait que le virus responsable du sida était de la même famille, mais l'appellation HTLV n'avait pas été pensée pour cela, puisqu'elle était antérieure. Donc, plus nos recherches avançaient, plus nous avions la certitude de détenir chacun le virus responsable de la maladie, et plus nous imaginions une autre signification possible à nos appellations pour les rapprocher du sida. Ainsi, un jour, après un congrès en Italie, on se retrouve avec Montagnier et Gallo au bar de l'hôtel. Montagnier disait : « Le LAV est un lentivirus (famille de virus). Donc LAV signifie : Lenti Aids Virus », qui voulait dire : lentivirus du sida. Gallo répliquait en disant : « Dans ce cas-là, j'appellerai mon HTLV : Human T Lenti-Virus. » Nous prenions cela en riant autour d'une bière, mais en réalité c'était très important, car nous savions que le premier qui accrocherait le nom de son virus au sida prendrait une longueur d'avance dans la bataille. Finalement, c'est un comité scientifique indépendant, dirigé par Harold Varmus (prix Nobel), qui a fini par trancher en l'appelant HIV

(Human Immunodeficiency Virus). Je continue de penser que c'est un mauvais nom, car il ne décrit pas bien les différentes fonctions du virus. Mais à ce moment-là, les membres du comité n'ont pas voulu trancher en faveur d'une des parties.

N'y avait-il pas un malaise à se battre ainsi pour un nom pendant que des gens mouraient ?

C'est l'analyse qui a été faite à l'époque. Moi, je ne suis pas d'accord, parce qu'un nom, pour un virus, c'est important. Aujourd'hui, l'appeler HIV n'en fait qu'un virus du sida, alors qu'il est responsable d'autres maladies associées au sida. Et on ne retardait pas la recherche pendant ce temps-là. On continuait d'avancer, mais pour cela il était important de savoir qui avait trouvé. C'est une question d'honnêteté intellectuelle et scientifique.

C'était aussi une question d'argent et de royalties à venir pour les tests de dépistage...

Pas pour moi. Ç'aurait effectivement été une mauvaise raison, et je suppose d'ailleurs que c'est cela qui a motivé le gouvernement américain pour refuser notre brevet concernant le test de dépistage. Là, oui, ç'a été scandaleux, car refuser ce brevet, c'était retarder le dépistage, avec les conséquences humaines que cela pouvait avoir.

Quand avez-vous déposé votre brevet ?

Nous l'avons déposé en décembre 1983, six mois avant les annonces de Gallo. Lui a déposé le sien en mai 1984 et il a été accepté le mois suivant.

Quelles raisons vous ont donné les autorités américaines pour refuser votre test de dépistage aux États-Unis ?

La première raison invoquée a été de dire que nous n'étions pas américains ! C'était une obligation légale pour distribuer ce test. Nous sommes donc passés par une filiale américaine, Genetics System, pour lui demander de produire le kit aux États-Unis. Ce sont eux qui ont fait la deuxième demande.

Pourquoi a-t-elle été refusée cette fois-ci ?

Prétendument parce que notre test n'était pas efficace à 100 %. C'était vrai, mais c'était aussi vrai pour le test de Gallo qui a cependant reçu son autorisation immédiatement. Les analyses ont pourtant montré par la suite que notre test était au moins aussi fiable que le sien.

Donc on peut dire qu'en refusant le test de l'Institut Pasteur, les États-Unis ont perdu cinq mois de dépistage ?

... (*Silence.*)

Selon vous, combien de personnes ont été contaminées à cause de ce retard ?

C'est impossible à dire. Je vous donnerai simplement trois chiffres qui montrent la vitesse à laquelle le virus se propageait à l'époque, et l'urgence qu'il y avait à agir vite. En juillet 1981, le CDC recensait 80 cas de sida déclaré. En avril 1984, quand le test de Gallo a été accepté, on recensait 4 123 cas déclarés. Dix mois plus tard, ce chiffre avait doublé. Par ailleurs, il faudrait attendre 1985 avant que les banques du sang américaines pratiquent le dépistage sur les lots réservés aux transfusés.

Quelle a été la réaction de l'Institut Pasteur après le deuxième refus américain d'homologuer le kit français ?

Ce refus a été la goutte d'eau qui a fait déborder le vase. C'est à ce moment que la décision de faire un procès fut prise.

9

Le procès

On aurait dit un petit enfant. Il tapait des pieds, les poings crispés, en répétant toujours la même phrase : « Il faut signer ! Il faut signer ! » De l'avis général, ce jour de décembre 1986, le grand Pr Montagnier avait perdu son sang-froid. Il faut dire qu'on ne parlait plus de science, mais d'argent. De beaucoup d'argent. Le document qu'il fallait absolument signer, c'était l'accord décidé au plus haut niveau par Ronald Reagan et Jacques Chirac pour mettre fin au conflit qui opposait les chercheurs américains et français sur la question de la paternité de la découverte du virus du sida. Après deux années de guerre et de coups bas, les Américains proposaient que les fruits de la découverte soient partagés à 50 % avec les Français. Pour l'Institut Pasteur, qui avait engagé beaucoup d'argent dans le procès contre le gouvernement américain, cet accord était la promesse de pouvoir respirer financièrement. Et tant pis si tout le monde dans cette pièce savait que cette découverte était bien française à 100 %. « Il faut signer », répétait Luc Montagnier à Jean-Claude Chermann. Pourtant, ce dernier ne pouvait pas s'y résoudre. La science est une démarche de vérité : il était celui qui avait, le premier, isolé dans son laboratoire le virus du sida. Les faits sont têtus, Jean-Claude Chermann aussi.

*

Étiez-vous d'accord avec l'idée de faire un procès ?

Je n'ai pas pris part à cette décision. C'est l'Institut Pasteur qui a décidé de faire ce procès. Je pense que c'était une décision courageuse qu'il fallait prendre. Je ne parle pas du point de vue commercial (la vente des kits de dépistage sur le territoire américain représentait un enjeu financier énorme), je parle d'un point de vue scientifique. La vérité sur la découverte devait être établie. Ce procès a eu pour moi un intérêt majeur : il m'a permis d'accéder aux cahiers du laboratoire de Gallo.

Les cahiers scientifiques ont été versés à la procédure ?

Oui, les siens et les miens. C'est ainsi qu'on a pu vérifier ce qu'il avait fait du virus qu'on lui avait donné. Là, je ne vous le cache pas, la surprise a été totale. Il apparaissait très clairement, en consultant les notes du Dr Mikula Popovic qui était le principal collaborateur de Gallo dans ce dossier, que les mises en culture de notre virus LAV se transformaient au fil des pages pour devenir, à la fin... HTLV3.

Vous voulez dire que le HTLV3, annoncé à grand renfort de trompettes par le gouvernement américain comme étant le virus responsable du sida, était en fait issu de la culture du virus français ?

Exactement. Dans les cahiers qui datent de 1983-1984, on peut lire « Culture cellulaire/ Human T Leukemia – Hut 78/LAV ». Cela signifiait que notre virus LAV était produit dans cette cellule. Quelques lignes plus bas, le résultat de cette culture est appelé « LAV/Hut 78 ». Plusieurs pages plus loin, cela devenait « HTLV3 H9 ». C'est-à-dire qu'au fil des cultures, le nom du virus était changé.

C'était la preuve du vol ?

Si on reste factuel, on va dire que c'était la preuve que nous étions à l'origine de la découverte. La question de l'intention est différente. Je ne sais pas si Popovic a délibérément changé les noms. Lui dit que c'est sa méthode qui l'a induit en erreur. Sa technique consistait à mélanger les virus pour en produire plus. Il faisait ce qu'il appelait du « *pool virus* ».

Si je résume, l'équipe de Gallo croit que son HTLV est à l'origine du sida car elle a retrouvé ce virus chez certains malades. Pour produire plus de virus afin de pouvoir travailler, elle mélange différentes cellules infectées, y compris avec votre LAV. Au final, c'est votre virus qui prend le dessus, mais Gallo continue de l'appeler HTLV. C'est bien cela ?

C'est tout à fait ça.

Le crime était-il parfait ?

Presque. D'abord, il y a eu cette histoire de photo. Le microscopiste qui l'avait faite se souvenait qu'il s'agissait du LAV alors qu'elle était présentée comme celle du HTLV3. Comme je vous l'ai dit, ça nous a mis la puce à l'oreille. Mais il y a surtout eu un autre facteur que personne ne pouvait prévoir et qui a permis de connaître la vérité.

Quoi donc ?

Le virus n'était pas stable. Il mutait en permanence, et ça, personne ne le savait encore. C'est d'ailleurs pour cela que la ministre de la Santé américaine, probablement conseillée par Gallo, avait annoncé que la découverte du HTLV3 allait permettre l'arrivée d'un vaccin dans les deux ans. Lorsqu'on découvre un virus, on connaît la méthode pour fabriquer le vaccin et, le temps de passer en production, cela peut effectivement prendre deux ans. Mais dans le cas du LAV, le virus évoluait. Point négatif : ça ne permet pas de trouver un vaccin selon la voie dite « classique ». Point positif en ce qui concerne le procès : ça nous a permis de savoir que le HTLV3 et le LAV étaient bien un seul et même virus.

Comment cela ?

En établissant sa carte d'identité génétique. Quand nous avons su que le virus évoluait sans cesse, nous nous sommes dit : il suffit d'établir la carte d'identité génétique des deux virus. Si elle est identique, cela veut dire qu'il s'agit bel et bien du même virus, issu du même patient. Le résultat a été spectaculaire. Là où nous aurions dû avoir une différence de patrimoine génétique pouvant aller jusqu'à 20 %, les séquences du HTLV3 et du LAV étaient identiques à plus de 99 % ! Autrement dit, le HTLV3 et le LAV provenaient bien du même patient !

J'en reviens à ma question : c'était la preuve que les Français étaient à l'origine de la découverte, mais est-ce que c'était aussi une preuve suffisante pour parler de vol de la part de Gallo ?

C'est pour répondre à cette question que le gouvernement américain a réclamé une enquête indépendante. Sous l'égide du NIH (l'Institut national de la santé), l'OSI (Office of Science Integrity, Bureau de l'intégrité scientifique) s'est réuni pour la première fois dans l'histoire des États-Unis afin d'enquêter sur cette affaire [19].

Ont-ils cherché à entendre le point de vue français ?

Oui. Le mien, en tous les cas. Au passage, c'est bien la preuve, s'il en fallait une, que j'étais au centre de la découverte... Bref, je suis le seul Français convoqué.

Comment cela s'est-il passé ?

C'était très impressionnant. Cela se passait sur le campus de Bethesda, le 6 octobre 1990. Plus de vingt ans après mon stage là-bas... Je n'aurais pas imaginé à l'époque que je reviendrais un jour pour répondre à des enquêteurs tâchant de savoir si des chercheurs américains m'avaient volé ou non ma découverte ! Bref, j'arrive sur le campus, et là, je me retrouve dans une salle face à une sorte de jury composé d'une dizaine de personnes.

Combien de temps cela a-t-il duré ?

Trois heures. J'ai gardé la transcription ! Pendant trois heures, ils m'ont posé une grande quantité de questions. Je devais décrire mon virus, les patients, ce que j'avais donné à Gallo, les dates, etc. Je précise que je n'étais pas venu pour dénoncer Gallo. Encore une fois, ce n'est pas une histoire d'hommes. J'étais simplement venu dire la vérité puisqu'on me le demandait.

Y a-t-il eu dans vos réponses quelque chose qui les a particulièrement intéressés ?

Je le crois. En tous les cas, pour moi la question était intéressante… Au bout d'un moment, ils me font observer que Gallo prétend suivre, depuis novembre 1982, c'est-à-dire avant que nous trouvions le LAV, un patient dont les initiales sont M.O. C'est à partir des cellules de ce patient, notamment, qu'il aurait fini par trouver le HTLV3. Gallo leur avait dit par ailleurs ne pas se souvenir du nom du patient. Il est vrai que, pour identifier les cellules, on peut en effet mettre les initiales du patient dans les cahiers. Cela dit, aux États-Unis il existe une loi qui veut que, lorsque vous voulez utiliser les cellules d'un patient à des fins de recherche, il doit remplir un document stipulant son consentement éclairé (« *informed consent* »). Étrangement, ce document était introuvable. Donc, personne ne savait qui était ce M.O., mais on savait en revanche qu'il était à l'origine de la découverte du HTLV3. Je regarde les dates et il se trouve que les cellules de M.O. n'apparaissent qu'en septembre 1983, soit exactement au moment où j'avais renvoyé le virus à Gallo puisqu'il n'arrivait pas à le trouver dans le premier envoi que j'avais fait en juillet.

Le patient M.O. venait de chez vous ?

C'est ce que j'ai pensé, mais je n'avais pas de patient M.O. J'ai donc réfléchi à ce que nous avions renvoyé et là, j'ai compris ! M.O. n'était pas un patient ! C'était en fait les initiales de notre support de culture : Moelle Osseuse !

Pourquoi moelle osseuse ?

Quand on a commencé à travailler sur le test de dépistage, il fallait produire beaucoup de virus. On a donc essayé plusieurs précurseurs et on s'est aperçu que les cellules de cordon ombilical et les cellules de moelle osseuse étaient les plus efficaces pour que le virus prolifère. Donc, comme Gallo n'avait pas trouvé notre virus sur le premier échantillon de ganglion de BRU qu'on lui avait envoyé, on a pensé qu'il fallait lui mettre le paquet. On lui a fourni les cellules de moelle osseuse en se disant : « Avec ça, il ne pourra pas le rater. » De fait, il ne l'a pas raté ! Quand Popovic a mélangé notre virus avec ses autres isolats, il était tellement puissant qu'il a pris le dessus. C'est comme ça qu'il a contaminé toutes ses cultures par la suite.

Selon vous, c'est une contamination, pas un vol ?

Je n'en sais rien... Normalement, quand on est un rétrovirologue digne de ce nom, on ne doit pas mélanger les virus, on doit les étudier un par un. Le problème, c'est que le virus de leucémie (HTLV) ne se divise pas beaucoup. Par ailleurs, il ne change pas. Donc Popovic, qui était habitué à travailler sur le HTLV, avait dû prendre cette habitude de mélanger pour obtenir plus de virus. Quand il a fait ça avec les cellules de ses patients malades et le nôtre, c'est le nôtre qui a pris le dessus car on l'avait entraîné à pousser.

Vous pensez qu'il l'a fait de bonne foi ?

Je pense que Popovic l'a fait bêtement dans son habitude de mélanger les virus HTLV. Là où c'est plus tendancieux, c'est quand il a changé les noms d'une ligne à l'autre...

Comment ont réagi les membres du Bureau de l'intégrité scientifique quand vous leur avez donné l'explication des initiales M.O. ?

Ils paraissaient très intéressés et ils ont pris note. Lorsque l'entretien a été terminé, Susan Hadley, la secrétaire de l'OSI du NIH, m'a remercié en me disant : « Vous recevrez la retranscription de vos paroles, vous pourrez faire vos remarques, puis vous nous la renverrez signée. » Voilà, c'était tout. Ç'a quand même duré trois heures...

Certaines sources américaines affirment que le comité a eu des conclusions très dures pour Gallo, parlant d'« agissements inacceptables ». Cette phrase aurait ensuite été retirée des conclusions définitives sous la pression de Robert Gallo. Qu'en savez-vous exactement ?

Je ne suis pas au courant de cela. Vous savez, tout ce que j'ai fait, c'est répondre aux questions qui m'ont été posées puisque les Américains semblaient vouloir faire la lumière sur cet épisode. Le reste ne m'intéresse pas. Ce que je sais, c'est qu'à la suite de cette enquête, Gallo a été prié de démissionner de l'Institut national de la santé. Ensuite, il est parti à Baltimore créer l'Institut de virologie humaine[20].

Revenons sur le terrain judiciaire : le procès entre l'Institut Pasteur et le gouvernement s'est terminé par un accord à l'amiable. Pourquoi avoir transigé alors que les faits scientifiques vous accordaient sans aucune réserve la paternité de la découverte du virus ?

Je tiens à préciser que je n'ai jamais transigé sur la question de la paternité. J'ai en revanche fini par accepter de signer le document qui accordait aux Américains 50 % des royalties sur les tests de dépistage.

Qui avait conclu cet accord ?

Les négociations ont été nombreuses entre le directeur de l'Institut Pasteur, celui du NIH et le représentant du gouvernement américain en charge de la Santé[21]. Le dossier devenait politique. Mais, légalement, les politiques avaient besoin de la signature des découvreurs. Ma signature était donc indispensable à l'accord Chirac-Reagan.

Vous étiez d'accord pour signer ?

Ah, non ! Et j'étais bien le seul ! Tous les découvreurs avaient été convoqués dans le bureau de Dedonder, le directeur de l'Institut Pasteur, pour signer le document. J'ai fait remarquer que la preuve était faite que nous étions bien à l'origine de la découverte. Par ailleurs, je connaissais assez bien les Américains, le fait qu'ils acceptent de « lâcher » 50 % des royalties était un aveu de leur part ! Vous les voyez renoncer à la moitié du pactole s'ils avaient été sûrs de leur fait ? J'étais un cheval fougueux... Je le suis toujours... J'en ai fait une question de principe et d'honnêteté intellectuelle : j'ai refusé de signer.

Quelle a été la réaction ?

Luc Montagnier s'est emporté, il exigeait que je signe. Mais comme je suis un pasteurien dans l'âme, je ne voulais pas mettre en difficulté l'Institut. Le procès avait coûté très cher, l'appel risquait de faire durer la procédure, et pendant ce temps l'Institut Pasteur n'aurait rien touché sur les brevets aux États-Unis. Je me suis donc tourné vers le directeur de l'Institut et je lui ai dit : « Vous êtes mon employeur, si vous voulez que je signe ce document, il faut m'en donner l'ordre par écrit. »

Et alors ?

Et alors le lendemain, j'ai reçu l'ordre par écrit et j'ai signé. C'est à ce moment-là que j'ai pris, dans ma tête, la décision de quitter l'Institut. J'ai donné ma démission un an plus tard.

C'était du jamais vu à l'Institut Pasteur ?

Je pense, en effet, que c'était la première fois qu'un chef d'unité démissionnait de l'Institut.

J'imagine que vous avez eu un pincement au cœur le jour du départ ?

Je ne suis pas du genre à me retourner. J'ai gardé en moi les valeurs pasteuriennes, mais je savais que l'Institut ne me permettrait pas de faire ce que je voulais. Montagnier venait de se voir confier la direction du département sida, ce qui signifiait que toute nomination, toute demande de crédit, toute élaboration de programme de recherches et même toute interview à la presse devrait passer par lui ! Franchement, vous pensez que je pouvais rester dans ces conditions ?

Il y a un énorme décalage entre le récit que vous nous avez fait et le rôle médiatique pris par Luc Montagnier dans la découverte du virus. Comment l'expliquez-vous ?

Pas dans la découverte. Si vous reprenez les articles de presse de l'époque, les médias ont toujours été très honnêtes sur cette question. La découverte s'est faite dans mon laboratoire. Celui de Montagnier était distinct, nous n'étions même pas dans le même bâtiment ! En revanche, son nom a pris le dessus au moment du procès avec les Américains. Il fallait un représentant de chaque bord pour incarner la lutte. Moi ce n'était pas mon travail. Lui, en tant que patron administratif de mon unité, c'était le sien. C'est à partir de là que les médias du monde entier ont parlé de la bataille « Gallo-Montagnier ». Il est ainsi devenu le porte-drapeau médiatique de la découverte française... puis le porte-médaille ! (*Rires.*)

Où êtes-vous parti après avoir démissionné de l'Institut Pasteur ?

Je suis parti à Marseille où j'ai monté un laboratoire à l'INSERM pour poursuivre mes recherches, sur un vaccin cette fois [22].

Chermann quittant Pasteur, Gallo quittant le NIH, cette guerre a fait quelques dégâts collatéraux...

C'est vrai... D'ailleurs, lorsque Gallo a quitté son Institut, il m'a appelé. Il a même sérieusement pensé venir me rejoindre à Marseille pour travailler avec moi. Il hésitait entre l'Italie, son pays d'origine, et Marseille. Il est venu me voir et je lui ai fait recevoir la médaille de la Ville par Robert Vigouroux, le maire de l'époque. Celui-ci a oublié de me la donner à moi aussi, au passage...

Gallo, chez vous ! Vous n'étiez pas rancunier !

(*Silence, haussement d'épaules.*) Je ne me suis jamais battu contre lui, je me suis battu pour faire admettre que c'étaient des Français qui avaient trouvé le virus. Ça n'empêche pas que ce monsieur avec son équipe a quand même trouvé Interleukine 2, HTLV1 et 2, les gènes de régulation... Il a fait énormément de découvertes ! Forcément, on pouvait travailler ensemble : je privilégie la science. Il a finalement choisi de monter son Institut de virologie à Baltimore.

Vous l'avez revu depuis ?

Il m'invitait chaque année à son congrès de Baltimore... Pour savoir ce que je faisais... (*Sourire.*) Mais je n'y étais plus allé depuis quelque temps. C'est un peu la grand-messe, le style « tous mes amis sont là », étalage de puissance et compagnie ! Cela dit, cette année, pour les vingt-cinq ans du sida, il m'a demandé de faire « une histoire de la rétrovirologie humaine ». Je constate au passage que c'est à moi qu'il l'a demandé et pas à quelqu'un d'autre. Je vous l'ai dit, vous ne me croyez pas, pour raconter cette histoire de la rétrovirologie, nous ne sommes que deux au monde : lui et moi ! Ce n'est pas de la vantardise. Je vous rappelle que cette aventure a tout de même commencé pour moi à l'Institut Pasteur en 1967 et au NIH, à Bethesda, en 1970 !

Il y a quelques années, vous avez accepté de faire la préface de son livre, Chasseur de virus. *Pourquoi ?*

Je l'ai fait au nom de cette aventure que l'on a vécue ensemble. Parce que lui et moi connaissons la vérité. Parce qu'il me l'a demandé. Vous pouvez la relire, je ne mâche pas mes mots à son endroit dans cette préface. Il a d'ailleurs eu l'honnêteté de ne pas changer une ligne.

10

Noble Nobel ?

Depuis vingt-cinq ans, le premier lundi d'octobre était un jour particulier pour la famille Chermann : le jour de l'annonce du prix Nobel de médecine. Aussi sûrement que les feuilles tombent en automne, trois nouveaux noms entraient ce jour-là au panthéon de la gloire médicale. Depuis vingt-cinq ans, Jean-Claude Chermann espérait. Sa découverte, il le savait, méritait un Nobel. Alors, chaque premier lundi d'octobre, il prenait le temps d'écouter la radio, jusqu'à ce que le verdict tombe. Depuis vingt-cinq ans, il avait pris l'habitude d'éteindre son transistor après l'annonce en se disant : « L'année prochaine, peut-être. » Mais en ce premier lundi d'octobre 2008, allez savoir pourquoi, il n'y avait pas pensé. Personne n'y avait pensé dans la famille. Pas même ses fils. Probablement lassés, ils semblaient résignés à ce que la bonne nouvelle n'arrive jamais. Alors, quand le plus jeune, Olivier, journaliste, a reçu le coup de fil d'une de ses consœurs, son sang s'est figé : « Est-ce que tu es au courant pour ton père ? » lui demande-t-elle d'une voix blanche.

À cet instant, racontera Olivier, « j'ai cru que papa était mort. Je me suis mis à pleurer. » Désolée de lui avoir causé une telle frayeur, la journaliste tente de lui expliquer que ce n'est pas grave... Enfin, si, quand même... Le Nobel vient de récompenser la découverte de son père, mais il ne fait pas partie des lauréats ! L'aîné, Jean-François, médecin, était sur la route entre son cabinet et l'hôpital lorsque son téléphone a sonné. C'était sa mère, Dany. Il n'avait pas le temps, il était pressé, mais ce jour-là il a eu le sentiment qu'il devait décrocher. Il s'est garé sur le bas-côté. Il a écouté sa mère, sans dire un mot. Étant lui-même dans le milieu médical, il en avait un peu marre des histoires et des polémiques autour de son père, et il ne prenait d'ailleurs pas toujours sa défense... Il connaissait ses défauts, il savait qu'il pouvait s'emporter facilement, blesser parfois les gens... Mais il connaissait aussi ses qualités, et, résolument, son père ne méritait pas ça. Il a raccroché, plongé la tête entre ses mains sur le volant et, lui aussi, le rugbyman, le neurologue aux nerfs solides, il a pleuré.

*

Où étiez-vous quand le Nobel 2008 a été décerné ?

J'étais à une réunion de travail à Nîmes. Il était 11 h 30. Mon épouse m'appelle et m'apprend que le

Nobel vient d'être attribué à Luc Montagnier et à Françoise Barré-Sinoussi pour notre découverte, ainsi qu'à un Allemand pour ses recherches sur le papillomavirus. Cela faisait vingt-cinq ans que chaque année, le premier lundi d'octobre, je guettais l'annonce du Nobel. C'était devenu un rendez-vous. Je crois qu'il en va de même pour tous les « nobélisables ». Ce jour-là, on espère, on rêve, on se connecte sur Internet, sur France Info, et on attend. Mais étrangement, cette année-là, je n'y avais pas pensé. Un quart de siècle après la découverte, probablement n'y croyais-je plus.

C'était un rêve qui s'envolait ?

Pas tout à fait, car le Nobel, c'est de l'ordre de l'inaccessible, de l'imprenable. Quand on est chercheur, on peut en rêver inconsciemment, mais honnêtement, avant que notre découverte soit primée, il n'y avait eu en France que peu de Nobel pour la médecine ! Donc je pensais que c'était quelque chose qu'on ne pouvait pas toucher. Quand on a fait la découverte, bien sûr que nous y avons cru, parce que nous savions que nos travaux méritaient un prix Nobel, mais il y a eu cette bagarre avec Gallo et nous imaginions que le comité Nobel ne trancherait pas [23]. C'est probablement pour cela d'ailleurs qu'il a attendu vingt-cinq ans pour que la recherche sur le sida ait son prix. C'était pour l'Académie Nobel un terrain miné. Donc, ce qui a été difficile, c'était de passer si près du but. À partir du moment où les gens du Nobel avaient pris la décision de récompenser la recherche sur le sida, de dire ouvertement que c'étaient les Français qui avaient découvert le virus, et de choisir pour cette récompense le travail qui s'était effectué dans mon laboratoire, alors, franchement, je n'avais aucune raison de passer à côté. Là, je suis tombé des nues... C'est à ce moment-là que je me suis posé de nombreuses questions...

Lesquelles ?

Concernant le mode d'attribution, je pense que l'Académie Nobel devra revoir ses méthodes si elle veut garder son prestige. L'idée du prix Nobel, c'est de récompenser une découverte qui fait vraiment progresser la science et qui ouvre des voies. Donc, effectivement, le sujet « sida » méritait cent fois un Nobel, et ma première question, c'est : pourquoi avoir attendu vingt-cinq ans ? Ayant attendu autant, pourquoi a-t-on choisi de diluer la récompense de cette recherche avec celle sur le papillomavirus ? Ensuite, l'autre question, incompréhensible pour moi, est de comprendre pourquoi ils ont décidé que je serais le sacrifié dans cette histoire.

Vous n'aviez jamais imaginé ce scénario ?

Non, c'est tellement aberrant ! J'étais nobélisable, ce qui n'était déjà pas mal, mais quand la sentence est tombée, ç'a été dur. J'étais heureux que ce prix soit accordé aux Français, car c'était justice, et je l'ai dit immédiatement dans les médias. Je m'étais assez battu pour cela. Mais en mon for intérieur, je suis rentré dans ma coquille, car j'étais déçu. Je trouvais dommage qu'un comité aussi prestigieux que le Nobel ait pu être aussi injuste. Alors, évidemment, il y a la règle de trois : on ne peut pas primer plus de trois personnes. Mais je la trouve idiote, car la recherche, ce n'est pas un homme, c'est une équipe. Si en plus on divisait le Nobel en deux pour récompenser le papillomavirus, ça devenait encore plus délicat, car il ne restait que deux places pour le HIV. C'est d'abord cette décision que je n'ai pas comprise et que je ne comprends toujours pas. La découverte du virus responsable du sida méritait un Nobel à lui seul. Récompenser le papillomavirus d'un côté et le HIV de l'autre, cela n'a pas de sens. Ces deux virus n'ont pas le même niveau d'avancée de la science sur vingt-cinq ans... Le fait que le comité Nobel ait fait ce choix l'a bloqué dans sa décision ensuite. L'autre point, c'est que le Nobel a décidé de donner le prix pour une période de la recherche très restreinte, qui couvre les quelques mois où nous avons isolé les premiers le virus. C'est un choix, ils auraient pu en faire un autre. Mais en faisant ce choix, ils disaient clairement qu'ils récompensaient la découverte faite dans mon laboratoire. À partir de là, je ne peux pas comprendre d'en avoir été exclu.

Lorsque la polémique a éclaté, beaucoup ont rappelé que vous n'étiez pas le premier « oublié » du Nobel[24].

C'est vrai, il y a eu d'autres injustices par le passé, mais pas aussi criantes. Je ne dis pas ça parce que c'est moi. « Oublier » un post-doctorant parce que son patron a été choisi à sa place, ce n'est pas normal, mais cela peut s'expliquer du point de vue du jury. En revanche, quand on choisit de récompenser une découverte en particulier, sur une période très courte, éliminer l'élément central, le chef du labo, je suis désolé, mais c'est du jamais vu ! C'est comme si le prix Pulitzer, rêve de tout journaliste, récompensait un de vos reportages en primant d'un côté le stagiaire qui vous a assisté, de l'autre le patron de votre chaîne en vous oubliant au passage ! Je ne dis pas que les deux autres ne le méritent pas. Le stagiaire, parce que, comme vous, il a participé au travail et il a bien fait ce que vous lui avez demandé (et Dieu sait si le rugbyman que je suis considère la notion d'équipe), le big boss parce qu'il a eu le mérite de vous faire confiance et de vous envoyer en reportage... Mais enfin quand même, à la fin, on ne peut pas vous dire : désolé, il n'y a que deux places pour le prix, c'est vous qui dégagez !

Une des raisons avancées pour justifier votre mise à l'écart a été de dire que vous n'étiez que le deuxième signataire de l'article de Science *sur la découverte du virus. Françoise Barré-Sinoussi était la première signataire...*

Mais c'est moi qui ai décidé de l'ordre des signatures ! La tradition veut que le principal découvreur soit premier signataire et que le responsable hiérarchique soit le dernier. Ce qui compte, dans les signatures, c'est la première et la dernière place. Montagnier m'avait donc proposé, en toute logique, que je sois en premier et lui en dernier. J'ai d'abord accepté cette proposition, puis je me suis dit qu'une première signature dans *Science* serait bien pour Françoise, car ce serait pour elle un poste assuré. Elle n'en avait pas à l'époque (elle était stagiaire, je crois). Il faut savoir qu'en France, pour avoir un poste, il faut une publication. Moi j'avais un poste, j'avais déjà de nombreuses publications, c'était mon rôle de patron du laboratoire de la mettre en avant pour l'aider, d'autant plus qu'à l'époque la recherche, comme la société française, était beaucoup plus machiste qu'aujourd'hui. C'était beaucoup plus difficile pour une chercheuse de se faire une place. *Science,* c'était du « lourd » ! Je savais que c'était un poste assuré pour elle, donc je l'ai fait passer devant moi... C'était le cadeau... Voilà.

Un cadeau qui vous a peut-être coûté le Nobel !

Je ne le regrette pas, et ce serait à refaire, je le referais. C'est aussi ça, être chef d'équipe.

Et pour les autres signataires, comment avez-vous décidé ?

Nous avons fait cela ensemble, Luc Montagnier et moi. Derrière Françoise et moi, venaient mes deux techniciennes, Françoise Rey et Marie-Thérèse Nugeyre, et les techniciennes de Luc Montagnier

Sophie Chamaret et Jacqueline Gruest ; ensuite les deux microscopistes électroniciens, Charles Dauguet et Claudine Axler-Blain, les cliniciens qui nous avaient donné le ganglion, Françoise Brun-Vézinet, Christine Rouzioux (qui avait constitué une collection de sérums prélevés sur des malades) et Willy Rozenbaum ; et enfin Luc Montagnier, en tant que chef d'unité, comme le veut la tradition.

Au plus fort de la recherche sur le sida à l'Institut Pasteur, l'équipe a compté jusqu'à quarante personnes. Toutes auraient mérité le Nobel ?

Toutes ont eu un rôle très important. Outre celles que j'ai déjà citées, je pourrais parler de Leibovitch, Klatzmann, Gluckman. Mais cette équipe de quarante personnes s'est constituée au fur et à mesure des besoins de notre recherche. Si l'on parle de la découverte que le Nobel a décidé de récompenser, alors on parle d'une période qui s'étale au maximum sur un mois. Et là, c'est très clair, les acteurs du début sont Françoise Barré-Sinoussi, Luc Montagnier et moi. Pour conclure sur cette question, je vais vous dire les choses très clairement : de nombreux médecins, scientifiques et journalistes médicaux ont fait savoir à mon comité de soutien que, s'il avait dû n'y avoir qu'un seul primé, ç'aurait dû être moi. S'il avait dû y en avoir deux, ç'aurait dû être Françoise et moi. Trois, il aurait été normal d'ajouter le responsable administratif, Luc Montagnier. À titre personnel, j'ajouterai aussi Willy Rozenbaum s'il y avait eu une quatrième place, car c'est lui qui nous a fourni le ganglion qui nous a permis de faire la découverte.

Vous n'avez pas peur que cette analyse paraisse manquer d'humilité ?

Mais enfin, ce n'est pas une question d'humilité ! C'est de la science ! Je sais ce que j'ai fait, quand même ! L'humilité, j'en ai fait preuve trop longtemps, vous voyez le résultat... Mais la vérité, c'est la vérité... Un point, c'est tout !

Vous insistez beaucoup sur le fait que Luc Montagnier ait été récompensé en tant que responsable administratif. Comment jugez-vous son rôle scientifique dans cette affaire ?

Je n'aime pas cette question, car elle implique un jugement. Il faut comprendre ce qu'est le fonctionnement d'un laboratoire. Un laboratoire, c'est un patron, moi, qui cherche et qui pour cela est entouré d'une équipe qu'il a choisie. Donc, si on parle de la découverte, c'est clair. Montagnier est chef d'unité, mais ne travaille pas dans mon laboratoire. Je lui suis rattaché administrativement, mais il a son propre laboratoire (dans lequel il fait par ailleurs un bon travail) qui se trouve dans un bâtiment différent du mien. À cette époque, son labo s'occupait de recherches diverses (interféron, ARN viral, cellules transformées), mais pas de rétrovirologie dont il est question ici. Doit-il pour cela être écarté de la découverte ? Bien sûr que non. Son rôle administratif a été important, notamment en termes de mise en contact des uns avec les autres – je pense par exemple aux équipes de cliniciens avec lesquels nous avons travaillé et qui ont eu un grand rôle comme je vous l'ai dit. Mais à partir du moment où le comité Nobel décide que ce qu'il va récompenser, c'est l'isolement du virus pour la première fois dans mon laboratoire, alors il doit être logique jusqu'au bout. Et puis, je vous rappelle que le rétrovirologue dans l'équipe, c'est moi : j'ai commencé cette science en 1967. 1983, pour moi, ce n'est que l'aboutissement de quinze années de recherches... Je vous ai raconté l'histoire de cette découverte. Ce sont ces quinze années d'expérience en rétrovirologie qui m'ont permis d'élaborer les hypothèses qui nous ont conduits à réussir là où les Américains avaient échoué. C'est pour cela que je le dis, quitte à me faire encore des ennemis : il est inadmissible que je ne sois pas associé au prix, et je considère que le comité Nobel a entaché comme jamais sa réputation en prenant cette décision incompréhensible.

Vous avez été hospitalisé après le Nobel... C'était un contrecoup ?

J'avais de l'hypertension, je venais de changer de médicament, et je ne supportais pas mon nouveau traitement. Est-ce que c'est ça la cause, ou est-ce que c'est le choc de l'annonce ? Je ne sais pas. Disons que ça a dû jouer, c'est sûr. En revanche, j'ai très vite été réconforté par la constitution spontanée d'un comité de soutien, créé et présidé par Bernard Le Grelle[25].

J'ai également reçu des témoignages de sympathie issus de la société civile, qui m'ont fait du bien. En revanche, je n'ai pas eu de messages de l'Institut Pasteur ou de l'INSERM. Sur le moment, j'ai été surpris et je leur en ai un peu voulu, mais avec le recul, je pense que c'est parce qu'ils étaient tellement gênés par cette injustice qu'ils n'osaient pas m'appeler.

Luc Montagnier vous a-t-il appelé après l'annonce du prix ?

Jamais.

Et Françoise Barré-Sinoussi ?

Elle m'a appelé quatre ou cinq jours après. Je pense qu'elle était gênée aussi.

Que vous a-t-elle dit ?

Elle m'a dit : « Tout ça est éphémère, ce qui compte pour moi, c'est de conserver ton amitié. » Je lui ai répondu qu'elle gardait bien sûr à jamais cette amitié. Vous savez, elle est arrivée dans mon laboratoire en 1971. Elle l'a d'ailleurs dit dans ses interviews [26]. Je l'ai admise comme stagiaire lorsque personne ne voulait lui donner sa chance. Je lui ai tout appris, ce qui était mon rôle, je l'ai envoyée aux États-Unis pour se former, je l'ai associée à toutes mes recherches, et par-dessus tout, nous étions très amis. Elle gardait mes enfants quand ils étaient petits, on était très proches avec ses parents, chaque année nous allions passer des week-ends chez eux à la campagne... C'était pour moi plus qu'une collaboratrice. On formait tous les deux ce que j'appellerais un « couple scientifique » extraordinaire. Dans les congrès, on se comprenait d'un simple coup d'œil sans se parler, incorporant les données présentées par un orateur et les comparant à nos résultats en cours.

C'est tout ce qu'elle vous a dit ?

Non, elle m'a ensuite dit qu'elle aimerait que je vienne avec elle à Stockholm, pour assister à la remise du prix, sur son quota d'invités. Je lui ai répondu qu'elle me connaissait assez pour savoir que je n'étais pas du genre à venir faire « la claque »... Elle m'a dit qu'elle me comprenait.

Vous attendiez autre chose ?

Je n'avais rien à attendre et je ne suis pas là pour la juger.

Qu'auriez-vous fait à sa place ?

Moi, à sa place... Je n'aurais pas accepté le prix dans ces conditions. Connaissant la vérité, je n'aurais pas accepté que l'acteur principal de la découverte soit écarté. Mais je vous dis que c'est ce que moi, j'aurais fait. Encore une fois, je ne la juge pas et je ne dis pas que c'est ce qu'elle aurait dû faire. Que les choses soient bien claires : c'est sans amertume et sans rancœur. Elle reste mon amie.

Vous avez regardé la cérémonie à la télévision ?

Non. Je suis rentré dans ma coquille. J'avais dit ce que j'avais à dire : j'étais content du fait que le comité Nobel ait enfin reconnu que c'était une découverte française, ce pour quoi je m'étais battu toute ma vie... Après, il n'y avait rien à ajouter. Je n'y étais pas, j'ai tourné la page. Mais ensuite, il y a eu l'histoire des photos...

Les photos ?

En lisant mon journal du matin, je vois une photo prise dans mon laboratoire avec Montagnier et Françoise, sur laquelle j'avais disparu ! Nous étions à l'origine tous les trois sur ce cliché, mais le journal l'avait retouché pour m'éliminer !

Pourquoi, selon vous ?

Mais parce qu'ils cherchaient des photos de l'époque avec les deux lauréats et que, sur ces photos, j'étais forcément dessus chaque fois puisqu'elles étaient prises dans mon labo ! Illustrer un article sur Montagnier et Barré-Sinoussi, prix Nobel, en montrant une photo où il y a un gugusse qui est toujours au centre, ça n'arrangeait pas ce journal ! Le responsable a dû penser que le lecteur n'y comprendrait rien... Donc ils m'ont effacé de la photo, mais sur les bocaux que l'on voyait, sur le tableau derrière, c'était mon écriture [27] ! J'ai trouvé ça ridicule, et mon fils, Jean-François, qui est un neurologue très respecté dans sa spécialité et qui est d'ordinaire très calme, a piqué un coup de sang, et c'est là qu'il est allé dénoncer à la télévision une manipulation « digne du Parti communiste russe à la pire époque soviétique » ! Il a frappé tellement fort que le lendemain j'étais réapparu dans ce même journal, qui, du coup, à dû se fendre d'une explication auprès de ses lecteurs. L'inconnu sur la photo devenait « l'oublié du Nobel » !

Ça vous fait rire !

Aujourd'hui oui, mais sur le coup, je reconnais que, lorsque j'ai acheté mon journal et que je l'ai ouvert, ça m'a fait un choc. Je veux dire... enfin... Si j'avais été journaliste, au lieu d'effacer le gars au milieu de la photo, je me serais plutôt posé la question de savoir pourquoi, dans les archives de l'époque de la découverte, ce monsieur était sur toutes les photos... Ou alors, si ce jour-là le journal ne voulait s'intéresser qu'aux deux autres, ce que je peux comprendre puisque je n'étais pas primé, eh bien, j'aurais choisi des photos récentes. Mais bon, je suppose que c'est un raisonnement scientifique qui ne correspond pas à la logique médiatique.

Il y a eu un autre grand déçu de cette sélection du Nobel, pour d'autres raisons, c'est l'Américain Robert Gallo... Vous a-t-il appelé ?

Oui, deux ou trois semaines après, le temps, je suppose, de digérer... C'était un dimanche, il m'a appelé chez moi. Il voulait me faire part de son écœurement et de son soutien. Il trouvait cela scandaleux pour moi… et probablement pour lui aussi. Il m'a dit : « Montagnier nous a bien eus ! » Je l'ai coupé immédiatement en lui disant sur le ton de la plaisanterie : « C'est bien fait pour toi. Avec le procès et l'accord franco-américain, c'est toi qui l'as fabriqué médiatiquement ! » Et là, il m'a répondu du tac au tac : « C'est vrai, mais toi tu as fabriqué Françoise Barré-Sinoussi ! » On a ri tous les deux[28]…

Il ne vous a rien dit d'autre ?

Si. Après cette boutade, il m'a exposé le motif de son appel : « Je pense que le Nobel s'est discrédité, m'a-t-il dit. Je voudrais proposer au président Barack Obama et à Bill Gates avec sa fondation de créer un nouveau prix international, et je pense que tu auras ta place. » C'est à ce moment-là qu'il m'a invité à son grand congrès de Baltimore au printemps dernier, à l'occasion des vingt-cinq ans de la découverte. Il voulait que je fasse un exposé sur l'histoire de la rétrovirologie depuis un quart de siècle. Il avait convié tout le gratin mondial. Honnêtement, je n'avais pas tellement envie de m'y rendre, mais finalement, j'ai pensé : les absents ont toujours tort… Et j'y suis allé.

C'était donc votre premier contact avec la communauté scientifique internationale depuis cette affaire du Nobel… Comment cela s'est-il passé ?

Ç'a été extraordinaire ! Les plus grands spécialistes de la virologie étaient présents (près d'un millier de scientifiques venus du monde entier). La plupart étaient gênés. Pas de me parler, mais gênés pour le Nobel. Pour eux, il y avait ce que l'on appelle « une erreur scientifique importante ». Beaucoup sont venus me voir... Ç'a été quelque chose... Là, ça m'a fait du bien !

Ils vous ont dit quoi ?

Si je devais résumer, je vous raconterais ça : on était à table et un grand professeur allemand m'a dit : « J'ai beaucoup pensé à toi... » (*Émotion.*) Voilà, quoi... Ou alors un autre : « Ah, Jean-Claude, je suis content de te voir... Ça va ?... » Il faut comprendre que les scientifiques, c'est un monde particulier... Rien que de se dire ça, ça veut dire beaucoup, entre nous... Il y avait beaucoup de petits gestes, de petits mots... On se comprend entre nous, sans forcément se parler.

Luc Montagnier était aussi à ce congrès de Baltimore... Vous ne l'aviez pas revu depuis le Nobel. Vous l'avez croisé ?

Oui.

Et alors ?

Il venait de parler sur l'estrade, moi je devais apporter ma clé USB à celui qui gérait la projection.

Donc, je passe devant lui, et je lui dis : « Bonjour, ça va ? » Il me répond : « Monsieur Chermann... » Là, je me dis, bizarre... Nous n'avons jamais été familiers, mais quand même, il ne m'avait jamais appelé « monsieur Chermann » ! Il enchaîne : « Alors, monsieur Chermann ! Comme ça, j'ai rasé ma moustache et j'ai changé de gilet ? » Sur le coup, je n'ai pas compris. En fait, il faisait référence à une interview que j'avais donnée au *Monde*[29] dans laquelle j'avais dit que si nous, Français, n'avions pas été bons pour communiquer à l'époque de la découverte, Luc Montagnier avait depuis fait de grands progrès sur cette question et pas mal de lobbying, ce qui pouvait expliquer que nous avions emporté le morceau sur le Nobel... J'avais ajouté *off the record* qu'il avait pris des cours de communication, rasé sa moustache et rangé son petit gilet de laine... Donc, il me dit : « Oui, j'ai lu dans le journal votre interview après le Nobel. Vous avez dit que je faisais du lobbying, que j'avais coupé ma moustache et enlevé mon gilet... » Je lui réponds : « Oh, vous connaissez les journalistes mieux que moi, ils ne retiennent que ce qu'ils veulent ! » Et là, il me lâche une phrase qui me laisse pantois : « Faites un démenti ! » Je suis resté sans voix, et il est parti.

C'était la première fois que vous le revoyiez depuis l'affaire du Nobel ?

Oui.

Et c'est tout ce qu'il a trouvé à vous dire ?

Oui... C'est grave, non ? Bon, allez, on parle d'autre chose...

Vous avez la réputation de ne pas mâcher vos mots et de dire parfois durement ce que vous pensez, comme lorsque vous avez quitté l'Institut Pasteur. Est-ce que ce n'est pas cela aussi que vous avez payé ?

Je n'en sais rien... Moi, je ne sais pas faire cette analyse-là. Que le fait d'avoir quitté l'Institut Pasteur m'ait coûté le Prix Nobel, je ne peux pas l'imaginer. Le Nobel, c'est de la science, c'est du sérieux quand même !

Lors de l'attribution du prix, personne n'a entendu les responsables de l'Institut Pasteur prendre votre défense et rappeler que vous étiez un des principaux découvreurs du virus... Comment expliquez-vous cela ?

Je ne sais pas. C'est vrai que, lorsque j'avais démissionné de l'Institut Pasteur en 1988, ça avait fait beaucoup de bruit. Ce n'est pas dans l'ordre des choses de quitter de son plein gré un tel institut. En général, quand on quitte l'Institut, c'est parce qu'on a été démissionné. Est-ce que mon départ a été mal vu ? C'est probable. C'est vrai aussi que le milieu de la recherche est très petit. Les commissions, les postes importants sont tenus par une poignée de personnes. Sont-elles assez influençables pour bannir quelqu'un sous prétexte qu'il a quitté le temple ? J'espère que non[30]...

Ça vous blesse que l'Institut Pasteur n'ait pas fait cas du fait que vous ayez été l'oublié de ce Nobel ?

Je trouve cela regrettable, mais après ce qui s'était passé quelques mois plus tôt pour les vingt-cinq ans de la découverte, ça ne me surprend pas beaucoup.

Que s'était-il passé ?

L'Institut avait décidé de célébrer les vingt-cinq ans de la découverte du virus du sida par trois jours de conférences et de festivités. J'apprends cela par e-mail. Je découvre le programme des présentations scientifiques et je m'aperçois que je ne suis pas présent !

Personne à l'Institut ne vous a appelé ?

Personne. J'ai reçu le programme par un e-mail collectif, et c'est tout ! La seule personne que j'ai eue au téléphone, mais à titre privé (on ne s'était pas appelés pour ça), c'est Françoise [Barré-Sinoussi]. À cette occasion, je lui ai fait part de mon étonnement d'être absent du programme. Elle me dit que c'est Simon Wain-Hobson, de l'Institut Pasteur, qui s'est occupé de l'organisation. Là-dessus, je reçois finalement une lettre de la direction de l'Institut me proposant de participer au déjeuner qui devait réunir tous les acteurs de la découverte. J'y suis donc allé.

Comment ça s'est passé ?

Comme à mon habitude, je suis arrivé avec un peu d'avance. Je voulais prendre le temps de retrouver cet endroit dans lequel je n'étais pas retourné depuis vingt ans. La première chose qui me frappe en arrivant, c'est qu'un nouveau bâtiment a été construit. Je m'approche, curieux, et là je vois une flèche qui indique « Conférence de presse »... Je n'avais pas été convié ! Je monte à l'étage, j'entre dans la salle discrètement et je me mets tout au fond, et là, sur la scène, je vois Robert Gallo et Luc Montagnier entourés par Alice Dautry, la directrice de l'Institut, et Simon Wain-Hobson, qui avait cloné et séquencé le LAV avec nous à Pasteur, l'organisateur du programme. Au bout de quelques minutes, Alice Dautry m'aperçoit et me fait coucou de la main. Gallo pareil, Montagnier pas du tout... Bref, c'était tellement... irréel ! Surtout que tout le monde dans la salle me connaissait, y compris les journalistes. Certains se retournaient vers moi et ne comprenaient pas la situation.

Pourquoi êtes-vous resté au fond de la salle ?

Écoutez, à partir du moment où l'on ne m'a pas invité à cette conférence de presse, je tombe dessus par hasard, je regarde parce que ça m'amuse, mais je ne m'impose pas... Ce serait mal me connaître !

Votre nom a-t-il au moins été cité sur cette scène ?

Pas du tout ! La seule à avoir cité mon nom ce jour-là, après la conférence de presse, a été la ministre de la Santé, Roselyne Bachelot, qui était là aussi. C'était presque comique... Quand la conférence a été terminée, la directrice de l'Institut, Alice Dautry, est venue me saluer. Je ne la connaissais pas, mais elle a été très gentille, en me disant même : « Vous savez que j'ai été votre élève au cours de rétrovirologie quand Monod dirigeait l'Institut ? » Je lui dis : « Formidable, vous êtes mon grand témoin ! Tout le monde dit que c'est Luc Montagnier qui faisait le cours !... » On a ri tous les deux. Puis arrive l'heure du déjeuner auquel tous les participants à la découverte avaient été conviés. Là, j'ai retrouvé tous mes techniciens, mon équipe au grand complet. On s'est tous mis à une table ensemble. Plus loin, il y avait une autre table avec Luc Montagnier et l'équipe de direction. Ç'a été très émouvant. On a reparlé du bon vieux temps, j'ai pris des nouvelles de tout le monde, et ensuite j'ai demandé à une de mes anciennes techniciennes de m'emmener sur les lieux de mon ancien laboratoire. Je voulais voir ce que c'était devenu... La fameuse pièce « BRU » avait disparu. Même pas une pancarte ou une plaque pour rappeler que des heures historiques de l'Institut s'étaient jouées ici... À part ça, c'était toujours aussi sombre, toujours aussi petit et toujours aussi triste !

Vous n'y étiez pas retourné depuis votre départ vingt ans plus tôt ?

Non. J'avais mis un point d'honneur à ne pas le faire pour deux raisons : d'abord, j'avais décidé de quitter l'Institut, donc je n'avais pas de raison d'y retourner. Ensuite, c'était mon équipe que Françoise avait récupérée. Je ne voulais pas polluer ses initiatives et son autorité en revenant de temps en temps. Je voulais qu'elle s'affirme. J'avais moi-même eu à souffrir plus jeune des visites permanentes de mon ancien patron retraité qui venait regarder ce que je faisais sur mon épaule. Ce n'est pas ma mentalité. Elle prenait les rênes, il fallait que je disparaisse.

En dehors de ce déjeuner, vous a-t-on demandé de participer à quelque chose d'autre pour cet anniversaire des vingt-cinq ans de la découverte ?

Non. Le programme s'étalait pourtant sur trois jours avec de nombreuses présentations de travaux scientifiques, mais comme je vous l'ai dit, je n'étais pas invité à présenter mon travail. Maintenant que vous connaissez l'histoire, reconnaissez que faire parler tout le monde pour les vingt-cinq ans de la découverte, pendant trois jours, sans me proposer de prendre la parole une seule fois, ne serait-ce que dix minutes, c'était quand même étonnant... Après mon pèlerinage au laboratoire, j'ai sauté dans un taxi, j'ai pris un avion et je suis rentré chez moi, à Marseille.

Cet épisode s'est déroulé quelques mois avant le Nobel. Ce traitement étonnant que l'on vous a réservé ne vous a pas alerté ?

Non, j'ai l'habitude ! Par exemple : vous n'avez pas remarqué que j'étais le seul des trois co-découvreurs à ne pas être entré à l'Académie des sciences ?

Comment l'expliquez-vous ?

Question très intéressante, d'autant que le Pr Lépine (découvreur du vaccin contre la polio) m'avait repéré pour mes travaux et proposé à l'Académie il y a déjà vingt-deux ans ! À l'époque, ç'avait été un tollé car beaucoup disaient que c'était trop rapide, qu'il y avait des gens très bien qui étaient depuis des années sur des listes d'attente et qu'il ne fallait pas leur griller la politesse... Bref, des arguments scientifiques ! Cependant sans doute pour me consoler, j'ai reçu la Médaille Louis Pasteur de l'Académie. C'est une récompense magnifique.

Oui, mais depuis 1987, votre tour est peut-être venu ?

Apparemment pas... Après son Nobel, Françoise Barré-Sinoussi a été admise. Du coup, des membres de mon comité de soutien ont contacté le président de l'Académie des sciences pour lui dire : « Pourquoi pas aussi Chermann ? »

Qu'a-t-il répondu ?

Je ne sais pas ce qu'il a répondu exactement, mais je peux vous dire ce qui a été rapporté dans un grand journal national[31] : « Désolé, mais je ne sais pas qui est monsieur Chermann... » Je dois préciser que, le jour de la publication de cet article, le service de presse de l'Académie des sciences a présenté ses excuses à mon comité de soutien en disant que la journaliste avait mal compris et que, « bien entendu », on me connaissait et que j'avais ma place au sein de cette noble assemblée.

Et alors, vous allez y entrer ?

Ça fait un an... J'attends !

À entendre toutes ces anecdotes, on a le sentiment que vous êtes le « mouton noir » de la recherche. Il doit bien y avoir une raison, quand même !

Noir peut-être, mais mouton, sûrement pas ! C'est peut-être ça, la raison. Je vais vous raconter une autre anecdote amusante qui répond en partie à votre question. En novembre 1989, le Vatican organise un colloque sur la prévention contre le sida. J'étais invité avec Gallo et Montagnier. Il y avait aussi le Pr Marc Gentilini, spécialiste des maladies infectieuses et tropicales et membre de l'Académie de médecine. Nous assistions à la conférence avec un millier de théologiens, des gens d'Église, de scientifiques, de personnels de santé et quelques malades du monde entier. Dans son discours d'ouverture, le cardinal de New York, John O'Conner, commence à dire que le préservatif n'est pas la solution. Je regarde autour de moi, personne ne réagit ! L'idiot que je suis se dit qu'on ne peut pas laisser passer : je lève la main, mais le modérateur me dit : « Pas de question en public. Si vous avez quelque chose à dire, il faut s'en expliquer en privé avec l'orateur. » Je me retourne vers Gallo et Montagnier, et je leur dis : « On ne peut pas laisser passer ! » Ils sont tout à fait d'accord avec moi. On devait être reçus en audience par le pape le soir même. Je leur dis : « On marque le coup, on n'y va pas, on s'en va. » Ils me disent OK. Je reviens à l'hôtel et je préviens mon épouse qu'on s'en va. On prend l'avion dans notre coin et, quelques jours plus tard, à Paris, je feuillette les journaux, et là, qu'est-ce que je vois ? Une belle photo du pape entouré par… Gallo et Montagnier[32] ! Bon, voilà, vous avez compris ce qui me manque…

Comment interprétez-vous ça, avec le recul ?

Disons que ça explique peut-être comment je n'ai pas eu le Nobel ! En même temps, comme je l'ai toujours dit à Dany, mon épouse, il n'y aura peut-être pas marqué « prix Nobel » sur ma tombe, mais je tiens à cette épitaphe : « Ici repose Jean-Claude Chermann, qui a toujours pu se regarder dans une glace… ce con ! »

Votre anecdote me fait penser à une histoire qui m'a été rapportée à propos de votre prix décerné en 1993 par le roi Fayçal d'Arabie saoudite. Certaines sources à l'ambassade de France à Riyad disent que vous et Françoise Barré-Sinoussi n'étiez pas initialement prévus pour cette récompense ? C'est vrai ?

Ah bon ? Je n'en sais rien... C'est vrai qu'à l'époque le conseiller scientifique de l'ambassade de France à Riyad m'avait contacté en urgence pour me dire que Françoise et moi devions absolument remplir un dossier pour recevoir le prix du Roi Fayçal. Je lui ai demandé pourquoi et il m'a répondu que Montagnier avait déjà fait une demande.

Il l'avait fait sans vous le dire, ça ne vous surprend pas ?

Je ne sais pas. C'est vrai que, si j'avais déposé un dossier spontanément, j'aurais mis les trois noms. Je ne sais pas comment ça s'est passé pour lui.

Qu'y avait-il à gagner ?

Une très belle médaille d'or ! Mais c'était le symbole qui était important. Le prix King Fayçal est l'équivalent du troisième prix international après le Nobel et le Lasker[33]. C'est une récompense très prestigieuse. Plus de 40 % des personnes qui ont eu le prix King Fayçal ont eu le Nobel par la suite. Je rends d'ailleurs hommage au fils du roi d'Arabie saoudite, qui n'a pas attendu un quart de siècle pour comprendre que notre découverte sur le sida méritait un prix !

11

La République reconnaissante

« Jean-Claude Chermann, Monsieur le Professeur,

Vous appartenez à cette lignée des grands chercheurs en médecine née avec Pasteur, qui se perpétue encore aujourd'hui, vous êtes un de ces grands noms désormais inscrits à la postérité : François Jacob, Jean Bernard, Roger Guillemin, Jean Dausset parmi tant d'autres. En isolant en 1983 le virus du sida, avec Luc Montagnier et Françoise Barré-Sinoussi, vous avez inscrit votre nom dans l'histoire de la médecine française, et je tiens à le dire. Oublié du prix Nobel de médecine en 2008, dont ont été couronnés M. Montagnier et Mme Barré-Sinoussi, vous avez été victime d'une injustice, et moi je n'aime pas les injustices [...]. Cette injustice, nul ne peut la contester. Vous êtes un pur produit de la tradition pasteurienne [...]. En vous montrant le digne élève de votre lointain maître, vous avez découvert avec vos collègues le virus du sida, un des grands fléaux de notre temps. Cher Jean-Claude Chermann, pour cela vous méritez la reconnaissance de la Nation. Il ne s'agit pas de réparer un oubli, il s'agit de vous rendre l'hommage qui vous est dû et que nous vous devons tous. »

Dans la grande salle de réception de l'Élysée, trois cents invités triés sur le volet écoutent l'hommage rendu par le président de la République à Jean-Claude Chermann. C'était le 30 juin 2009. La France s'apprêtait à partir en vacances, mais avant, son premier représentant, Nicolas Sarkozy, avait tenu à réparer « l'erreur » du comité Nobel.

« ... Je suis très heureux de vous remettre les insignes d'Officier de l'Ordre national de la Légion d'honneur. »

Fait inhabituel pour ce rendez-vous incontournable de la vie symbolique de la République, un tonnerre d'applaudissements a retenti dans le palais de l'Élysée. Hasard du calendrier des décorations, Line Renaud était présente aussi pour recevoir sa médaille des mains du Président. Line Renaud, compagne de route de toujours pour la lutte contre le sida. C'est avec elle que Jean-Claude Chermann avait créé l'Association des artistes contre le sida. C'est avec elle qu'il avait organisé le grand concert de l'Opéra Garnier pour la recherche vingt ans plus tôt. Très émus, les deux combattants se sont chaleureusement étreints. Ce jour-là, la République voulait simplement leur dire merci.

*

Vous n'avez pas eu la reconnaissance du Nobel, mais vous avez eu celle de la République... C'était important ?

Oui, très. Juste après cette affaire du Nobel, le président Nicolas Sarkozy a été un des premiers à réagir. Il m'a convié à venir le voir à l'Élysée. Sa première phrase m'a beaucoup touché : « Je tenais à vous apporter la reconnaissance de la nation », m'a-t-il dit. Sa deuxième phrase a été une question : « Comment réparer ? » Ensuite, il a pris deux décisions : il m'a proposé de m'élever au grade d'officier de la Légion d'honneur, et il m'a promis une aide pour mes nouvelles recherches sur le vaccin. Il a aussi évoqué la possibilité de créer un grand prix international, car le prestige du Nobel, selon lui, était écorné par cet « oubli » me concernant. Mon audience avec lui devait durer dix minutes, mais je crois que je suis resté plus d'une demi-heure. Nous n'avons pas vu le temps passer. Après dix minutes, Raphaël Radanne, le conseiller santé, a adressé un signe discret au président, celui-ci lui a répondu de la main d'attendre un peu. « Maintenant, cher professeur, parlez-moi de vos recherches actuelles. » « Combien de temps m'accordez-vous, monsieur le président ? » lui ai-je demandé. « Tout le temps qu'il vous faudra », m'a-t-il répondu. Il y avait un magnifique coucher de soleil sur les jardins de l'Élysée. Il a écarté les bras, s'est confortablement installé sur le canapé et m'a écouté. Là où j'ai compris que j'avais dû « déborder » un peu, c'est lorsque je suis sorti : François Fillon et plusieurs ministres attendaient à l'extérieur, pour un conseil restreint.

Votre élévation au grade d'officier de la Légion d'honneur s'est faite dans les salons de l'Élysée au mois de juin dernier. Vous aviez l'air très ému...

Et comment ! Une médaille, en soi, ce n'est rien. Mais je suis un peu « vieille France ». Je crois au sens des symboles. À travers cette médaille, Nicolas Sarkozy m'a non seulement réconforté, mais aussi offert la reconnaissance de la nation. Il a parlé avec le cœur, il n'a pas lu ses notes, il a trouvé les mots justes, il m'a touché. Je ne suis pas certain que j'aurais été plus ému si on m'avait remis le Nobel.

Et concernant sa promesse sur les moyens pour financer votre recherche sur le vaccin, où en êtes-vous ?

C'est plus compliqué. Je pense que le président était sincère lorsqu'il m'a fait cette promesse, mais à mon avis, il n'avait pas pensé que tous les financements de la recherche sur le sida passent par l'ANRS (Agence nationale de recherche pour le sida). C'est assez long. Le responsable de cette agence était présent à ma remise de médaille. Nous n'en avons pas parlé, mais je pense qu'il me contactera, du moins je l'espère !

12

Parfum de scandale

« Une compagnie pharmaceutique a-t-elle acheté le prix Nobel cette année ? » En ce mois de décembre 2008, la question est posée à la une du site Internet de la revue Scientific American[34]. *Du jamais vu dans ce petit milieu courtois et feutré. D'ordinaire, le simple fait de remettre en question le choix du comité Nobel aurait été considéré comme un crime de lèse-majesté. Là, les faits semblent suffisamment graves pour êtres rapportés. Le journal fait état d'une enquête, qui jusqu'alors n'avait pas été reprise par les médias en dehors de la Suède. Le lendemain,* Le Figaro *reprendra l'information en ces termes : « Soupçons de fraude sur le prix Nobel de médecine. […] Le groupe pharmaceutique Astra Zeneca est suspecté d'avoir payé pour que le Nobel de médecine 2008 soit attribué au découvreur du virus responsable du cancer de l'utérus, l'Allemand Harald Zur Hausen*[35]. *» Lorsque son épouse l'avait appelé pour*

lui annoncer la mauvaise nouvelle, Jean-Claude Chermann s'était immédiatement posé la question : que venait faire le découvreur du papillomavirus humain dans une sélection qui avait décidé de récompenser la recherche sur le sida ? Son comité de soutien avait immédiatement interrogé les responsables du Nobel sur ce choix étrange. En guise de réponse, le président du comité Nobel avait fait savoir que, conformément au règlement interne, les raisons de ce choix ne pourraient être connues que... dans cinquante ans. L'histoire n'attendra peut-être pas aussi longtemps. La justice suédoise a décidé d'ouvrir une enquête. Selon des informations révélées par la radio publique suédoise, un membre votant du comité du prix Nobel de médecine siégeait également... au conseil d'administration d'Astra Zeneca. Un siège qui lui rapporterait 30 000 dollars par an. Le président de ce même comité aurait quant à lui exercé la fonction de consultant rémunéré pour la même société. Par ailleurs, un journal suédois affirme que le groupe anglo-suédois Astra Zeneca a signé, quelques mois avant la remise du prix, un accord de « sponsorisation » de plusieurs millions d'euros avec deux structures liées à la Fondation Nobel (Nobel Web et Nobel Media). Or, Astra Zeneca avait un intérêt à ce que le papillomavirus soit mis en avant : une de ses filiales perçoit des royalties sur la fabrication du vaccin. Si ces informations devaient être confirmées par l'enquête, nul doute que le prix Nobel s'en trouverait à jamais écorné. À la question : « Quel pourrait être l'objet des délits ? », le procureur en charge de l'affaire a répondu : « Il s'agirait du délit pénal de corruption. » En attendant, le Pr Peter Biberfeld, qui dirige le laboratoire d'immunopathologie à l'Institut Karolinska de Stockholm (dont est issu le comité Nobel), ne décolère pas. Voici ce qu'il dit à propos de cette sélection du prix Nobel de médecine 2008 : « C'est une gaffe énorme qui poursuivra longtemps l'Institut Karolinska. Il semble que l'assemblée Nobel ne se soit pas informée de ce qui s'est réellement passé dans la recherche sur le sida. » Peter Biberfeld est pourtant l'un des plus grands spécialistes au monde en immunologie. Lorsque la question lui a été posée de savoir pourquoi Jean-Claude Chermann n'avait pas été retenu pour le prix, il a répondu : « Je n'ai même pas été consulté » ! Étonnant, non ?

*

Le scandale généré par votre oubli au Nobel a-t-il eu un écho en Suède ?

Oui. Le *Svenska Dagbladet*, un des plus importants quotidiens suédois, a titré « Sarkozy attaque le Nobel[36] ». Il paraît que c'est la première fois dans l'histoire du Nobel qu'un chef d'État conteste le choix du comité[37]. Ce que je peux aussi dire, c'est que, au lendemain de l'annonce, mon comité de soutien a appelé le président du comité Nobel. On m'a rapporté que ce dernier semblait gêné[38]. Il aurait dit par ailleurs qu'il connaissait mes travaux en cours sur le vaccin et que ce n'était peut-être que partie remise... Mais comme on dit : les promesses n'engagent que ceux qui les écoutent, et, en attendant, un tien vaut mieux que deux tu l'auras ! N'est-ce pas ?

Avoir le prix Nobel pour vos recherches sur le vaccin, ce serait un bel épilogue à cette aventure !

Oui, si ce n'est pas *post mortem* ! (*Rires.*) Je vais vous dire, le Nobel dont j'ai été écarté récompense la découverte de la cause du problème. Moi, ce que j'espère, c'est rester en vie assez longtemps pour pouvoir apporter la solution. Il ne faut pas se tromper. Mon moteur aujourd'hui, c'est de gagner la bataille contre la maladie, qui n'est pas finie ; ce n'est pas de gagner un prix. En ce sens, ce Nobel aurait évidemment joué un rôle d'accélérateur dans mes recherches actuelles et c'est vraiment ce que je regrette. Car, dans ce combat, le temps et l'argent sont les nerfs de la guerre.

Face à la polémique qui a entouré cet « oubli », beaucoup de journalistes ont réclamé des explications sur les motifs de la décision du comité Nobel. Ce dernier a répondu que, selon le règlement interne, ces motifs ne seraient rendus publics que dans... cinquante ans. Qu'en pensez-vous ?

Je trouve cela ridicule. Pourquoi ne pas dire aujourd'hui les raisons du choix ? Dans cinquante ans, je ne serai plus là. Quel est le but de ce règlement ?

Vous avez entendu parler de l'ouverture d'une enquête judiciaire là-bas, au sujet d'un potentiel conflit d'intérêts au sein du comité ?

J'en ai entendu parler. C'est un journaliste suédois qui m'a appelé et m'a raconté cette histoire. Je ne sais pas si c'est vrai, ce qui relève des faits et des dires, donc je ne préfère pas me prononcer là-dessus. En revanche, il est vrai que, sur le fond, tout le monde peut observer qu'au fil des ans, la Fondation Nobel est devenue une machine à lever des fonds très importante. Les donateurs sont-ils toujours désintéressés ? Les liens financiers entre certains membres du comité Nobel et certains laboratoires sont-ils de nature à altérer leur jugement ? Je n'en sais rien.

Ça ne vous intéresse pas de creuser ça ?

Non. Mais je dis que, si le comité Nobel veut lever le doute, il ne faut pas attendre cinquante ans pour répondre aux questions qui se posent aujourd'hui. Même si c'est surprenant, le comité a le droit de décider que le sida ne vaut pas un prix à part entière. Il a le droit de récompenser la même année une découverte qui va, indirectement, profiter à un grand laboratoire... Mais il a aussi le droit de s'expliquer sur ses motivations, et de démontrer au plus vite que les liens financiers qui semblent unir certains membres du comité audit laboratoire ne représentent pas un conflit d'intérêts potentiel. Maintenant, pour clore ce chapitre sur le Nobel, je vais vous dire le fond de ma pensée. Bien sûr que j'aurais aimé l'avoir, mais franchement, si je fais le bilan de ce quart de siècle de lutte contre le sida, ce n'est pas ce combat qui m'intéresse. Le Nobel n'est rien à côté de ce que m'ont apporté les patients dans cette aventure. Vous savez, ça ne serait pas décent de se plaindre pour un Nobel raté pendant que les malades, que je continue de voir aujourd'hui, sont en train de mourir. Moi, j'ai passé vingt-cinq ans à leur contact… (*Silence.*) J'ai appris à relativiser.

Que vous ont-ils apporté ces patients ?

(*Réfléchit…*) L'humanité… D'abord, il faut quand même se souvenir qu'au début, un patient qui arrivait au laboratoire, c'était quand même un condamné à mort. Ce n'est pas rien comme expérience… Ça secoue. Et c'étaient non seulement des condamnés à mort, mais en plus montrés du doigt. À part les hémophiles, il faut être clair, le discours était : « Ce sont des Noirs, des pédés et des drogués ! » C'est également pour avoir affronté ces clichés que des gens comme Rozenbaum ou Brun-Vézinet méritent aussi leur Nobel ! Il n'y a pas que le microscope, vous comprenez… Il y a les gens, il y a la vie. Et ces gens, ces malades, tous ceux que j'ai rencontrés avaient en eux une force incroyable. Ils résistaient à la souffrance, aux brimades, au regard des autres, à la vie qui s'échappait de leur corps… Ils venaient chercher quelque chose et, paradoxalement, je crois qu'ils m'ont plus donné que ce que j'ai pu leur apporter, malheureusement… Pour l'instant…

Comment ce sentiment dont vous parlez s'est-il traduit concrètement dans votre vie ?

J'ai appris à ne m'intéresser qu'à l'essentiel. Vous savez, ne plus se faire de souci pour une rayure sur la voiture, un retard d'avion, un embouteillage monstre... Ç'a l'air idiot, mais regardez autour de vous le nombre de gens qui font des drames pour tout ! Eh bien, là, pour moi, il n'y a plus de drame. Et même quand le Nobel m'oublie pour ma découverte, je sais que ce n'est pas un drame. Et si parfois je l'oublie, mes « fantômes » viennent me donner un coup de pied aux fesses. Souvent, par exemple, je repense à cette gamine de seize ans qui était venue me voir en 1985. Elle avait été contaminée à la suite de sa première expérience sexuelle... Une sortie de boîte de nuit à quatre heures du matin... Elle vient dans mon bureau avec ses parents, des bourgeois qui vivaient dans une petite ville de province. Ils commencent à me dire : « Vous comprenez, il ne faut pas en parler, on ne peut pas se permettre dans notre famille... » Je les ai immédiatement interrompus et sortis de mon bureau en leur disant qu'on n'était pas là pour entendre ce genre de c... Je suis resté seul avec elle, on a beaucoup parlé et je lui ai dit : « Il faut que tu quittes ta région et que tu ailles faire tes études à Paris. » Vous comprenez, dans sa petite ville, tout le monde aurait su. Tout le monde l'aurait rejetée. Elle a suivi mon conseil. Elle revenait régulièrement pour ses prélèvements.

Pourquoi venait-elle vous voir vous puisque vous n'étiez pas médecin ?

Nous étions en 1985, deux ans après la découverte. Si aujourd'hui, Chermann, ce n'est plus rien, à l'époque, c'était différent... J'avais trouvé le virus, j'avais trouvé un antirétroviral... Chez les malades, tout le monde le savait. Certains venaient directement me voir sur les conseils de leur médecin, parce que j'étais à la pointe de la recherche. Ç'a été la même chose ensuite à Marseille quand je me suis intéressé aux non-progresseurs.

Pour conclure sur le Nobel ?

Je dirais que la seule chose que je regrette, ce sont les moyens financiers que m'auraient apportés cette récompense pour mes recherches actuelles sur le vaccin. Il faut me croire, vous commencez à me connaître maintenant, la gloire je n'en ai rien à faire. Moi, vous savez, je n'ai pas passé ces vingt-cinq dernières années à courir les congrès et à me regarder le nombril en me disant : « Je suis un des découvreurs. » J'ai avancé sur d'autres choses, et le Nobel, effectivement, m'aurait aidé à aller plus vite.

13

Sur la piste d'un vaccin

Tous les jours, même le dimanche, Jean-Claude Chermann se rend à son bureau dès 6 heures du matin. Son laboratoire est situé dans une zone industrielle de la banlieue de Marseille. Rien, à l'extérieur, n'évoque le degré de science et de recherche pratiqué dans ce bâtiment. En face de la porte se trouve un restaurant, pas très avenant, ouvert uniquement à midi pour ceux qui travaillent dans le coin, le Loch Ness… « URRMA, Recherche et développement. » Les cinq lettres inscrites sur le paillasson accueillent le visiteur. Cinq lettres pour un espoir : Unité de recherche sur les rétrovirus et maladies associées. Dans le couloir d'entrée, des dizaines de dessins d'enfants s'étalent sur les murs. Ceux des écoles de Marseille qui ont, à leur manière, avec leurs couleurs et leur imaginaire, matérialisé ce que le sida signifiait pour eux. Sur certains dessins, le professeur, en blouse blanche, est immense et le virus tout petit.

Jean-Claude Chermann est toujours aussi ému par cet espoir placé dans la science. Il aimerait ne pas décevoir. Alors, depuis son départ de l'Institut Pasteur, il poursuit ses recherches, sur la piste d'un vaccin, avec les moyens du bord. Le cytomètre de flux, qui permet de compter les cellules des patients, est installé dans la pièce « Azzedine Alaïa », du nom du couturier qui a financé par un don cette machine. De nombreuses personnes, « des belles personnes » comme les appelle le professeur, lui ont permis de poursuivre ses recherches. Dans la salle de réunion, la plus grande, c'est un portrait qui préside à toutes les décisions : celui de Louis Pasteur. Jean-Claude Chermann a quitté l'Institut, mais l'esprit du maître habite toujours ses recherches. Au fond du couloir, deux cents mètres carrés n'ont pas encore été aménagés, faute de moyens. C'est un ancien restaurant. Les murs de cette grande pièce sont encore peints avec la décoration du précédent locataire. La montagne Sainte-Victoire par une nuit d'été, un ciel étoilé et les chiffres des lotos qui devaient se jouer ici. Les étoiles, la Victoire, la chance. La visite guidée continue. Jean-Claude Chermann me montre son laboratoire, dont il est très fier. Par la fenêtre, à l'extérieur, on peut voir l'enseigne du Loch Ness. À chacun sa quête, à chacun son dragon… Sur l'écran du microscope inversé, s'affiche une superbe mitose (division cellulaire). Cela me fait penser à l'explosion d'une étoile. Je me dis que le chemin n'est pas si éloigné entre l'astronome et le biologiste, entre celui qui scrute l'infiniment grand et celui qui scrute l'infiniment petit. Les étoiles, la chance, la Victoire…

Trois éléments essentiels dans la vie de Jean-Claude Chermann.

*

Vos recherches actuelles sur un vaccin contre le sida s'éloignent considérablement de toutes les voies explorées depuis vingt ans. Pourquoi ce choix ?

J'ai quitté l'Institut Pasteur en 1988 pour deux raisons. La première, vous la connaissez : on m'avait obligé à signer l'accord avec les Américains pour le partage des fruits de notre découverte. La seconde, c'est que toute recherche sur le sida à l'Institut Pasteur devait avoir l'aval de Luc Montagnier ; or, ce dernier, comme beaucoup, ne s'intéressait qu'à la voie vaccinale pasteurienne que j'appellerais « voie classique ». Pour moi, cette voie était vouée à l'échec pour deux raisons :

– le virus changeait continuellement (d'un individu à l'autre et chez un même individu avec le temps) ;

– il n'y avait pas de modèle animal, indispensable à la réalisation de cette voie classique ; chez le chimpanzé (c'est moi qui avais fait l'expérience avec les Américains), le virus ne déclenche pas la maladie, et le macaque, il fait un sida en six mois.

Donc pour moi, toute la voie vaccinale classique partant de l'enveloppe d'un seul type de virus devait nécessairement aboutir à un échec.

Qu'appelez-vous la voie vaccinale classique ?

C'est Pasteur qui a inventé cette méthode. On prend un petit bout de l'enveloppe du virus (antigène), celui qui s'accroche à la cellule, et on en fait un vaccin. C'est-à-dire qu'on l'injecte dans l'organisme, lequel génère ses propres défenses (anticorps). Ainsi le patient est immunisé, car chaque fois que le virus se présentera, le bout d'enveloppe qui voudra s'accrocher pour pénétrer dans la cellule (l'antigène) sera reconnu et détruit par les anticorps.

Et comme le HIV évolue chaque fois, cette voie ne peut pas fonctionner...

Exactement. Le virus évolue et se représente différemment chaque fois. Donc les anticorps ne le reconnaissent pas et, du coup, il peut tranquillement s'accrocher et pénétrer dans la cellule. Ainsi, pour moi, cette voie vaccinale était vouée à l'échec et je l'ai dit en 1988. Cela s'est confirmé en 2003 par l'échec de la phase III du vaccin à Bangkok. Les plus grandes sociétés pharmaceutiques, dont Pasteur Vaccin, étaient impliquées dans cette forme vaccinale. Après quinze années de recherches sur la voie classique, elles pensaient avoir trouvé la solution. Elles ont eu l'autorisation de mener un essai de leur vaccin sur 5 000 personnes. Cela s'est passé à Bangkok, en Thaïlande. Résultat : il y a eu autant de contaminés chez les vaccinés que chez les non-vaccinés. C'était donc bien l'impasse, l'échec et mat.

Mais il y a eu, également en Thaïlande, de récents essais de vaccin utilisant la « voie classique » et qui viennent d'être présentés comme très prometteurs par les médias...

Le vaccin utilisé dans l'essai dont vous parlez ne tient toujours pas compte de la variabilité du virus. Il immunise à l'instant T, mais le virus, lui, va continuer d'évoluer. De plus, il a été fabriqué pour combattre deux souches (les souches B et E). Ce test a été pratiqué sur deux groupes de 8 000 personnes : l'un avec un placebo et l'autre avec le vaccin. Dans le groupe placebo, il y a eu 74 personnes contaminées et 51 dans le groupe qui a reçu le vrai vaccin. Cela veut dire que le résultat montre 30 % de différence. Ce qui est important pour moi, dans cet essai, c'est que le vecteur du vaccin utilisé n'a pas montré de toxicité. Pour le reste, on ne peut pas parler de résultat probant. J'ai correspondu par e-mail avec l'un des auteurs de cette étude, Don Francis, qui qualifie lui-même les résultats de modestes. Je pense qu'en dehors de la bonne opération sur leurs cours en bourse, les sociétés qui ont participé à ce vaccin n'ont pas vraiment de quoi crier victoire... Au début, on considérait que la souche B était majoritaire en Europe et aux États-Unis, et c'est pour cela que les laboratoires ont travaillé sur celle-ci en priorité. Mais pour moi, ce raisonnement n'est pas valable. Avec la mondialisation, les voyages, toutes les souches sont devenues un danger pour tout le monde. C'est pour cela que, dès 1988, j'ai refusé de partir d'une seule souche ; j'ai préféré travailler sur le point commun à toutes les souches connues. En résumé, on peut dire qu'à ce jour, le résultat de cette étude montre que ce vaccin immunise 30 % des vaccinés contre une souche, à un instant T. Un vaccin universel permettra d'immuniser tout le monde, contre toutes les souches, même si le virus évolue.

Comment expliquez-vous que ce qui vous paraissait si évident dès 1988 ne l'était visiblement pas pour tout le monde ?

Pour personne, vous voulez dire ! Je pense qu'il y a deux explications à cela. La première, c'est qu'il est toujours difficile de remettre en cause un dogme. Or, la voie pasteurienne, il faut le dire, c'était le dogme. L'autre raison s'explique, à mon sens, par un excès de confiance. Personne n'avait pris la mesure de « l'intelligence du tueur ». Moi, je connaissais bien ce virus, et quand nous l'avons isolé pour la première fois, j'ai très vite compris que nous avions affaire à une formule 1. Au début, je disais formule 1, mais en réalité je me suis aperçu par la suite que c'était une navette spatiale ! Ce virus n'a rien de commun avec tout ce qu'on avait connu jusqu'à présent. C'est comme s'il avait un ordinateur de bord intégré, ce qu'on appelle les « gènes de régulation » : si on le met en panne, il répare tout seul et il contourne l'obstacle ! Je pense donc qu'il a trop longtemps été sous-estimé par la communauté scientifique, qui a pensé qu'en suivant la voie vaccinale classique et en combinant les traitements, on pourrait le contrer. Or, il était trop rapide.

Vous étiez donc conscient du problème très tôt, mais quelle était votre solution ?

Voyant l'impasse dans laquelle nous nous trouvions, je me suis posé la question suivante : puisque le problème, c'est la variabilité du virus, y a-t-il un élément dans, ou autour de ce virus, qui ne change pas ? Seul un élément invariable commun à tous les virus (HIV) pouvait apporter la solution. Lorsque je suis parti à l'INSERM à Marseille en 1988, j'ai donc décidé de m'intéresser à ceux qui étaient porteurs du virus sans développer la maladie. À l'époque, les cliniciens ne s'y intéressaient pas, et pour cause, ils ne les voyaient pas arriver à l'hôpital.

Comment avez-vous pu entrer en contact avec eux ?

Le plus simplement du monde. Que faisait un séropositif en 1988 ? Il allait voir son médecin généraliste, qui vérifiait si ses défenses immunitaires diminuaient. Si c'était le cas, il l'envoyait à l'hôpital ; mais si le patient restait stable, il le gardait en observation. J'ai donc pris la liste des généralistes de la région, je les ai appelés, et je leur ai demandé s'ils pouvaient m'envoyer leurs patients infectés mais qui se portaient bien, afin de les prélever et mener mes recherches. J'ai fait le racket, en quelque sorte. Au début, un ou deux médecins ont joué le jeu, avec bien sûr l'accord du patient, puis le message est passé et d'autres ont suivi. En contrepartie, je leur envoyais le résultat de mes analyses.

Qu'avez-vous constaté ?

On a prélevé les sérums, on a mis en culture les cellules infectées, et on s'est aperçu que tous ces patients, que j'ai ensuite appelés « non-progresseurs » (puisqu'ils ne développaient pas la maladie), avaient un point commun : tous disposaient d'un anticorps naturel dans leur organisme. J'ai alors émis l'hypothèse que cet anticorps était peut-être une protection naturelle face au virus. Mais qui dit anticorps dit antigène, puisque l'anticorps (défense) est la réponse à l'agression de l'antigène.

Mais si l'anticorps était le même pour tous, cela voulait dire que l'antigène aussi. Autrement dit, il y avait bien un élément du virus qui ne variait pas !

Pas du virus, mais de quelque chose dont il avait besoin et qu'il emportait avec lui au moment du bourgeonnement (de sa sortie de la cellule). En l'occurrence, je me suis aperçu que, lors du bourgeonnement, le virus emportait avec lui un bout de la membrane de la cellule infectée, un antigène que j'ai appelé R7V. J'ai vérifié sur toutes les souches différentes connues de HIV, en Afrique, en Asie, en Europe, aux Amériques, et chaque fois j'ai retrouvé ce bout de cellule emporté et acquis par le virus et donc non codé par le patrimoine génétique du virus, c'est pour cela qu'il ne varie pas. C'est ce que j'ai appelé le « badge ».

Expliquez-nous cette métaphore du badge...

C'est ce que j'ai expliqué lors d'un congrès. Tous les participants dans la salle avaient un badge. Sans ce badge, ils ne pouvaient pas entrer ou sortir de la salle. Donc, si on voulait les bloquer, il suffirait de désactiver leur badge. Pour le virus, c'est pareil. Il emporte avec lui un badge qui lui permet d'entrer ou de sortir de la cellule. Si on bloque le badge, on bloque le virus ! Mon hypothèse, qui s'est vérifiée par la suite, c'est que les patients non progresseurs avaient naturellement réussi à bloquer le badge (R7V) en fabriquant des anticorps contre lui. J'ai publié le résultat de ces recherches, notamment dans *Science* en 1992.

Comment expliquez-vous alors que d'autres chercheurs ne vous aient pas emboîté le pas après cette découverte ?

Parce que ça allait à l'encontre d'un autre dogme. Si vous reprenez les interviews de l'époque, tout le monde disait que cette découverte n'ouvrait aucune perspective pour un vaccin parce qu'elle allait à l'encontre du principe suivant : on ne peut pas s'immuniser contre soi-même.

C'est-à-dire ?

Comme je vous l'ai dit, l'anticorps répond à un antigène qui n'appartient pas au virus, mais à la cellule du patient. Donc, imaginer que l'on puisse bloquer le virus en s'immunisant contre un bout de cellule qui nous appartient, revenait pour eux à dire qu'on allait faire de l'auto-immunité ; autrement dit, que l'on allait s'immuniser contre soi-même, ce qui risquait de développer à terme chez les patients des maladies dites auto-immunes.

Et ce n'est pas le cas ?

Je ne suis pas plus bête qu'un autre. Bien sûr que j'y ai pensé et que j'ai vérifié si des maladies auto-immunes apparaissaient chez les non-progresseurs. Ce n'est pas le cas, car lorsque le virus emporte ce bout de cellule (R7V) avec lui, il le retourne comme un gant ! Autrement dit, notre organisme ne le reconnaît plus comme lui appartenant. Donc, je pense sincèrement avoir trouvé la solution. Le virus emporte, parce qu'il en a besoin pour progresser dans notre organisme, un badge. Ce badge peut être bloqué par une réponse d'anticorps. Et il ne s'agit pas d'auto-immunité puisque l'antigène a été retourné. Le R7V est donc le cheval de Troie du virus, mais il est aussi son talon d'Achille...

Mais qu'est-ce qui vous dit que vos non-progresseurs ne vont pas devenir un jour des progresseurs, perdre leur anticorps naturel et développer un sida ?

C'est ce qu'on m'a dit pendant des années ! Moi, je savais que la période d'incubation du sida pouvait aller jusqu'à dix ans, donc, effectivement, il me fallait ce temps-là pour valider ma théorie. J'ai d'ailleurs intégré cette donnée dans la définition que j'ai faite du non-progresseur : « On appelle non-progresseur une personne infectée depuis plus de dix ans sans avoir d'immunodéficience (perte des défenses). » Mais aujourd'hui, j'ai près de vingt ans de recul. En vingt ans, tous les jours, mon analyse pouvait s'écrouler. Il suffisait qu'on me présente une nouvelle souche de virus qui n'avait pas le badge. Ce n'est jamais arrivé. Il suffisait aussi qu'un patient revienne un jour (je les suivais tous les trois mois) et que je m'aperçoive qu'il avait perdu son anticorps protecteur. Ce n'est jamais arrivé. Mon hypothèse de départ est devenue depuis longtemps une réalité scientifique, publiée dans de nombreuses revues. Par ailleurs, la voie vaccinale classique ayant échoué, je dis donc qu'aujourd'hui il n'y a pas d'alternative à la voie que j'ai créée.

Vous êtes le seul à vous être intéressé aux non-progresseurs ?

Depuis le début oui, pour une raison très simple : les grands cliniciens du sida ne les voyaient jamais, puisque, par définition, ils ne développaient pas la maladie, donc ils n'allaient pas à l'hôpital, ils restaient chez leurs généralistes. La recherche s'est donc concentrée sur les moyens de lutter contre les effets de la maladie. Sur ce terrain, elle a constamment progressé, jusqu'à l'arrivée en 1996 de ce qu'on appelle les « inhibiteurs de protéase », qui retardent l'apparition de la maladie. À partir de là, le message a été le suivant : puisqu'on a des résultats, il faut traiter tout le monde, et tout de suite. Les généralistes ont donc conseillé à leurs patients, y compris ceux qui se portaient bien, d'aller au plus vite se faire traiter à l'hôpital. Il n'y avait donc plus de raison pour personne d'essayer de savoir qui était progresseur et qui ne l'était pas...

Si je comprends bien, si vous n'aviez pas commencé vos recherches sur les non-progresseurs avant 1996, vous n'auriez pas pu le faire ensuite...

Exactement. Si j'étais parti de Pasteur en 1996, je n'aurais eu aucun malade pour faire mes recherches puisqu'il fallait traiter tout le monde et tout de suite. J'ai d'ailleurs perdu beaucoup de patients à cette époque, car leurs médecins les ont envoyés se faire traiter à l'hôpital. D'autres, en revanche, ont refusé le traitement, estimant qu'ils se portaient bien et qu'ils n'en avaient pas besoin. Ils ont donc continué de venir se faire prélever chez moi pour analyses. Ceux-là vont toujours très bien aujourd'hui...

Et ceux qui sont partis se faire traiter ?

Ça dépend. Face aux effets secondaires très lourds des trithérapies (dites aussi thérapies « combinées » car combinant plusieurs molécules pour combattre la maladie), certains sont revenus me voir.

Quelles étaient pour eux les conséquences de ces traitements ?

Là encore, cela dépend. En dehors de quelques effets secondaires pas très agréables au quotidien, certains allaient toujours très bien lorsqu'ils sont revenus me voir. En revanche, j'ai pu constater que ceux qui avaient reçu un certain type de combinaison de traitement (particulièrement agressif) avaient perdu leur anticorps protecteur...

Et vous pensez que la perte de cet anticorps naturellement protecteur était due au traitement ?

Je vais rester scientifique. Je vais dire qu'après dix-sept ans de suivi de centaines de non-progresseurs, je n'en ai jamais vu un perdre son anticorps protecteur, sauf dans le cas de ceux qui sont partis suivre un type précis de thérapie combinée.

On parle de combien de personnes exactement ?

Sur mon échantillon, une trentaine, ce qui peut paraître peu, mais c'était un fait.

Pour eux, quelle a été la conséquence ?

Ils ont présenté les effets secondaires que l'on connaît : lipodystrophies, transformation complète du corps, changement de répartition des graisses, amaigrissement, et surtout apparition de virus résistants... Bref, des gens qui vivaient comme vous et moi ont vu leur corps changer jusqu'à devoir parfois arrêter de travailler et voir apparaître un virus résistant aux thérapies.

Après avoir vu ça, vous leur avez déconseillé certaines thérapies combinées ?

C’est le médecin qui conseille, et le patient qui choisit. Le patient voit qu’il va bien. Moi, sur la base de mes analyses, je dis à son médecin s’il est non-progresseur ou pas. Après, il fait son choix.

Vous êtes quand même en train de dire que certaines thérapies combinées ont favorisé le déclenchement de la maladie chez des patients qui étaient non progresseurs !

Je dis que ces thérapies combinées ont été un immense progrès pour bloquer la maladie chez de nombreux patients. Mais je pense qu’avant de traiter, il faut vérifier si la personne en a besoin, et c’est ce qui se passe aujourd’hui : on ne traite plus tout le monde tout de suite comme en 1996, on attend la décroissance des cellules CD4.

Quel est, selon vous, le pourcentage de non-progresseurs chez les personnes infectées par le HIV ?

Si je prends les chiffres des personnes dont j’ai analysé les cellules (environ 2 000 patients), je constate que, sur cet échantillon, 25 à 30 % en moyenne sont des non-progresseurs.

Et le pourcentage de ceux qui sont devenus progresseurs en suivant un certain type de thérapie combinée ?

Pour certains patients ayant reçu ce type de thérapie, nous avons constaté la perte de leur anticorps protecteur, c'est un fait ! Donc cela existe, donc il faut le prendre en considération.

Donc ils vont peut-être mourir à terme... parce qu'ils ont été traités ?

Je ne dirais pas cela comme ça. Le fait de les avoir traités leur fait apparaître les effets secondaires et des virus résistants. Cependant, avec les données de l'époque, il n'était pas scandaleux de dire : on suit cette voie et on traite tout le monde et tout de suite. Aujourd'hui, ce n'est plus le cas.

Une récente étude dit qu'il faut poursuivre cette stratégie. Vous êtes toujours d'accord ?

La logique de cette étude est de considérer qu'il y a trop peu de non-progresseurs pour perdre le bénéfice que l'on retire en traitant tout le monde. Je dis que dans l'état actuel des choses c'est vrai, puisque les progresseurs représentent les trois quarts des personnes infectées. En revanche, si l'on apporte un test de dépistage « progresseur/non-progresseur », alors on pourra faire le tri entre ceux qui doivent être traités et ce qui ne doivent pas l'être. Pour résumer, je suis d'accord pour qu'on traite tout de suite les progresseurs, mais pas les autres.

Qu'est-ce qui vous a poussé à suivre cette piste des non-progresseurs qui n'intéressait personne ?

Mais je m'en moque, que ça n'intéresse personne ! Moi, j'essaie de me poser des questions simples : je regarde des photos de malades, et je vois que d'année en année ils ne changent pas. Alors ça m'étonne ! Ça ne vous aurait pas étonné, vous ? Comme je ne crois pas au miracle, je me dis : il doit y avoir une explication scientifique, et je cherche, c'est tout ! Et comme personne ne cherche dans cette direction, ça m'intéresse d'autant plus, non pas parce que je veux être le premier ou le seul, mais parce que je me dis que, si je trouve quelque chose, je serai plus utile là plutôt que d'aller chercher la même chose que tous mes petits camarades qui sont aussi talentueux que moi ! Vous savez, c'est cet état d'esprit qui m'avait permis de découvrir le virus. On ne change pas une formule qui gagne… Je suis peut-être un chercheur farfelu, mais je suis un chercheur farfelu qui trouve !

Vos recherches ont intéressé très vite ?

Non. Ça aussi, c'est extraordinaire. Au lieu de dire : « Tiens, Chermann, dans son coin à Marseille, a peut-être trouvé quelque chose, on va vérifier son travail en mettant une équipe ou deux dessus », on me disait : « Mais non, c'est impossible. On ne vaccine pas contre le soi, vous allez créer des maladies auto-immunes, ça ne peut pas marcher ! Ou alors, prouvez-nous le contraire. » La charge de la preuve était inversée. Au lieu de vérifier et de voir si ma piste était intéressante, on me demandait de répondre tout seul à toutes les questions qui pouvaient être posées. Ça m'a pris un temps fou. C'est comme si vous découvriez un continent, vous revenez chez vous et vous dites : « Il existe un nouveau continent, on pourrait peut-être aller le visiter, voire s'y installer », et là on vous répond : « Allez-y, faites des photos, des films, construisez des villes et revenez nous voir dans vingt ans ! » Imaginez la perte de temps si je suis seul à faire ça. Et c'est ce qui s'est passé.

Vous avez dû lever tout seul les réticences ?

Tout seul, une à une. Ç'a commencé avec le dogme de l'auto-immunité. J'ai prouvé qu'il n'y avait pas de maladie auto-immune déclenchée. Ensuite, on m'a dit : « Oui, peut-être qu'il n'y en a pas maintenant mais qu'elles vont apparaître dans les années à venir. » Donc on a attendu. Puis sont arrivées les trithérapies, et là on a dit : « Ça ne sert plus à rien de savoir s'ils sont progresseurs ou non, puisqu'on a un traitement qu'il faut utiliser tout de suite et pour tous. » Mais j'ai continué. Je suis têtu. Pas par obstination ni parce que je suis sûr d'avoir raison contre tous. La seule chose qui me convainc, moi, c'est l'expérience. Je vous l'ai dit, si demain j'ai un gars qui arrive avec le virus et qu'il n'a pas le badge, c'est foutu ! Tout ce que j'aurai fait pendant vingt ans s'écroule. Mais là, ça fait vingt ans. C'est énorme, en science ! Devant toutes les critiques acerbes, j'ai donc tout vérifié, répondu à chaque objection, une par une… (*Il se lève et me montre des armoires de dossiers.*) Voilà, chaque patient, un par un… Moi, maintenant, j'ai les preuves et la certitude de tout ce que j'avance.

Ce badge, vous l'avez retrouvé sur toutes les souches connues du virus ?

Toutes. Asie, Amérique, Afrique, dans le monde entier… J'ai eu ces souches et elles ont toutes le badge. J'ai publié, quand même, et pas dans les archives du professeur Tournesol ni dans *Le Journal de Tintin* ! Dans toutes les plus grandes revues scientifiques américaines : *Journal of Virology* en 1990, *Science* en 1992 (l'article s'intitulait : « Un nouveau concept pour le vaccin »), *Cellular Pharmacology* (deux articles sur l'anticorps et le test non progresseur), deux autres articles dans *Vaccine* (1999), *Current Opinion of Biotechnology* (une des plus grandes revues de référence) en 2002, et enfin *Human Antibodies* en 2007[39]… Il y a très peu de Français qui publient dans ces revues, ç'aurait quand même pu interpeller certains de nos compatriotes chercheurs, non ?

D'autres s'intéressent aujourd'hui aux non-progresseurs…

C'est vrai, j'ai appris ça, mais c'est récent. Aux États-Unis, au congrès de Baltimore, un membre de l'équipe Gallo a fait une présentation et je crois que l'Institut Pasteur s'y est mis avec Françoise Barré-Sinoussi. Ils appellent cela « les HIV contrôleurs ». Je suis content de voir, même si on change le nom, que l'on commence à s'intéresser à cette piste des non-progresseurs que je suis depuis vingt ans...

Je suppose que vos découvertes ont fait l'objet d'un brevet ?

Bien sûr. J'ai déposé le brevet du « badge » à l'INSERM en 1996, et en 2001, j'ai décidé de créer une société pour développer ma dernière découverte et l'accompagner. C'est la société URRMA, chargée de mener le développement jusqu'aux essais chez l'homme. Si l'on veut transférer le projet à l'industrie pharmaceutique, elle ne le prendra que lorsque le produit sera suffisamment avancé, c'est-à-dire aura été testé chez l'homme.

Vous voulez dire que, si une piste est intéressante pour la santé publique mais pas pour les comptes de l'industrie pharmaceutique parce qu'elle n'a pas le brevet, elle ne suivra pas ? C'est grave comme accusation !

Ce n'est pas une accusation et je ne dis pas cela. Je dis que, puisque l'industrie pharmaceutique s'était engagée sur d'autres voies (nouvelles molécules, inhibiteurs...) parce qu'elle pensait que c'était mieux, elle est ensuite prise dans une logique où il lui faut poursuivre ce projet pour le faire aboutir en priorité, car des sommes colossales y ont été investies. Voilà ce que je dis.

Alors peut-on dire que les responsables de la recherche sur le sida ont fait les mauvais choix au départ ?

Non, car à l'époque ce n'était pas facile d'imaginer que le virus serait aussi habile et deviendrait résistant, et que les nouvelles molécules auraient autant d'effet secondaires indésirables pour être un tant soit peu efficaces. Donc, dans ce contexte-là, ce n'était pas forcément une mauvaise décision. Ce que je dis, c'est que dans le contexte d'aujourd'hui, avec ce que j'ai prouvé, démontré, avec mes presque vingt années de recul, je pense qu'il est temps de penser à une nouvelle voie pour une raison simple : les autres voies ont échoué. C'est un constat factuel que tout le monde peut faire aujourd'hui.

Ce constat d'échec est-il partagé par tous aujourd'hui ?

C'est un fait, et personne ne peut le nier. Mais j'ai le sentiment que certains ont peur de se déjuger en faisant ce constat. Le problème, c'est que depuis longtemps, et aujourd'hui encore, certaines personnalités influentes dans la recherche sur le sida disent que les non-progresseurs ne sont pas suffisamment importants en nombre pour que l'on s'y intéresse. Le raisonnement en soi m'a toujours paru étrange, mais lorsque je dis que sur mes échantillons on arrive à 25 % de non-progresseurs en moyenne, ça devrait quand même faire réfléchir un peu, vous ne pensez pas ?

On a entendu effectivement certaines personnes dire qu'il n'y avait pas plus de 1 % de non-progresseurs chez les séropositifs. Comment expliquez-vous ces chiffres ?

J'ai entendu ces chiffres aussi. Ceux qui annonçaient cela n'ont jamais pu me dire sur quelle étude ils s'appuyaient ni avec quel test ils les vérifiaient. Moi, mes chiffres sont vérifiables. Par ailleurs, j'ai trouvé le R7V en 1990. Je m'étais donné dix ans de recul pour valider mon hypothèse, soit l'année 2000. On est en 2009, et les faits me donnent toujours raison. Ce que je ne comprends pas, c'est que personne ne soit allé vérifier ce que je racontais. N'importe qui peut le faire ! N'importe quel grand clinicien peut vérifier ! Au lieu de ça, on me dit : « Ça n'est pas possible. » C'est quand même fou, non ?

Mais s'il y a vraiment 25 % de non-progresseurs chez les personnes infectées par le HIV, cela aurait dû se voir à grande échelle !

Sauf si la politique de traitement systématique nous a empêchés de le voir… En revanche, vous avez raison, cela peut se constater en Afrique, continent où la maladie est endémique et où il n'y a eu que très peu de personnes traitées. Prenez la courbe du sida en Afrique. Il y a vingt ans, on nous annonçait une exponentielle avec une population décimée à l'horizon 2015. Cela ne s'est pas produit, fort heureusement. Tous les pronostics ont été déjoués et on a constaté que la courbe n'était pas exponentielle, mais qu'elle commençait à former un plateau et qu'environ 50 % des personnes infectées par le HIV étaient toujours vivantes.

C'est peut-être l'effet de la prévention ?

Si vous voulez... Mais on peut aussi imaginer autre chose. Figurez-vous que nous avons fait des tests pour connaître le taux de non-progresseurs en Afrique. On est arrivé à un taux de 50 % des populations infectées naturellement protégées !

Sur quel échantillon ?

Plus de 700 personnes sur trois pays : le Cameroun, la Côte d'Ivoire et l'Afrique du Sud. Il faudrait, bien sûr, vérifier à grande échelle. Mais c'est quand même très important de le faire, non ? Si ce chiffre se confirme, ça expliquerait la courbe. D'autant que l'analyse ne serait pas brouillée par les effets du traitement, puisqu'il n'y en a pas eu ou presque. Il faudrait que des associations, ou l'OMS, ou l'Europe, ou une fondation, lancent une grande enquête. Autre intérêt d'une telle enquête : vérifier si cette population naturellement protégée augmente ; autrement dit, si la protection se transmet de génération en génération, comme une réponse naturelle face au virus.

C'est ce que vous pensez ?

À l'époque, on nous avait dit : en vingt ans, tous les infectés seront morts. Ce n'est visiblement, et heureusement, pas le cas. On s'attendait aussi à une hécatombe des nouveau-nés, puisqu'il y avait la transmission de la mère à l'enfant. Ça n'a pas été le cas non plus. La transmission de la protection naturelle pourrait donc être une explication. Ce n'est bien sûr qu'une hypothèse, mais elle est facile à vérifier. Encore faudrait-il faire cette enquête. Ça vaudrait le coup, vous ne trouvez pas ?

Selon cette hypothèse, vous pensez que le virus est en train de régresser naturellement et pourrait, à terme, disparaître sur un continent qui n'a reçu aucun traitement ?

Ce n'est pas impossible. L'histoire est peuplée de virus qui ont décimé des populations entières avant que l'épidémie disparaisse (naturellement). En tous les cas, c'est à vérifier. Par ailleurs, et c'est un paradoxe, dans cette hypothèse, le fait que l'Afrique n'ait pas été traitée peut jouer en sa faveur, dans la mesure où le virus mute pour résister aux traitements. Donc, plus on le combat, plus il devient sophistiqué.

Comment expliquez-vous que, sur la base de vos premiers résultats (50 % de la population africaine naturellement protégée), personne n'ait encore lancé cette grande enquête ?

Je n'en sais rien. Scientifiquement, ce serait pourtant une mine d'or. Commercialement, effectivement, c'est moins sûr, puisque le propos n'est pas de vendre quoi que ce soit... En revanche, je ne comprends pas pourquoi personne aujourd'hui se pose ce genre de question aussi simple : « Pourquoi n'a-t-on pas assisté à la grande hécatombe annoncée en Afrique ? »

Il y a eu des commentaires sur cette question des enfants de malades qui sont restés bien portants. En Afrique, on a même parlé des « orphelins du sida ».

Oui, on l'a constaté, mais personne ne s'est posé la question de savoir pourquoi ces enfants vivaient. Ont-ils le virus ? Ont-ils l'anticorps protecteur ? L'ont-ils hérité d'un des deux parents qui l'avait lui-même et qui a aussi survécu ? Ce sont quand même des questions intéressantes ! Je crois, comme souvent d'ailleurs, que nos sociétés ont beaucoup à apprendre de l'Afrique sur ce plan aussi. Je dis « comme souvent » car, au-delà de l'aspect médical, si ces enfants ont pu être sauvés et grandir normalement, c'est aussi parce que le système familial africain fait qu'ils ont été immédiatement pris en charge par le groupe, la tribu, le village. C'est donc tout un système de société qui a peut-être, et c'est à vérifier, fait qu'une population entière a trouvé les ressources pour enrayer naturellement la maladie et trouvé les voies de sa survie. Notez bien que cette hypothèse n'est pas farfelue car, historiquement, l'étude du vivant (y compris chez les animaux) a montré que la réponse génétique comme les coutumes sociales ont souvent été les voies de la vie pour surmonter les grandes menaces.

Une telle étude coûterait combien ?

Je ne sais pas. Il faudrait produire notre kit de dépistage de non-progresseurs en grande quantité... On parle peut-être de deux millions d'euros...

C'est dérisoire par rapport aux réponses qui pourraient être apportées !

Que voulez-vous que je vous dise... Voilà dix ans que je me bats pour expliquer ça. Apparemment, ça n'intéresse personne. Enfin ça va peut-être changer, car j'ai eu il y a peu de temps une réunion avec Philippe Douste-Blazy, secrétaire général adjoint des Nations unies, responsable d'Unitaid[40], qui semblait très intéressé. Il nous a promis de prendre ce dossier en charge.

L'Afrique a pourtant été l'objet de nombreuses hypothèses sur le sida, à commencer par celle qui disait que la maladie venait de ce continent...

Alors ça, parlons-en ! On va ouvrir une petite parenthèse intéressante. Tout le monde disait, en effet, que le virus venait du singe et sortait de la forêt africaine. Moi, je suis allé vérifier, et je vous dis : c'est faux. Mon hypothèse, en revanche – je vais être volontairement provocateur, mais l'idée se tient –, c'est que le virus est venu d'un petit village quelque part dans le monde (hors Afrique) et aurait contaminé l'Afrique. N'oublions pas que pour les médecins coopérants en Afrique – les mêmes qui ont reconnu les cas de sida africains en France et en Belgique – à qui l'on demandait s'ils avaient déjà vu des cas semblables auparavant en Afrique, la réponse était non. Donc le sida était nouveau sur ce continent.

Cela mérite une explication...

Tous les virus que l'on connaissait à l'époque étaient des mobylettes. Celui-là, je vous l'ai dit, est une navette spatiale. Je me suis dit : on ne passe pas comme ça d'une mobylette à une navette spatiale d'un seul coup. Il fallait toute une évolution génétique. Donc ça voulait dire que le virus était ancien ! Virus ancien, mais maladie nouvelle. À l'époque, tout le monde s'accordait à penser que le virus venait du singe et sortait de la forêt d'Afrique. Alors je me dis, idiot que je suis : allons vérifier ! Je monte une mission chez les Pygmées. Pourquoi eux ? Parce que c'est un peuple sédentaire qui n'est jamais sorti de la forêt, qui vit auprès des singes, et que, puisqu'on a affaire à un virus ancien, s'il vient de là, ils auraient dû mourir depuis longtemps... sauf s'ils ont développé des défenses naturelles. Je pars donc pour Bangui avec Françoise Brun-Vézinet, Claude Griscelli, professeur de pédiatrie et de génétique médicale au CHU de Necker, et d'Alain Georges, directeur de l'Institut Pasteur à Bangui. On prend un hélicoptère de l'armée et on atterrit dans une clairière. Tous les Pygmées sortent de la forêt pour nous accueillir avec les enfants dans les bras. C'était extraordinaire... C'était tellement beau que je n'ai même pas osé sortir l'appareil photo que j'avais dans ma poche, mais j'ai cette image dans la tête comme si c'était hier. Claude Griscelli n'en revenait pas : parmi les individus qu'il avait examinés, certains présentaient des colliers de Vénus de syphilis comme décrits dans les vieux livres de médecine, et qui n'existent plus dans nos pays du fait des traitements. La nature avait gardé ses droits sur la médecine, et on s'est dit : si le sida vient de la forêt, ils ont résisté, donc on va trouver quelque chose. On fait le test : tous négatifs ! C'était donc gagné, ils avaient développé des défenses naturelles. Pour vérifier, on prélève des cellules de leur sang, on les transporte à l'Institut Pasteur de Bangui où on les infecte avec le virus, et là... leurs cellules s'infectent merveilleusement ! Donc les Pygmées n'étaient pas protégés, ils n'étaient tout simplement pas contaminés. Nous sortons de la forêt, et nous faisons le même test avec ceux qui vivaient au bord de la forêt, et là on trouve du virus... Donc le virus ne sortait pas de la forêt, il y entrait ! Deuxièmement, on a voulu vérifier l'infection des singes, puisque c'était l'hypothèse de départ. On avait prévu une campagne de prélèvements, mais arrive alors le WWF qui nous l'interdit ! Ainsi, on pouvait prélever les hommes, mais pas les singes... Je ris, mais ça s'est passé comme ça. Quoi qu'il en soit, cette étude prouvait que l'hypothèse américaine ne tenait plus.

Que disait exactement cette hypothèse américaine ?

Que le virus sortait de la forêt. Beaucoup de Haïtiens (parce qu'ils parlent français) étaient partis au Congo après l'indépendance pour enseigner, remplaçant les Belges, puis ils sont revenus et ont contaminé Haïti. De là, l'émigration haïtienne vers les États-Unis a fait le reste, via les chauffeurs de taxi de Californie... C'était ce qu'on disait, et tout le monde culpabilisait ainsi l'Afrique et Haïti. Et nous venions de prouver que c'était faux. Le virus ne venait pas d'Afrique, il avait été *apporté* en Afrique, où il s'était rapidement développé. Les quatre premiers cas de sida ont été repérés à Los Angeles en 1981. Premiers cas en 1981, ça veut dire que l'infection remonte à dix ans[41]. Alors je me suis posé la question : que s'est-il passé dans les années 1970 ? Réfléchissez, un événement qui va changer le monde... Le Boeing 747 ! Donc je me mets à faire une hypothèse pour m'amuser et afin de ne culpabiliser personne : le virus vient du fin fond de la France profonde ! Ce virus étant ancien, on l'a dit, c'est donc un virus qui au départ était non mortel, se trouvant dans le macrophage et pas encore dans les lymphocytes. Au début du siècle, on n'y faisait donc pas attention. Les symptômes étaient les suivants : démence (l'idiot du village), polyarthrite de la grand-mère. Personne ne pense alors à un virus. En 1970, certains habitants du village découvrent le tourisme de masse, partent en vacances en Afrique en 747, et finissent par transmettre leur virus non mortel à des Africains dont le système immunitaire était stimulé par des infections bactériennes et parasitaires ; les lymphocytes CD4 sont alors activés et deviennent réceptifs au HIV ; le virus est ainsi passé du macrophage aux lymphocytes, et, de non mortel, il est devenu mortel. De là, il est revenu dans le monde entier. C'est une hypothèse que j'ai publiée [42], et pour l'heure personne n'a pu prouver qu'elle n'était pas valable scientifiquement. Alors que moi, j'ai démontré scientifiquement que la leur ne l'était pas. Je suis aussi allé en Amazonie où, là encore, résidaient des populations sédentaires, pour vérifier que le virus ne sortait pas de la forêt, et j'ai obtenu le même résultat.

Donc, pour vous, le virus est passé du macrophage aux lymphocytes ?

Oui. Le macrophage, c'est la poubelle de l'organisme. Vous vous coupez, vous saignez, le macrophage arrive, nettoie, phagocyte les bactéries, les cellules mortes, puis assure la cicatrisation. Le macrophage nettoie ainsi notre cerveau, nos poumons, etc. Quand il est infecté par le HIV, en montant au cerveau il provoque une démence, au poumon une pneumonie atypique, au foie une hépatite, dans le liquide synovial, il donne une polyarthrite...

On a retrouvé le virus dans le macrophage pour vérifier ça ?

Oui. J'ai isolé le virus dans le macrophage avec le Pr Olivier Gout (neurologue) en 1987. Un jour, à la Salpêtrière, un homosexuel séropositif pour le HIV est arrivé présentant une démence, sans perte de ses défenses. Le clinicien Olivier Gout m'a envoyé à l'Institut Pasteur ses lymphocytes et du liquide céphalo-rachidien. C'est là que j'ai trouvé le virus dans le liquide du cerveau, mais pas dans les lymphocytes ; j'ai ainsi pu isoler le premier virus à tropisme, c'est-à-dire visant uniquement le macrophage (l'infection du macrophage par le HIV a été confirmée en 2005 par la description d'un corécepteur spécifique pour le macrophage, le CCR5) ; j'ai pensé à ce moment-là que le virus ancien à tropisme pour le macrophage ne devait pas être mortel et que, pour le devenir, il devait passer dans les lymphocytes et les tuer. D'où la visite en Afrique évoquée plus haut.

Revenons à vos non-progresseurs en France... Comment comptez-vous passer du « badge » au vaccin ?

Le badge, c'est le talon d'Achille du virus. Il en a besoin, mais il ne peut pas le modifier, il ne lui appartient pas. Donc, puisqu'on ne peut pas vacciner contre le virus qui change tout le temps, il faut vacciner contre le badge pour obtenir les anticorps anti-R7V protecteurs.

Selon ce principe, puisque ces anticorps existent à l'état naturel chez les non-progresseurs, il suffirait de leur en prélever et de les injecter chez des malades pour les protéger ?

Exactement. J'en ai fait l'expérience *in vitro*. J'ai pris l'anticorps d'un patient, je l'ai mis dans une cellule infectée d'un autre patient, et j'ai pu constater que le virus était neutralisé. Par conséquent, il n'y a aucune raison que ça ne marche pas en passant chez l'homme. Je n'ai bien sûr jamais voulu le faire. Ce serait facile, le Pr Vittecoq l'a bien fait avec d'autres anticorps, cela s'appelle l'immunothérapie passive : on purifie l'anticorps et on l'injecte au malade. Il est certain que l'on pourrait confirmer l'efficacité de l'anticorps anti-R7V par immunothérapie passive, mais alors nous ne serions pas prêts pour traiter un plus grand nombre de patients car nous ne disposons pas de suffisamment de donneurs ; je préfère privilégier l'anticorps recombinant (anticorps produit *in vitro* dans une cellule, après avoir isolé le gène chez un patient non progresseur et l'avoir introduit dans un vecteur) et assurer un traitement à grande échelle. Question d'éthique.

Vous avez besoin de quoi, alors ?

De moyens pour produire un anticorps thérapeutique à échelle industrielle. C'est ce que nous sommes en train d'essayer de réaliser avec mes investisseurs actuels à URRMA. Grâce à ça, on pourra fabriquer des kilos d'anticorps. Là, on pourra les tester selon un protocole précis sur une centaine de patients en échec thérapeutique. On parle ici de ceux sur qui rien ne marche parce qu'ils ont reçu tous les traitements possibles et sont en échec, ou parce qu'ils ont été infectés par une souche du HIV ultrarésistante. Je pense que rapidement après l'injection des anticorps, on verra leurs défenses remonter. Mais là, il faut faire l'expérience avant d'affirmer quoi que ce soit.

Des dates ?

Ne recommencez pas avec ça, cela m'a suffisamment été reproché. Cela fait quatre ans qu'on essaye de produire l'anticorps ; on a connu des échecs, car les moyens matériels n'avaient pas été mis. Là, j'ai engagé des « développeurs d'anticorps » parmi les meilleurs spécialistes mondiaux [43]. Mais pour passer aux essais cliniques, il faut avoir assez d'anticorps. Tout va donc dépendre de notre capacité à le produire en grand nombre et à surmonter les obstacles que l'on a connus jusqu'à présent (agrégats, anticorps instables...). C'est tout ce que je peux vous dire à ce stade.

Ces obstacles vous inquiètent ?

Non. Pour combattre la navette HIV, on a construit notre propre vaisseau. Pour l'instant, il nous manque des pièces, très chères à fabriquer, mais le plus important, ce sont les plans, et on les a. L'anticorps, l'antigène, le concept, on a tout... On compte progresser par étapes. La première, faire un kit pour dépister les non-progresseurs, il est en cours de développement. La deuxième, mettre au point un anticorps thérapeutique (en bonne voie) suivi d'un vaccin thérapeutique, c'est-à-dire qui soigne (par production d'anticorps protecteurs). La troisième, faire un vaccin prophylactique (qui prévient l'infection). Ce sera un vaccin par voie orale, pour assurer une protection dans le sang et dans les muqueuses.

Pour le kit, vous en êtes où ?

Pour le test pronostic non-progresseur, on a obtenu des États-Unis le droit de démarrer les essais cliniques. Pour cela, ils m'ont demandé de mener un certain nombre d'expériences : reproductibilité du test ; vérifier le test dans des conditions dites « interférentes » pouvant générer des faux positifs ; ensuite, ils m'ont demandé de vérifier la présence d'anticorps anti-R7V protecteurs sur des centaines de sérums de patients américains infectés. Sur la population américaine, on est tombé à 25 % de patients naturellement protégés[44]. Ensuite, ils ont voulu vérifier les résultats en fonction des ethnies. On a donc testé les Indiens natifs, les Haïtiens, les Caucasiens, les Noirs américains et les Asiatiques. On a trouvé chez les Noirs américains 50 % de non-progresseurs (ce qui tendait à confirmer mes études en Afrique), alors que pour les autres groupes, on restait entre 20 et 30 %. Ensuite, on nous a demandé de voir quand les anti-R7V apparaissaient après l'infection par le HIV. La FDA (Food and Drug Administration), qui gère les autorisations de mise sur le marché des médicaments et aliments, nous a demandé de montrer la corrélation entre la présence d'anticorps et la non-progression. Nous l'avons démontrée. Tout cela a été fait. Nous n'avons plus qu'à produire le test anti-R7V en quantité industrielle. Pour cela, nous avons signé un contrat avec une société canadienne à Toronto, Ipoc, International Point of Care. La production industrielle est donc en cours. Mais elle implique une revérification complète du produit fini, ce qui, au moment où je vous parle, peut prendre encore six mois.

Pourquoi avoir privilégié les États-Unis ?

Parce que mon expérience de la découverte du virus du sida me fait dire que ce qui est validé aux États-Unis l'est ensuite dans le reste du monde. L'inverse, comme vous le savez, n'est pas toujours vrai... Alors, plutôt que de me battre en France contre des personnes qui ne croient pas en moi pour ensuite devoir me faire reconnaître aux États-Unis, je me suis dit : faisons l'inverse. Vous voyez, j'apprends ! Et puis, c'est aussi une question de mentalité. En France, ça fait dix-sept ans qu'on me dit : il faut attendre, la maladie va peut-être finir par se déclencher chez les non-progresseurs. Aux États-Unis, sur la base de mes résultats, on m'a dit : même si votre anticorps ne fait que retarder la maladie de deux ans, on est preneurs ! Vous savez pourquoi ? Vous savez ce que coûte une année de traitement d'un malade pour la collectivité ? Vingt mille dollars ! C'est colossal !

Vous pensez que les questions d'économies financières ont joué ?

Oui, même si ce n'est pas, et heureusement, la seule raison. C'est le résultat en termes de santé qui motive la décision, mais si en plus il favorise des économies sur le budget de la santé, alors, évidemment, ça aide. J'appelle cela du pragmatisme.

Vous pensez que les Français ne sont pas assez pragmatiques ?

Je ne sais pas. En même temps, cette question est une fausse question, car au fond la science n'est ni française, ni américaine, elle est internationale. Le virus n'a pas de passeport, n'est-ce pas ? Alors, pourquoi se fixer soi-même des limites, surtout face à un ennemi aussi puissant ? Si ça se fait aux États-Unis, les malades en France en profiteront.

Pourquoi cette prééminence des États-Unis, encore aujourd'hui ?

Pourquoi faut-il publier dans *Science* plutôt que dans le compte rendu de l'Académie des sciences pour être entendu internationalement ? On va dire : la langue... Moi, et c'est un élément de ma réponse, je vous poserai une question : un Français qui publie dans *Science*, ce n'est pas tous les jours. Pourquoi les Français n'ont-ils pas été intéressés par ce simple fait ? Est-ce qu'ils n'auraient pas pu se dire : « Tiens, il a peut-être mis le doigt sur quelque chose » ? Non. L'ANRS (l'Agence nationale de recherche sur le sida) a préféré refuser mes demandes de crédit. Que voulez-vous que je vous dise ?

Ça fait longtemps que vous dites : donnez-moi de l'argent pour développer mon idée et je vous trouverai un vaccin dans les deux ans, et ça vous a d'ailleurs été beaucoup reproché. Regrettez-vous aujourd'hui d'avoir dit cela ?

Pas du tout. Je ne regrette rien. Je n'ai pas dit : « Je vais avoir un vaccin. » J'ai dit : « Donnez-moi les moyens de développer mon hypothèse. » Ils ne m'ont pas cru… (*Silence.*) Ils ne m'ont pas cru… Que voulez-vous que je vous dise ? J'avais publié dans *Science*, mais l'argent n'est pas arrivé. J'ai eu droit à un tombereau d'objections, mais pas à un tombereau de dollars ! Aujourd'hui, quinze ans ont passé et je redirai la même chose, car jusqu'à présent les faits n'ont pas démonté mon hypothèse. Je dirais même qu'en science, le temps est une validation. Or, j'ai maintenant un recul incroyable.

Ce temps joue donc en votre faveur ?

Je crains qu'il n'ait été un élément indispensable à la prise de conscience, d'autant que, comme je vous l'ai dit, les autres pistes suivies ont, pour l'instant, mené à une impasse puisque le virus est toujours plus rapide que la recherche menée sur les nouvelles molécules pour le contrer.

Combien de temps a-t-on perdu, selon vous ?

Si on avait cru en moi dès le début, on aurait pu gagner dix ans. Je peux le dire aujourd'hui, car ce temps passé n'a pas démenti les faits que j'avais avancés. Cela dit, je veux bien comprendre que les objections qui m'étaient faites étaient, pour certaines, valables. Le problème, c'est qu'au lieu de venir m'aider à faire les vérifications nécessaires pour voir si ce que je disais tenait la route, on m'a laissé travailler tout seul dans mon coin. C'est là qu'on a perdu du temps. Comme je vous l'ai dit : je n'ai pas annoncé un vaccin, j'ai annoncé la *possibilité* d'un vaccin. J'ai proposé une autre voie. C'était le titre de l'article de *Science* : « *A new concept for vaccine* ». J'ai annoncé la découverte d'un continent, mais aucun explorateur n'a envoyé de bateau pour vérifier si c'était vrai. Pourtant, je ne sortais pas de nulle part ! Je leur avais déjà fait le coup avec la découverte du virus. Ils ne m'avaient pas cru, à l'époque, parce que j'étais un petit Français, d'accord. Mais là, chat échaudé craint l'eau froide, comme on dit. Ils auraient donc pu se dire : « Tiens, c'est original, mais c'est Chermann... Il faudrait peut-être qu'on regarde son truc de plus près ! » Non ?

Donc vous ne considérez pas avoir parlé trop vite à l'époque ?

Non. Des annonces hâtives, il y en a eu quelques-unes sur le sujet en vingt-cinq ans ! Il faudrait élever un monument funéraire à la gloire des vaccins annoncés qui n'ont jamais vu le jour ! Je peux vous donner des noms, si vous voulez... Ils sont encore là. Non, moi ce que j'ai annoncé est factuel et toujours vérifiable aujourd'hui. La vérité, c'est que, si je n'avais rien dit, on dirait à présent : « Ah, bon, mais on ne savait pas ! » À l'époque, pour la contamination des hémophiles, on nous avait accusés de ne pas avoir assez parlé...

On vous a reproché ça au sujet des risques de sang contaminé pour les hémophiles ?

C'est ce qu'avaient dit certains journaux. C'est vrai qu'au tout début on n'était pas allés dans les médias. Mais quand on a monté le kit de dépistage du sida avec Brun-Vézinet, on a travaillé avec des centres de transfusion sanguine, quand même ! Et puis, si on avait parlé trop tôt, on aurait dit : « Vous donnez des faux espoirs » ou « Vous inquiétez les populations »... Je la connais, l'histoire ! J'ai été très en amont sur cette question des hémophiles, puisque le deuxième virus que j'ai isolé était à partir d'un jeune hémophile. Déjà, à cette époque, j'étais entré en contact avec l'Association des hémophiles pour leur dire : attention, les facteurs antihémophiliques contiennent le virus (c'était en 1983). Ensuite, on a créé avec Montagnier la Commission européenne du sida, j'ai été à Bruxelles, on a fait venir les spécialistes de l'OMS à l'Institut Pasteur... Bref, même si on n'en parlait pas dans les médias, on a fait ce qu'il fallait pour alerter tous les acteurs. Mais pas dans les médias, c'est vrai. Alors, cette fois-ci, j'ai parlé. Je parlais dès que je le pouvais. J'ai gardé tous les enregistrements d'émissions. Si, demain, tout le monde dit : « Formidable, vous avez la solution, mais vous auriez dû nous le dire plus tôt », j'aurai les preuves. Vous savez, je le connais bien, ce milieu. Peut-être que je serai mort quand on s'apercevra que j'avais raison, mais au moins on ne pourra pas dire que je n'ai pas fait ce que j'avais à faire. Je vais vous poser une question : quand on a trouvé en 1983 le virus du sida, est-ce qu'on avait parlé trop vite ? Beaucoup l'ont dit, à l'époque... Je ne suis pas un affabulateur. Je connais mon métier, je sais ce que je fais et ce que je dis. Ce n'est pas parce que je suis des voies différentes de celles des autres que ça fait de moi un farfelu ! Mon seul dogme, c'est l'EXPÉRIENCE, et je vais le prouver en vous racontant une histoire dont vous n'avez jamais entendu parler, et pour cause. En 1975, nous pensions avoir isolé, avec le Pr Claude Jasmin, à Villejuif, le virus de l'ostéosarcome humain. Imaginez, c'était énorme ! Pourtant, pendant trois ans, on n'a rien dit, pas un mot. On a procédé à toutes les vérifications, on a testé, une par une, toutes les hypothèses qui auraient pu démentir notre trouvaille et, résultat, on s'est aperçus que le virus qu'on avait trouvé était d'origine animale, qu'il était le fruit d'une contamination de notre laboratoire. Trois ans sans rien dire, pour tout vérifier... Et heureusement, puisque les faits ont donné tort à l'hypothèse de départ. Donc vous voyez bien que je ne suis pas un bleu qui parle à tort et à travers : si je parle, c'est que j'ai tout vérifié. C'est pour ça que je peux publier dans *Science* et dans toutes les autres revues de référence...

Si on vous écoute, on a le sentiment que la recherche se décide ou ne se décide pas en fonction de vous, selon qu'on vous aime ou pas, qu'on vous écoute ou qu'on vous rejette. N'est-ce pas un peu prétentieux ?

Je ne dis pas ça. Je dis que j'ai une histoire qui montre que je mérite d'être écouté. Cela dit, les choix qui ont été faits sont, bien sûr, indépendants du fait que l'on m'aimait ou non. Il ne s'agit pas ici d'affect, mais d'argent.

C'est-à-dire ?

C'est le système qui est pernicieux et qui pousse à ne pas suivre des gens comme moi. Je vais vous donner un exemple. L'industrie pharmaceutique, parce qu'elle pense que c'est ce qu'il y a de mieux, va dépenser de fortes sommes d'argent pour développer des nouvelles molécules. Arrive le moment où celles-ci doivent être testées. Que fait alors l'industrie pharmaceutique ? Elle enrôle les cliniciens, qu'elle paye très cher. Ces derniers s'engagent sur un protocole, mais c'est à eux de trouver les patients pour mener ces essais. Je ne dis pas qu'ils le font pour l'argent, ils le font probablement de bonne foi. Mais lorsqu'il vous faut trouver des centaines de patients pour respecter votre protocole (jusqu'à 5 000 en phase 3) et que vous avez déjà du mal à les rassembler, vous n'avez pas forcément envie d'écouter celui qui vous dit qu'un quart d'entre eux n'a peut-être pas besoin de traitement...

Vous avez une bien piètre opinion du milieu !

Non, je ne dis pas ça. Il faut être juste, il y a certainement au départ un bon sentiment, entretenu par le discours général, qui est de dire : les nouvelles molécules sont l'avenir, il faut traiter tout le monde et tout de suite. Ce que je dis, c'est qu'un bon sentiment alimenté par un discours général, associé à une logique financière, peuvent conduire à ce que j'appellerai un effet pervers qui s'est peut-être retourné contre certains non-progresseurs, mais surtout contre la liberté de penser du chercheur, et donc contre la richesse potentielle de cette recherche. Cet effet pervers a eu pour conséquence de réduire le champ de vision de tout le monde. C'est mon analyse de vieux chercheur dérangeant qui n'engage que moi, mais je pense que ce système a ôté de la liberté au débat, sans pour autant que l'intention soit mauvaise ou mercantile à la base. Vous savez, je me suis posé cent fois la question... Est-ce que c'est mon mauvais caractère... Est-ce que c'est moi... ? Franchement, si on se réfère au Nobel, je ne m'accorde pas de l'importance au point d'imaginer que c'est mon caractère qui a joué. C'est le système qui est vicié quelque part.

Vous regrettez que la France, via l'ANRS, ne vous ait pas aidé financièrement, or elle l'a fait à plusieurs reprises...

L'ANRS a financé certaines de mes recherches [45], mais mes demandes concernant le R7V et mon programme vaccin ont toujours été rejetées.

À l'époque, le patron de l'ANRS, Jean-Paul Lévy, s'en était expliqué. Il pensait que le laboratoire Mérieux était le mieux placé et le seul à avoir une chance de sortir un vaccin.

C'est ce que je vous ai dit. L'ANRS a financé la voie classique qui s'est cassé la figure en 2003. Moi je dis : quand on est une agence nationale de RECHERCHE sur le sida, on participe à TOUTES les recherches, pas à une seule voie. Surtout que l'histoire de l'évolution de la science a souvent montré que les grandes avancées se sont régulièrement faites hors des sentiers battus.

M. Lévy disait aussi qu'il y avait des règles à suivre : test sur animal, non-toxicité à long terme, etc., et que vos demandes étaient prématurées par rapport à l'état de vos recherches...

Mais enfin, quel animal a-t-on sur le sida ? Il n'y a pas de modèle animal sur cette maladie. C'est bien le problème ! Par ailleurs, l'idée était de dire qu'intellectuellement, immuniser contre le « soi » n'était pas possible, et qu'il y avait risque de déclencher des maladies auto-immunes. Je ne suis pas plus bête qu'un autre, je vous l'ai dit : j'ai vérifié les sérums, j'ai demandé aux médecins s'ils voyaient au fil des ans des maladies auto-immunes chez les non-progresseurs et il n'y en avait pas. J'ai vérifié tout ça. Je me répète, mais j'ai dix-sept ans de recul.

À l'époque, il n'y avait pas ce recul. Il n'était pas anormal qu'on vous demande ça...

OK, alors disons au mieux qu'ils se sont trompés, puisque le temps m'a donné raison.

Vous comprenez leurs hésitations au nom du dogme qui veut qu'on ne vaccine pas contre la protéine du soi ?

Moi, je vais vous dire ce que j'aurais fait si j'avais été directeur de l'ANRS face à un tel programme. J'aurais demandé à M. Chermann de venir exposer ses recherches devant le comité scientifique de l'agence. De répondre aux questions qui se posaient. Cela ne m'a jamais été demandé. J'ai, bien sûr, été surpris de ces refus de financement. J'ai posé la question à Françoise Barré-Sinoussi qui était dans le comité évaluateur. Elle m'a répondu que, chaque fois que l'agence étudiait une de mes demandes, on lui demandait de sortir au nom de la neutralité. Prétendument parce qu'en ayant travaillé si longtemps à mes côtés, elle était juge et partie. Bref, je n'ai pas eu l'occasion d'exposer mes recherches à l'ANRS, alors que j'ai eu l'occasion de le faire partout dans le monde. Je vais vous dire : aujourd'hui, je préfère être à ma place qu'à la leur, parce que si mon programme débouche un jour sur un vaccin, l'histoire retiendra que tous ces grands scientifiques qui contrôlaient les cordons de la bourse et les voies de la recherche auront fait perdre au moins dix années dans la lutte contre la maladie.

Marc Girard (du comité vaccin de l'ANRS) a dit en 1994 qu'il vous avait demandé de déposer le projet vaccin et que vous ne l'avez jamais fait...

Je me souviens de lui avoir parlé du R7V à l'Institut Pasteur. Il m'avait dit : « Donne-le-moi, j'ai une technique pour l'introduire dans le virus polio. » Mais la semaine d'après, je vais aux États-Unis à la demande du NIH (Institut national de la santé). La commission vaccin du NIH m'avait invité (pas l'ANRS) pour parler de mon programme. La responsable de la commission, Bonnie Mathieson, m'avait demandé quel vecteur j'entrevoyais pour introduire le R7V. Je lui avais alors parlé de la polio, et elle me l'avait vivement déconseillé, car il y avait, selon elle, un risque de casser la vaccination polio alors qu'on arrivait à l'éradication de cette maladie. Voilà pourquoi je n'ai pas donné suite.

Marc Girard disait aussi qu'il avait voulu faire vérifier vos découvertes. Vous lui avez refusé les sérums de lapin...

Ah, oui, je m'en souviens : il m'avait demandé mes anticorps neutralisants pour les faire vérifier dans un laboratoire de virologie à Strasbourg, qui démarrait sur le HIV. Moi, ça faisait des années que j'avais confirmé ça ! Je n'allais pas leur donner le résultat tout fait, quand même ! Il ne s'agissait pas de proposer une collaboration entre les différents laboratoires, mais de faire une vérification !

Ne pensez-vous pas avoir perdu du temps en refusant de faire vérifier ?

Écoutez, encore une fois, ils ne m'ont pas proposé de collaborer. Ils ne m'ont pas convoqué à l'ANRS pour que j'explique ce que je faisais. Je vais retourner la question : est-ce que vous trouvez normal que la commission vaccin du NIH aux États-Unis me demande de venir leur expliquer mes travaux, et pas l'ANRS ?

Vous avez participé, avec Luc Montagnier, à la création de l'ANRS. Comment jugez-vous son action depuis vingt années ?

C'est l'avenir de mon programme vaccin qui le dira. Si demain ou dans quelques années j'aboutis, alors on pourra dire que ceux qui ont refusé de financer mon programme à l'époque n'étaient pas compétents pour juger. Au-delà de mes propres recherches, je constate qu'après vingt ans de fonctionnement, ils ont financé énormément de programmes qui, en termes de résultats, n'ont rien donné.

L'ANRS a énormément participé aux essais cliniques pour tester les nouvelles molécules de l'industrie pharmaceutique... Qu'en pensez-vous ?

L'ANRS, c'est de l'argent de l'État. Est-ce son rôle de devenir le supplétif de l'industrie pharmaceutique, je ne sais pas... Je ne crois pas.

Même si son objet est commercial, l'industrie pharmaceutique permet aussi de faire avancer la recherche...

Bien sûr ! Et je suis bien placé pour en parler, puisque mes investisseurs actuels sont privés. Mais je dis que, lorsqu'il faut passer aux essais cliniques, l'industrie pharmaceutique sait aussi les conduire et les financer. Sur le sida, elle a trouvé un appui matériel grâce à l'ANRS. Tant mieux pour les grands laboratoires, mais, encore une fois, je ne pense pas que c'était le rôle d'une agence nationale de RECHERCHE. Faciliter un essai thérapeutique pour un grand laboratoire, ça peut avoir des effets bénéfiques, mais ce n'est pas, à mon avis, faire de la recherche.

Vous pensez que les critères de financement de projets par l'ANRS ne sont pas bons ?

L'avenir le dira. Ce qui est sûr, c'est que l'ANRS a droit de vie et de mort sur les programmes, puisque l'Institut Pasteur, comme l'INSERM, comme le CNRS, délèguent au comité scientifique de l'ANRS le pouvoir de dire oui ou non à un financement. Cela pose une autre question : les personnes qui vous jugent sont-elles à la hauteur ? Tout est un problème d'évaluation ; au jour où la science va de plus en plus vite, où les scientifiques sont de plus en plus spécialisés, on doit faire confiance à ses spécialistes. Il va être de plus en plus difficile, pour une commission, d'évaluer, en plus, des publications scientifiques. N'oubliez pas que j'en avais, et pas des moindres...

Au-delà de cette incompréhension apparente avec certains chercheurs, avez-vous eu le sentiment d'avoir à faire face à un mur de l'argent ?

Pour le passage en production industrielle, oui ; pour les raisons structurelles dont je vous ai parlé, mais pas pour la recherche. Parce que, même si l'ANRS ne me gâtait pas, j'avais appris à l'Institut Pasteur à trouver de l'argent par d'autres voies. J'ai eu la chance de rencontrer des gens d'une qualité exceptionnelle qui se sont intéressés à mes recherches et qui ont fait des dons. Azzedine Alaïa (le couturier), Vanessa Paradis, Marisa Bruni... Tous les gros appareils dont j'ai eu besoin ont été acquis grâce à des personnes comme elles et je ne les en remercierai jamais assez.

Marisa Bruni, la belle-mère du président Nicolas Sarkozy ?

Oui, mais elle ne l'était pas encore à l'époque. Je peux vous en parler aujourd'hui, car elle m'a autorisé à le faire dans ce livre si cela pouvait faire avancer les choses. Lorsqu'elle avait fait ses dons, elle souhaitait que son action reste anonyme. Nous nous sommes reparlé en juin dernier, lors de mon élévation au grade d'officier de la Légion d'honneur. Elle a été très choquée que j'aie été écarté du Nobel, et elle m'a d'ailleurs envoyé une très gentille lettre.

Elle est ce que j'appelle « une belle personne », comme les autres noms que je vous ai cités.

Comment entriez-vous en contact avec les donateurs ?

Ce sont eux qui entraient en contact avec moi. Concernant Mme Bruni, elle était très au fait de mes recherches car j'avais reçu son fils, Virginio, qui avait été contaminé par le HIV. Il faisait partie des patients qui m'ont aidé dans mes recherches en venant se faire prélever au laboratoire. Elle m'a appelé un jour au laboratoire et m'a dit : « Je veux vous aider, mais je veux que mon don reste anonyme. Quelqu'un va venir vous apporter un chèque. » Quelques jours plus tard, arrive une grande brune magnifique. Je lui fais visiter le laboratoire, je lui montre ma salle « Azzedine » (du nom du couturier donateur qui l'avait financée). Elle me dit : « Azzedine, ça ne m'étonne pas, c'est quelqu'un de très bien ! J'ai travaillé avec lui dans la mode, je le connais bien. » Autour de nous, tout le labo était en effervescence. Quand elle est partie, tout le monde est venu me voir en me disant : « Mais vous ne l'avez pas reconnue, c'était Carla Bruni ! » Je me suis senti stupide ! Ensuite, sa sœur Valeria est venue aussi, puis Carla est revenue avec sa mère qui s'intéressait beaucoup aux recherches sur le sida. Elle voulait comprendre. Vous voyez, même si j'ai eu des difficultés, j'ai aussi rencontré des gens de cœur... Comme Vanessa Paradis, qui m'avait spontanément versé la recette de son dernier jour de concert à l'Olympia en étant désolée de ne pas pouvoir agir sur la part prélevée par la SACEM (droits d'auteur)... Des gens de haute qualité... Des gens exceptionnels.

Revenons à vos patients qui vous étaient envoyés pour prélèvements par leur médecin. Dans quel état d'esprit arrivaient-ils chez vous ?

C'était en 1988. Il faut se rappeler ce que signifiait le sida à cette époque. Ils arrivaient donc dans l'état d'esprit de condamnés à mort, mais de condamnés en sursis, car ils voyaient bien que leur état restait stable et qu'ils ne déclenchaient pas la maladie. Donc, plus le temps passait et plus ils étaient optimistes.

Vous n'avez pas eu peur de leur créer des faux espoirs en leur disant qu'ils étaient naturellement protégés ?

Je ne leur ai jamais dit ça. Ils participaient à un programme de recherche, les prélèvements et analyses étaient gratuits pour eux, on leur expliquait ce qu'on faisait, mais c'était leur médecin qui les envoyait et qui recevait les résultats. Nous, on vérifiait juste tous les trois mois s'ils avaient toujours les anticorps protecteurs. Je ne leur ai jamais laissé penser que leur état de non-progression était éternel. J'avais une hypothèse, et c'est le temps et les vingt ans de recherche écoulés, grâce à l'étude de leurs prélèvements, qui ont transformé cette hypothèse en fait scientifique.

Parmi ces patients qui vous ont été envoyés, certains ont-ils eu des enfants ?

Oui. C'était leur décision, mais leurs cliniciens ou leurs médecins nous demandaient parfois de vérifier certaines données. Par exemple, s'agissant d'hommes, on recherchait la présence du virus dans le sperme avec le Dr Bréchard, médecin biologiste. Il faut savoir que le virus ne se retrouve pas toujours dans le sperme, c'est d'ailleurs ce qui explique que la transmission du HIV ne se fasse pas lors de chaque rapport sexuel ; ainsi des épouses d'hémophiles n'ont pas été contaminées pendant plusieurs années, alors que d'autres l'ont été après un seul rapport ; c'est la roulette russe... On analysait une partie du prélèvement et on congelait l'autre. Si l'analyse concluait à l'absence de virus dans le sperme, le patient et son médecin pouvaient prendre la décision d'utiliser le sperme congelé pour une insémination artificielle par le Dr Amram, gynécologue, spécialiste des inséminations. Une vingtaine de couples l'ont fait et ils ont aujourd'hui de magnifiques enfants qui sont tous séronégatifs et se portent très bien.

Vous les connaissez tous ?

Oui. Ils ont aujourd'hui entre dix et douze ans, pour la plupart. Certains continuent de m'envoyer des gentilles cartes de vœux pour Noël ou la nouvelle année. Je peux vous dire que la relation qu'il y a entre nous, même si je les vois peu... est une relation très forte...

Et les parents ?

Ils sont heureux. Moi, je veux bien qu'on critique tout ce que je dis, mais quand même, ces gens-là, quand ils ont pris cette décision, ils étaient encore considérés comme des parias. Ils n'avaient aucun espoir, et encore moins celui d'avoir des enfants.

Pourquoi leurs médecins vous les ont-ils envoyés ?

J'avais fait une étude dans laquelle je démontrais que le virus n'était pas toujours présent dans les éjaculats. J'avais donc fait une réunion devant le conseil scientifique de l'Association des hémophiles, et je leur avais exposé nos résultats que j'ai publiés par ailleurs[46]. J'avais donc une expertise dans ce domaine.

Comment se fait-il que cette étude n'ait pas eu plus de retentissement ?

Parce que, comme d'habitude, j'ai été critiqué. Je vais vous raconter une anecdote. Un des experts, un grand monsieur du sida qui se trouvait à la réunion dont je vous ai parlé, prend la parole après ma présentation et me dit : « C'est intéressant, mais vous n'avez pas de placebo (population témoin)... » Je l'ai regardé dans les yeux et je lui ai répondu : « Vous avez raison. Le seul placebo que je vois pour mon étude, ce serait d'injecter du sperme avec du virus pour voir s'il se transmet. C'est cela que vous me demandez ? » Il y a eu un froid dans la salle... et je suis parti. Voilà... Cela répond à beaucoup de vos précédentes questions, non ?

C'était il y a presque douze ans, et vous en parlez encore avec beaucoup d'émotion dans la voix. Cette réaction vous a blessé ?

Elle m'a anéanti. C'est comme si, en 1985, on m'avait reproché de venir de ma propre initiative, devant cette même Association des hémophiles, pour dire que j'avais constaté que le fait de chauffer le sang à une certaine température permettait d'inactiver le virus ! À l'époque, mon expérience n'avait pas été vérifiée par d'autres, mes techniques n'avaient pas été validées, mais quand vous trouvez quelque chose comme ça, c'est quand même de votre responsabilité d'aller en parler... Non ?

Comment expliquez-vous ce genre de réaction ?

Je ne me l'explique pas. Au mieux, j'espère que c'est de la bêtise... Bref, j'avais une expertise sur cette question, et c'est pour cela que des médecins m'ont envoyé pour analyse leurs patients qui souhaitaient avoir des enfants. Je peux vous dire que les parents que je connais et qui ont pris cette décision il y a une dizaine d'années ne le regrettent pas. Un jour, je vous les présenterai, avec leurs enfants... Vous comprendrez alors que ce genre de remarque que j'ai eu à essuyer ne fait pas le poids...

14

Rencontre du troisième type...

Des rencontres, en marge de cette guerre contre le sida, Jean-Claude Chermann en a fait beaucoup pendant un quart de siècle. L'une d'entre elles, pourtant, étonne. C'est celle avec Bernard Tapie. Candidat aux législatives en 1989, Bernard Tapie a réussi à enrôler Jean-Claude Chermann comme suppléant. Tout s'est joué dans leur maison de La Treille, à Marseille. Tapie s'y était invité pour emporter la décision. C'est Dany, l'épouse de Jean-Claude Chermann, qui raconte : « C'était la troisième fois que nous avions rendez-vous avec Bernard Tapie. Il y avait eu un dîner dans un restaurant, à sa demande, puis un match au Stade Vélodrome où l'on ne s'était quasiment pas parlé. Tapie arrive à la maison, me fait la bise et me tutoie d'emblée. En passant dans la cuisine, il attrape une orange pour la manger, tape sur l'épaule d'Olivier et me dit : "Elle est sympa, ta maison... Simple, mais sympa." Je lui réponds :

“L’argent ne nous intéresse pas. On n’en a jamais eu et nous n’avons pas été malheureux.” Il se retourne vers moi et me dit : “Moi, j’ai connu deux périodes. Une où je n’avais pas d’argent et pas d’amis, et une autre où j’ai eu plein d’argent et plein d’amis… J’ai préféré la deuxième.” J’ai trouvé ça franc de sa part… Ensuite, j’ai commencé à lui dire que Jean-Claude n’aurait probablement pas le temps d’être son suppléant. Je lui ai demandé ce que cela impliquait. Il m’a répondu : “Rien. Sauf si je deviens un jour ministre, et ça, ça ne risque pas d’arriver ! D’abord, parce qu’ils ne me le proposeront jamais, et ensuite, parce que même s’ils me le proposaient, je leur demanderais tellement d’argent qu’ils ne pourraient pas accepter !” »

Un an avant la fin de son mandat, Bernard Tapie est devenu ministre de la Ville et Jean-Claude Chermann est donc devenu… député de la nation !

*

Vu votre caractère et votre personnalité, beaucoup se sont étonnés de votre bref passage en politique. Comment en êtes-vous arrivé à devenir député ?

Par hasard… (*Rires.*) C’est vrai ! Je vais vous raconter… J’arrive à Marseille en 1988. Je venais d’ouvrir mon unité de recherche et, un jour, le téléphone sonne au laboratoire. Les législatives venaient d’être invalidées et il fallait donc voter à nouveau dans la circonscription où s’était présenté Bernard Tapie. On me dit : « M. Bernard Tapie voulait vous remercier de l'avoir soutenu. » Je réponds qu'il doit y avoir une erreur puisque je venais d'arriver et que je ne l'avais pas soutenu. Trente minutes plus tard, le téléphone sonne à nouveau : « Pardon, c'était une erreur, mais M. Tapie voudrait que vous soyez son suppléant. » J'éclate de rire et je réponds : « Je viens d'arriver à Marseille et mon métier, c'est chercheur. Donc, si M. Tapie veut me rencontrer pour savoir ce qu'on fait sur le sida à Marseille, je le ferai comme je l'ai fait avec les autres candidats, mais c'est tout. » Une autre demi-heure plus tard, le téléphone sonne à nouveau, et on me propose une date pour un dîner en me disant que M. Tapie veut être renseigné sur le sida. Rendez-vous est pris un vendredi soir au Sofitel du Vieux Port. Hasard (ou pas), ce n'est pas moi qui avais fixé le lieu de rendez-vous, le même soir il y avait une réunion du FN dans le même bâtiment. Donc, le soir venu, Tapie embraye tout de suite sur le FN qui est à côté. À l'époque, effectivement, l'extrême droite avait fait 34 % à Marseille, et vu mon histoire, je ne me voyais pas rester dans cette ville si le FN passait. Tapie me dit que, pour le battre, il faut mettre toutes les forces dans la bataille, et il me convainc sur ce point.

Vous pensez qu'il avait fait exprès de vous inviter ce jour-là, précisément à l'endroit où le FN tenait sa réunion ?

Je n'en sais rien, mais il vrai que c'était le seul argument qui pouvait me convaincre de tenter l'aventure. Là-dessus, il m'invite le jour suivant au

Stade Vélodrome pour assister au match dans sa loge, en me disant qu'on poursuivra la discussion. Le lendemain, je me trouve à Nice à un congrès où beaucoup de scientifiques me félicitent pour mon unité INSERM. Je réfléchis, et je me dis que ce n'est peut-être pas une bonne idée de me lancer dans cette aventure alors que je viens de prendre la direction d'une unité de recherche. J'interroge par téléphone une amie journaliste qui me le déconseille fortement. Arrive le match et, à la mi-temps, mon épouse lui dit que ma décision n'est pas prise mais que c'est plutôt non. Il l'arrête tout de suite : « C'est le match, ce n'est pas le moment, invite-moi mardi soir chez toi et on en parle. »

Il tutoie votre épouse ?

Comme s'il la connaissait depuis toujours, et il s'invite à la maison ! Mais ça ne me dérange pas, c'est son tempérament, et je dois dire que c'est ce que j'appréciais chez lui. Il a un don incroyable pour bousculer les gens et je trouvais qu'en politique, c'était plutôt de bon augure car, comme au rugby, on ne fait pas bouger les lignes si on n'est pas fonceur. Bref, j'ai trois jours devant moi pour réfléchir. J'appelle trois personnes dont l'avis comptait pour moi. Une me dit : « N'y va pas, tu vas perdre ton Nobel si tu te lances en politique. » L'autre me dit : « Soutiens-le, ne sois pas son suppléant, mais pique-lui son fric pour ta recherche. » La dernière me dit : « Fonce, c'est génial, tu vas pouvoir faire avancer tes idées. » Je me retrouve donc avec trois avis différents : un non, un oui mais, et un oui. Par correction, je cherche à avoir l'avis du directeur général de l'INSERM, Philippe Lazar, mais il était injoignable. Arrive le mardi, Tapie vient à la maison, et je lui dis exactement ce que je viens de vous dire. Il me répond : « Entre les trois avis, je préfère le premier et le troisième, c'est-à-dire oui ou non. J'étais plutôt sur le non, et j'étais en train de lui expliquer pourquoi quand le téléphone a sonné. C'était l'avis du directeur général de l'INSERM, que j'avais fait demander par la personne du « oui mais », et la réponse a fusé : « Si tu soutiens Tapie et que tu deviens son suppléant, tu perds la direction de ton unité ! » Là, vous commencez à me connaître un peu, je raccroche, et je dis à Tapie : « Je vous suis. » Et je ne le regrette pas. On a gagné cette élection haut la main. La dernière année de mandat, il est nommé ministre de la Ville… En tant que suppléant, je deviens donc député à sa place ! Ce n'était pas prévu au programme, mais je ne pouvais plus faire marche arrière. Quand je m'engage, je prends mes responsabilités.

Comment avez-vous vécu cette nouvelle expérience ?

Ç'a été extraordinaire ! J'ai d'abord été très impressionné par l'organisation et l'intendance. Je peux vous dire que, si la recherche était aussi bien organisée, ça marcherait mieux !

Comment cela ?

C'est une question de moyens, mais quand j'avais besoin de documentation, d'articles, de publications, je passais un coup de fil au secrétaire de l'Assemblée nationale et ça arrivait dans la demi-heure. Au laboratoire, si on veut un article scientifique, il faut se débrouiller tout seul. Vous n'imaginez pas le temps qu'on peut perdre comme ça, alors que notre valeur ajoutée, c'est quand même de faire autre chose.

Comment s'est passé votre premier jour ? Vous deviez être un peu perdu ?

Complètement ! J'arrive le premier jour, je passe au bureau de l'Assemblée où, comme pour tout nouveau député, on me remet une valise avec les explications. Puis la secrétaire me dit : « En ce moment, ce sont les questions au gouvernement, vous devriez aller dans l'hémicycle pour voir comment ça fonctionne... » J'arrive donc dans l'hémicycle avec mes valises à la main... Vous allez voir le provincial ! Je remonte la travée en plein milieu, ce qui ne se fait jamais (normalement, les députés font le tour), et donc tout le monde s'esclaffe ! Voilà, c'était ma première apparition, très remarquée...

Vous aviez le temps de mener vos deux activités de front : recherche et assemblée ?

J'ai mis un point d'honneur à le faire. Vous savez, je suis un gros travailleur et je dors très peu. Je faisais mon travail, et ensuite j'assistais aux séances, même la nuit. Je peux vous dire que, contrairement à ce qui se pratiquait pour d'autres, j'ai toujours refusé qu'on tourne la clé de vote à ma place. J'ai pris ça au sérieux, mais heureusement que ça n'a duré qu'un an, car je n'aurais pas tenu le coup.

Pourquoi teniez-vous tellement à être présent ?

Mais enfin, quand même ! Je me retrouvais élu de la nation, j'avais des responsabilités vis-à-vis de ceux qui avaient voté pour nous ! Et puis, cette année a été très riche politiquement dans le domaine de la santé. Il y a eu le vote pour décider de la Haute Cour de justice dans l'affaire du sang contaminé. J'ai voté pour, contre l'avis de la gauche... La droite m'a d'ailleurs félicité alors que la gauche m'a conspué, car Fabius, Hervé et Dufoix étaient impliqués. Je leur ai répondu : « Quand on veut démontrer qu'on est innocent, on va s'en expliquer devant les autorités compétentes. » Ç'avait fait scandale, jusqu'à ce que François Mitterrand mette fin au débat en disant qu'il partageait mon avis. Donc, vous voyez, j'avais quand même gardé ma liberté de penser ! Il y a eu aussi le Congrès de Versailles pour changer la Constitution pour Maastricht, et surtout, j'étais dans la commission qui devait préparer les lois sur la bioéthique. Dans ce comité, l'avis général était de dire qu'il ne fallait pas se servir du génome humain pour les recherches, et moi, le petit provincial, j'ai simplement fait ajouter : « sauf à visée thérapeutique », ce sur quoi tout le monde est d'accord aujourd'hui, mais à l'époque ça n'allait pas de soi.

Donc c'est pour cela que suis fier de cet épisode de ma vie et que je ne regrette pas d'avoir dit oui à M. Tapie.

Quels contacts aviez-vous avec lui ?

Aucun ! Du jour où je lui ai dit oui, on ne s'est pratiquement plus vus. On se parlait parfois au téléphone, mais sans plus.

Pas de consignes de vote quand vous l'avez remplacé ?

Pas du tout, vous l'avez bien vu pour l'affaire du sang contaminé ! On se voyait le mercredi, quand il était sur le banc des ministres pour les questions au gouvernement, mais de loin, ou deux minutes, pas plus.

Il vous a tutoyé le premier jour et après, plus rien ?

Mais on n'avait pas le temps ! Ni lui, ni moi. Tapie, c'est : si l'on n'a rien à se dire, on ne se dit rien ; et si l'on a quelque chose à se dire, on s'appelle. C'est de l'efficacité, et ça m'allait bien. Voilà, ça a duré un an. Pour la suite, j'ai entendu parler de ses histoires financières, je ne m'y suis pas franchement intéressé. Ce que je peux dire, c'est qu'il a toujours été correct avec moi, il ne m'a jamais pris d'argent et je ne lui en ai jamais demandé ! Personnellement, je n'ai donc rien à lui reprocher.

Vous avez aussi utilisé cette tribune de l'Assemblée nationale pour parler de votre piste pour un vaccin...

Et pourquoi ne l'aurais-je pas fait[47] ? C'est bien parce que j'étais chercheur sur le sida que l'on était venu me trouver, non ? À la buvette de l'Assemblée, de droite comme de gauche, on venait me voir en tant que scientifique, pas en tant que politique. Je crois que j'étais plutôt apprécié. J'ai effectivement parlé du R7V, mais je n'ai pas dit : « J'ai un vaccin. » Il suffit de relire le *Journal officiel* de l'époque. J'avais parlé de mon programme au sujet des crédits de recherche. Encore une fois, je ne le regrette pas, car on ne pourra pas me reprocher de ne pas avoir assez parlé.

Cela a peut-être renforcé cette image d'homme trop pressé, qui veut parfois passer en force pour contrer les obstacles...

« L'homme pressé... » Oui, j'ai entendu ça... Je l'assume. Quand j'ai eu l'accident de scooter dont je vous ai parlé, j'ai subi avec les opérations successives six anesthésies lourdes. J'avais calculé qu'avec ce que ça m'avait fait perdre en espérance de vie, je devais mourir à quarante ans. J'avais ça en tête. Donc, oui, je me suis toujours dit qu'il n'y avait pas de temps à perdre. À quarante ans, quand j'ai vu que j'allais bien, je me suis dit que j'étais devenu immortel ! (*Rires.*) Mais j'avais pris le pli. Et puis, oui, j'assume. Je suis pressé de sauver les gens, je suis pressé d'avoir des résultats... Ça, oui.

Après la politique, vous êtes devenu « homme d'affaires » en montant votre société. Pourquoi ce choix ?

Je vous rassure, ce n'est pas pour l'argent ! J'en avais simplement assez d'être celui qui trouvait mais qui n'allait pas au bout des applications rendues possibles par ses découvertes. Avec le R7V, je me suis dit : c'est ma dernière découverte, je vais l'emmener jusqu'au bout, jusqu'en production, car je veux vacciner l'Afrique. C'est tout ce qui m'intéresse, et ceux qui me connaissent bien le savent.

Comment se passe la recherche d'investisseurs ?

D'abord, j'ai fait ma découverte à l'INSERM. Donc le brevet est INSERM, et l'Institut touchera les royalties pour toutes les applications à venir. Ça, c'est le premier point. Ensuite, comme pour tout brevet, il faut le valoriser pour qu'il soit développé. L'INSERM a donc fait un appel d'offres. Des gros laboratoires ont répondu, mais aussi une petite société canadienne qui s'appelle Pharmagen. J'ai choisi la petite pour les raisons que je vous ai expliquées. Je pensais que les gros avaient trop investi dans les recherches sur leurs molécules, et que leur intérêt était à présent de les développer. Or, ma découverte allait à l'encontre de cette logique. J'ai donc eu peur qu'un gros laboratoire achète le brevet pour le « neutraliser » et ne rien en faire, le temps d'aller au bout de ses autres investissements. C'est une pratique courante dans le milieu.

Vous parlez comme un véritable homme d'affaires avisé !

Pas vraiment. Vous allez voir ma naïveté, pour ne pas dire autre chose... Les investisseurs canadiens me nomment donc directeur scientifique, mais ne me laissent aucune place de décisionnaire. Ils me demandent le salaire que je souhaite. Comme je n'ai besoin de rien en particulier, je leur dis : le même qu'à l'INSERM, c'est-à-dire 25 000 francs (4 000 euros) par mois. J'ai vu qu'ils coinçaient un peu. Je me suis dit que c'était peut-être trop... En réalité, tout le monde jugeait que je demandais trop peu, ce qui, pour les investisseurs, était le signe que je ne croyais pas à mon programme ! Donc, vous voyez, je ne peux pas dire que j'aie été très à l'aise dans ce monde des affaires. Ce n'était pas mon milieu, et là aussi, j'ai perdu beaucoup de temps. Il s'est avéré ensuite que les Canadiens n'ont pas tenu leurs promesses car, en réalité, ils n'avaient pas les compétences pour développer industriellement le brevet. La société a fini en redressement judiciaire. Après une âpre lutte, j'ai réussi à récupérer mon brevet et j'ai depuis trouvé de nouveaux investisseurs. Mais là, j'ai appris la leçon : je suis désormais président de ma société et j'ai demandé aux actionnaires un salaire digne d'un président aux normes du marché pour qu'ils me prennent au sérieux ! (*Rires.*)

Les personnes que j'ai autour de moi aujourd'hui sont excellentes et pensent vraiment réaliser le programme ; André Lamotte est un entrepreneur qui réussit et qui s'occupe des finances en me laissant le choix des décisions scientifiques, et les membres du conseil d'administration sont tous issus de grands laboratoires pharmaceutiques.

Avez-vous reçu une aide de la France pour vous défendre contre vos précédents investisseurs ?

Je dois dire que le tribunal de commerce de Marseille a été remarquable. C'est grâce à ses conseils que j'ai pu me débarrasser des investisseurs canadiens et récupérer mes droits. En revanche, si vous parlez du milieu de la recherche française, c'est clair que non. Je pense même que certains éprouvaient un certain plaisir à me savoir en difficulté financière.

Qu'est-ce qui vous permet de dire ça ?

J'ai eu droit à tout, vous savez. Tous les contrôles possibles et imaginables ! Par exemple, j'avais créé à l'INSERM l'association APRES (Association de prévention et de recherche sur le sida) pour lever des fonds comme cela se fait à l'Institut Pasteur. Cette association m'a permis de recevoir beaucoup de dons pour acheter des machines, embaucher du personnel. Un jour, je reçois la visite des contrôleurs de la Cour des comptes… Finalement leur rapport se solde par… « Modèle de gestion » ! Non contents de ces conclusions, certains à l'INSERM trouvaient qu'il n'était pas normal que je puisse avoir autant de moyens par rapport à eux. Alors, au lieu de faire la même chose et d'essayer eux aussi de lever des fonds, ils ont fait en sorte que je ne puisse plus le faire... Ils ont eu gain de cause, arguant qu'on ne pouvait pas avoir d'association loi de 1901 en tant que directeur d'unité INSERM. J'ai dû fermer l'association. Autre anecdote : à l'INSERM, j'ai reçu cette fois-ci la visite des contrôleurs de l'IGAS (Inspection générale des affaires sociales). Figurez-vous que j'étais cette fois soupçonné d'« exercice illégal de la médecine » ! (J'ai su par la suite que la demande d'enquête émanait de l'INSERM...) Je vois donc débarquer trois médecins de l'IGAS ; je leur propose d'ouvrir mes dossiers scientifiques et de leur expliquer ce que je fais, et là, ils me répondent qu'ils sont là pour vérifier si l'on pratique ici des actes médicaux. Je suis un peu surpris. Je les laisse faire. Je leur fournis les lettres des médecins traitants qui m'envoient leurs patients pour prélèvements. Ils restent plusieurs jours et, finalement, la seule remarque qu'ils trouvent à me faire concerne la chaise sur laquelle se faisaient les prises de sang : elle n'était pas homologuée, il fallait un « fauteuil de prélèvement » ! J'ai donc acheté un fauteuil de prélèvement...

Cela prouve que tout le monde a bien fait son travail. Vous et les enquêteurs... Il n'est pas anormal de se faire contrôler par la Cour des comptes ou par l'IGAS, tout de même !

Bien sûr, c'est normal. Ce qui n'est pas normal, en revanche, c'est l'utilisation qui en est faite. Car le « corbeau » qui suscitait ces enquêtes les faisait fuiter dans la presse. Au démarrage, ça faisait un joli gros titre : « Soupçons sur l'utilisation des fonds dans l'association de Chermann », ou encore « Chermann soupçonné d'exercice illégal de la médecine ». Mais les conclusions qui me lavaient de tout soupçon, elles, n'ont pas fait une ligne dans la presse.

Vous avez décidé de développer votre découverte aux États-Unis. Vous ne vous êtes pas trouvé en butte à ce genre de comportement, là-bas ?

Jamais. Les Américains sont simples et pragmatiques. Je vais vous raconter comment la prise de contact s'est faite. Nous avons pris rendez-vous en 2007 avec Paul Rogers, le « Monsieur Santé » du Congrès américain, ancien chairman du Sub-Committee on Health and the Environment de la Chambre des représentants, en charge du dossier des financements de programmes médicaux. Il nous a fait rencontrer Anthony Fauci [48], le responsable de ce qui est là-bas l'équivalent de dix fois l'INSERM, mais avec un budget, disons… à l'américaine ! Lors de ce rendez-vous, j'ai présenté le R7V. Paul Rogers a alors posé deux questions à Fauci : « Que pensez-vous de Chermann ? » et « Est-ce que son programme vous intéresse ? » Dans ses deux réponses, Fauci a été très positif. Il a ajouté qu'il était prêt à financer le vaccin si nous lui fournissions des anticorps de synthèse. Voilà, ç'a été aussi simple que cela.

Où en êtes-vous ?

À l'heure à laquelle on se parle, nous sommes en train de voir comment on peut présenter l'antigène (badge) sur un support. On a fait pour l'instant six présentations différentes du badge sur une protéine (support), on a immunisé des animaux (lapins) pour récupérer les anticorps et les présenter à l'antigène, jusqu'à ce qu'on trouve la bonne présentation. Quand on aura notre anticorps thérapeutique, on le donnera à Fauci, et ensuite, s'il finance comme il l'a dit, on pourra aller très vite.

Ça ne vous embête pas de faire partir cette découverte aux États-Unis ?

Je vous l'ai dit : pour moi, la science est internationale et, de toute façon, le brevet est INSERM.

Oui, mais sur le développement ?

Que la production soit financée par les Américains nous oblige à créer une société URRMA aux États-Unis. Ça ne me dérange pas. Ce qui me dérange, en revanche, c'est de constater que je ne suis pas traité en France comme je le suis aux États-Unis. Lorsque je parle dans les congrès du monde entier, je ne suis pas dénigré parce que je suis français. On me demande de venir, on m'écoute, et on me respecte.

Pour tout vous dire, il n'y a qu'en France qu'on fait de l'autodénigrement. Un investisseur m'a dit un jour : « J'ai entendu dire que vous êtes contesté en France, c'est vrai ? » (*Rires.*)

Comment expliquez-vous ça ?

Je n'en sais rien. Je n'ai aucune explication, et s'il y en a une, ce n'est pas à moi de la donner, mais à mes détracteurs ! Moi, j'ai toujours fait mon boulot de chercheur, je n'ai jamais été pris en défaut scientifiquement, j'ai toujours défendu l'Institut Pasteur et la recherche française, je n'ai jamais quitté la France malgré plusieurs propositions, notamment aux États-Unis, je suis resté pasteurien dans l'âme, j'ai publié 250 articles scientifiques dans les plus grandes revues spécialisées... Qu'est-ce que vous voulez que je vous dise... Ils n'aiment pas ma façon de travailler ? Tant pis... Moi, ce qui m'intéresse, c'est d'aller au bout de cette bagarre que je mène depuis vingt-cinq ans contre le sida. Mon rêve, dans la vie, vous voyez, ce n'est pas de devenir riche. J'ai toujours vécu simplement. Je n'ai jamais eu de besoins particuliers, et ce n'est pas à soixante et onze ans que ça va commencer. Mon rêve, c'est d'être encore vivant pour voir un jour ce vaccin sortir. Et je l'ai dit à mes actionnaires : même si le cours de l'action de notre société flambe, je ne partirai pas avec le magot. Si je suis mort, ma femme les a prévenus : elle ne vendra pas ses parts. Nous irons jusqu'au bout. Je leur ai dit aussi que je souhaitais soigner l'Afrique gratuitement, ce que nous ferons si nous parvenons à nos fins, et nous trouverons toutes les associations possibles. Et peut-être qu'un jour, j'aurai le prix Nobel à titre posthume !

15

Où va la recherche ?

Une société qui n'a pas de passé est une société qui n'a pas d'avenir. Cette règle, les successeurs de Louis Pasteur l'avaient bien intégrée. Alors, depuis sa mort en 1895, ils avaient imaginé un rituel. Un rite, au service du mythe, pour que perdure à l'Institut l'héritage du maître. Un rite quasi initiatique destiné à rappeler au chercheur le sens de sa mission. Cet héritage, sous forme de triptyque, pouvait se résumer ainsi : faire une recherche médicale applicable à tous ; trouver soi-même les moyens financiers pour la mener ; et, enfin, former, donc transmettre. À l'aune de ce testament, Jean-Claude Chermann n'est certainement pas le dernier des pasteuriens...

*

Nous arrivons à la fin de cet entretien. J'aimerais maintenant que vous me donniez votre opinion sur l'état de la recherche en France. Vous avez beaucoup cité les États-Unis dans ce livre, est-ce que, selon vous, c'est un exemple à suivre ?

Je suis français, formé à l'école de Louis Pasteur, je continue de faire mes recherches en France et je n'ai pas de complexe là-dessus. Ce n'est pas la recherche, le problème, ni le modèle français ; ce sont certaines mentalités enracinées chez ceux qui se pensent propriétaires de leur poste et qui, de fait, verrouillent le système. Si on a un expert dans un domaine, à l'époque d'Internet où les connaissances évoluent à grande vitesse, c'est à lui que l'on doit faire confiance pour la direction à prendre, et pas à son supérieur hiérarchique qui s'y connaît peut-être dans d'autres domaines.

Vous parlez souvent du « modèle Pasteur ». Qu'est-ce que cela signifie pour vous ?

Je parle du modèle « Louis Pasteur », c'est-à-dire de l'homme[49]. Au risque d'avoir les chevilles qui enflent, je m'identifie parfois à ce monsieur. Comme moi, il a beaucoup souffert d'avoir eu des idées applicables à la médecine sans être un médecin (chimiste). Il a eu des idées géniales, des intuitions géniales. Son Institut lui a permis de faire ce qu'il voulait, c'est-à-dire faire de la recherche pour l'humanité, qui soit applicable aux hommes. Pas de la recherche seulement pour la recherche. Ensuite, il a utilisé cet Institut pour faire de la formation. Enfin, il a eu, et c'est à mon avis fondamental, l'idée de dire qu'un chercheur doit savoir trouver lui-même ses fonds. C'est important, car il a tenté de développer un comportement qui, à mon avis, n'a pas été assez cultivé chez les chercheurs français : l'entreprenariat. Le testament de Louis Pasteur, c'est tout cela. Donc, en ce sens, je suis, bien sûr, toujours et à jamais pasteurien. Mais la réalité, aussi, c'est que sa voie vaccinale ne permet pas de répondre au problème posé par le HIV : pas de modèle animal, et le virus change continuellement. Donc, face à ce constat, il faut un nouveau concept. De fait, en suivant une autre piste, je me retrouve dans la même situation que lui à l'époque.

C'est-à-dire ?

Il était très décrié. Pour les germes, par exemple, on parlait à son époque de « génération spontanée des bactéries », alors que lui a démontré qu'une bactérie était ensemencée. En stérilisant, on pouvait éviter l'apparition des bactéries. En gros, il a remis en cause « l'immaculée conception de la bactérie »... Autant vous dire que pour les évêques de la science, à l'époque, ça ne passait pas très bien ! Il avait beau prouver ses principes sur la stérilisation, il restait très décrié, parce qu'il remettait en question un dogme. D'où mon parallèle. Quand j'ai sorti le premier antirétroviral pour traiter la maladie, j'ai été décrié. Quand j'ai dit : il y a le virus dans le macrophage, donc le sida est peut-être un vieux virus qui a muté, j'ai été décrié. Quand j'ai dit que les moustiques étaient porteurs (et non pas transmetteurs, comme je l'ai entendu dire), j'ai été décrié, et quand je dis qu'il existe des non-progresseurs, je suis décrié ! Comme lui, j'ai passé ma vie à décrire... et à être décrié ! Quand il s'est permis, pour la rage, d'injecter au petit Joseph Meister, en 1885, son vaccin antirabique, il a été décrié. L'enfant a été sauvé et c'est ce qui lui a valu de survivre aux attaques, mais franchement il faut dire ce qui est : il avait des « couilles au cul », comme on dit au rugby ! Bon, moi je dis ça parce qu'on a essayé aussi de m'attaquer pour exercice illégal de la médecine au motif que je faisais prélever les patients envoyés par leur médecin traitant dans mon labo sans être médecin (comme Pasteur !)... Certains sont tellement cloisonnés dans leur tête qu'ils veulent bien que je voie les cellules, mais pas les malades ! Comment voulez-vous que j'avance, que je réfléchisse, si je n'ai pas le contact avec le malade ? D'autant que j'envoie les résultats à leur médecin. Je dois pouvoir lui parler, lui poser des questions. Que je ne prescrive rien directement, c'est normal, je ne suis pas médecin. Mais quand même, je peux avoir des discussions pour essayer de comprendre, non ? Tout cela est d'une hypocrisie sans nom. Et puis, j'ai quand même enseigné dix-huit ans (de 1968 à 1983) en faculté de médecine, au DCEM1 (deuxième cycle d'études médicales, première année), à Paris-Ouest ! Je ne suis pas non plus un ignorant en rétrovirologie !

L'esprit de Louis Pasteur règne-t-il toujours à l'Institut, selon vous ?

Pour répondre à cette question, il serait intéressant de savoir si le rituel autour du tombeau de M. Pasteur est toujours pratiqué...

Racontez-nous ce rituel...

Je ne sais pas si ça existe toujours mais quand j'y étais, voilà comment cela se passait. Tous les ans, tous les chefs d'unité étaient convoqués le jour de l'anniversaire de la mort de M. Pasteur, dans la crypte où il repose. Un endroit incroyable, emprunt de solennité... Très impressionnant. Le directeur se plaçait en tête de la crypte, et chaque directeur d'unité tournait autour du tombeau et passait devant lui pour lui serrer la main, en file indienne. Ensuite, on montait à l'étage au-dessus, dans la grande bibliothèque où il y a tous les portraits de M. Pasteur, et là, sous le portrait, il y avait l'exposé du budget, des programmes et le rapport annuel. C'était une façon de rappeler que les chercheurs ne devaient pas se réfugier derrière leur microscope et mener une vie *in vitro*. Ils ne pouvaient pas être absents des choses matérielles comme le budget, qui conditionne les moyens de la recherche. C'est un état d'esprit. C'était celui de Louis Pasteur. Quand j'y étais, ça se passait comme ça chaque année. Jaques Monod, qui dirigeait alors l'Institut, était même allé beaucoup plus loin : il faisait le conseil d'administration dans la grande salle à manger de l'Institut, dans les anciens appartements de Louis Pasteur. C'était très impressionnant.

C'est important, pour un chercheur, ce cérémonial ?

Je crois que oui. C'est une façon de nous rappeler chaque année le sens de notre mission. Honorer la mémoire de Pasteur, c'est honorer les valeurs qui étaient les siennes : une recherche directement applicable à la santé humaine et une transmission (obligation de donner des cours). C'est un message qu'il faut répéter et répéter encore. Travailler sur le testicule du moustique, cela peut être intéressant pour se faire plaisir, mais ça ne fait pas avancer l'humanité… Enfin, je ne crois pas. Donc ce rituel, il est là pour rappeler le sens profond de la recherche et de la raison pour laquelle on la mène. Et je crois que ce sont ces valeurs-là qui ont donné sa force à l'Institut Pasteur.

Vous parlez de Pasteur avec beaucoup d'émotion. Ça ne vous a pas fait mal de prendre la décision de partir ?

Non, parce que, quand je suis parti, j'avais le sentiment que ces valeurs s'étaient diluées dans certaines décisions qui répondaient à d'autres intérêts. Je ne dis pas qu'il n'y a pas là-bas des valeurs respectées aujourd'hui, bien au contraire. Mais je dis qu'à l'époque, j'avais vu trop de choses qui me déplaisaient, et j'ai donc préféré partir avec mon tableau de Pasteur sous le bras. Je me sentais plus pasteurien en partant qu'en restant. Voilà, vous êtes venu dans mon labo à Marseille, le tableau est accroché en bonne place, et l'esprit de Pasteur continue de présider toutes mes réunions.

Qu'est-ce qui vous fait dire que l'Institut a perdu ses valeurs ?

Je ne dis pas cela. En revanche, je pense qu'il a perdu sa vocation. Sa vocation était d'être présent dans les épidémies, pandémies, et d'être toujours à la pointe ; or je pense qu'il ne l'est plus. S'il y a demain un « nouveau choléra » dans le monde, je crains que la solution ne vienne pas de l'Institut où de nombreux services ont fermés (tuberculose, etc.).

Pourquoi, selon vous ?

Je crois que c'est à cause de l'avènement de la biologie moléculaire. Elle a été érigée en science, alors qu'elle était un outil. Les perspectives ouvertes par la biologie moléculaire ont fait dire à certains qu'elle apporterait la solution à tout, au cancer, aux bactéries, etc. Rappelez-vous le fameux programme national de lutte contre les leucémies en 1970 aux États-Unis... C'était le début de cette révolution. Les Américains étaient certains qu'on allait vaincre le cancer avec la biologie moléculaire après avoir décrit les oncogènes, les gènes du cancer... Résultat, on continue de traiter aujourd'hui de la même façon : chirurgie, radiothérapie ou/et chimiothérapie... Pourquoi ? Parce que la nature est plus forte qu'un outil. Si cet outil avait été aussi puissant lorsque le virus du sida est apparu, la solution aurait dû être trouvée tout de suite. Or il a fallu des petits Français qui travaillaient sur les cellules, et non pas sur la biologie moléculaire, pour trouver un virus. Voilà !

Qu'appelez-vous « biologie moléculaire » exactement ?

Pour faire simple : avec une sonde, on peut détecter le rôle de chaque gène. On caractérise le gène dans une séquence et, ainsi, cela porte en soi l'illusion de la compréhension universelle de la vie. Je dis bien « illusion », car la sonde est toujours la même, alors que la vie, elle, évolue. En gros, c'est un théorème. Deux et deux font quatre : à partir de là, et tant et autant que c'est vrai, c'est formidable. Mais si un jour on s'aperçoit que deux et deux peuvent aussi faire cinq, alors on passe à côté de la solution. Prenez l'exemple américain face au sida : ils sondaient les cellules pour trouver le virus, mais ils ne s'apercevaient pas que les lymphocytes mouraient. C'était « hors champ », pour eux. Et c'est pour ça qu'ils sont passés à côté du virus au début. Aussi puissant soit-il, l'outil ne pourra donc jamais remplacer le raisonnement. Si je prends l'exemple de mes recherches actuelles, c'est le raisonnement qui m'a permis de trouver l'anticorps R7V, et c'est l'outil qui, maintenant, va me permettre de le produire. Les deux sont complémentaires, mais un outil ne donne jamais une solution.

Vous allez encore vous faire plein d'amis en disant cela !

Ce n'est pas une histoire de se faire des amis ou pas. Si l'on constate, scientifiquement, que la biologie moléculaire a été incapable d'identifier le plus grand virus tueur de tous les temps, c'est bien qu'il faut peut-être commencer à réfléchir autrement. Je ne dis pas qu'elle est inutile, bien sûr que non ! Elle a permis de faire des découvertes essentielles et énormes. Elle a ouvert la voie aux oncogènes dans le cancer, elle a permis de séquencer le génome humain, et j'en passe. Mais je dis qu'il ne faut pas oublier que, parfois, la nature peut venir nous rappeler que la biologie moléculaire n'est pas Dieu, et qu'elle ne voit pas tout. Tout se passe comme si, en ouvrant certains horizons, elle nous avait rendus aveugles à d'autres choses. Lorsque l'outil sert d'observation, alors l'observation se limite à l'outil... Je ne veux pas paraître passéiste, mais à l'époque, je m'en souviens très bien, on fabriquait nous-mêmes nos outils. Littéralement ! On soufflait le verre, et quand on avait besoin d'un objet de laboratoire qui n'existait pas, eh bien, on le fabriquait. On était des artisans de la science, en quelque sorte. Aujourd'hui, le seul message que je veux adresser à travers le douloureux rappel envoyé par la nature par l'histoire du virus du sida, c'est : n'oublions pas de savoir regarder. Et surtout, regarder le tout. Cloisonner les sciences, c'est cloisonner l'esprit, c'est cloisonner la solution. Quand quelqu'un me dit : tu as le droit de regarder les cellules parce que tu es biologiste, mais tu n'as pas le droit de parler au malade parce que tu n'es pas médecin, j'ai envie de lui répondre : pauvre crétin ! Alors, on va encore dire : « Ce Chermann, pour qui il se prend ? » Je suis désolé : j'ai soixante et onze ans aujourd'hui, quarante-cinq ans de recherche derrière moi, deux cent cinquante publications et pas mal de découvertes, j'ai le droit de donner mon avis... Si j'avais eu le Nobel, on m'écouterait et on dirait : « Ah, ce Chermann, quelle hauteur, quelle vision ! » Comme ils ne me l'ont pas donné, alors les autres vont pouvoir dire : « Ah, ce Chermann, quel pauvre... » Mais je m'en fous. Je ne me suis jamais empêché de dire ce que je pensais pour avoir des honneurs, alors ce n'est pas maintenant que je vais commencer... L'important est de faire avancer la science.

Qu'est-ce qui ne va pas, selon vous, dans la recherche française aujourd'hui ?

Est-ce que c'est bien d'être titulaire de son poste ? Je ne sais pas... Je ne suis pas certain qu'un chercheur soit meilleur s'il est nommé à vie. Je ne dis pas qu'il faille installer de la précarité dans ce milieu, mais il faudrait peut-être trouver quelque chose entre ce qui se passe aux États-Unis et ce que nous faisons ici. Je ne vais pas me faire beaucoup d'amis en disant cela... Là-bas, je vous l'ai dit, un chercheur qui fait une découverte disposera de tous les moyens ; mais ce n'est pas pour autant une garantie absolue pour son avenir. Ce n'est pas un hasard si les meilleurs étudiants scientifiques du monde partent là-bas...

Quelle autre différence voyez-vous avec les États-Unis ?

Là-bas, les conditions de travail sont hallucinantes. On vous vire aussi vite qu'on vous recrute, mais si vous êtes bon, on vous donne les moyens. L'autre différence, c'est qu'en cas d'échec vous redescendez, mais vous n'êtes pas pour autant sur une liste rouge. Vous perdez deux étages, des collaborateurs et des mètres carrés pour votre laboratoire, mais vous pouvez recommencer, et repartir, enrichi par l'échec. En France, un gars qui se trompe est fusillé en place publique. Je ne parle pas pour moi... Malheureusement, la recherche française n'échappe pas au côté « village gaulois », ce qui est normal, après tout, si c'est dans nos gènes... Tiens, ça, la biologie moléculaire pourrait nous le dire ! Le problème, c'est que le village n'a jamais été la bonne échelle pour la science et la recherche.

Ce que vous racontez sur la recherche américaine concerne surtout un problème de moyens et d'argent. La taille du pays permet d'investir des budgets que l'on ne peut pas mettre en France...

Alors, s'il faut changer d'échelle, parlons d'Europe ! Mais ce n'est pas seulement une question d'argent, c'est aussi une question de répartition. En France, on a tendance à diviser les budgets par le nombre de centres de recherche. Ensuite, au niveau de chaque centre, chaque patron divise par le nombre d'unités. Ce n'est pas, à mon sens, comme cela que ça doit fonctionner. La recherche ne pourra pas éternellement échapper à la notion d'efficacité, ou, pour ne pas employer de mot qui fâche, à la notion d'utilité collective. Il ne faut pas se mentir. Il s'agit quand même d'argent public, il ne faut pas l'oublier.

C'est comme ça que ça se passe en France ? La répartition des budgets suit une logique plus administrative que scientifique ?

Je ne dis pas que c'est systématique, mais je pense que c'est un travers bien réel. Prenons le cas du Sidaction[50], qui est une initiative citoyenne. Je me souviens que les responsables prenaient le total des dons et divisaient par le nombre de dossiers retenus... Résultat, tout le monde récupère peu. Comment voulez-vous avancer dans ces conditions ? J'ai été l'un des créateurs du Sidaction avec Luc Montagnier, je peux en parler. Quand on l'avait fondé à l'époque, c'était pour financer, ou inciter, ou initier des recherches que l'État, à travers l'ANRS, ne pouvait pas financer, inciter ou initier. L'idée aurait donc été de faire des choix, de prendre des risques, calculés bien sûr. Il ne s'agit pas de donner de l'argent au premier venu. Mais le principe de la division est, à mon avis, un principe de dilution. Et ce n'est pas, je pense, un principe d'efficacité.

Vous disiez tout à l'heure que le problème français était aussi un problème d'hommes...

Tant pis, quitte à me faire des amis, on va y aller jusqu'au bout. Depuis vingt-cinq ans, un groupe de responsables s'est approprié la recherche sur le sida en France. Structurellement, je ne pense pas que ce soit positif, car l'effet pervers de ce type de système, c'est que l'on continue de battre des sentiers déjà battus. Ce que je dis n'est pas un jugement, mais un constat que tout le monde peut faire. Cela amène deux autres questions : les juges sont-ils aptes à juger ? Et qui juge les juges ?....

Le résultat de ces vingt-cinq années de recherche sur le sida n'est pas satisfaisant, selon vous ?

Je ne dis pas qu'il n'y a pas eu de bonnes choses. Les nouvelles molécules ont permis de retarder considérablement le déclenchement de la maladie chez les séropositifs. C'est évidemment un progrès très important. Mais si on parle de vaccin, là, on peut parler d'échec. Très honnêtement, même avec les réserves d'usage, personne n'aurait pu imaginer, lorsque nous avons découvert le virus, qu'il n'y aurait toujours pas de vaccin un quart de siècle plus tard ! Oui, c'est un échec de la science, et, à mon avis, il n'est pas seulement dû à l'extrême sophistication du virus.

Les problèmes dont vous parlez sont ceux que vous avez rencontrés il y a vingt-cinq ans lorsque vous avez découvert le virus responsable du sida. Vous pensez que rien n'a changé depuis ?

Effectivement, je ne suis pas certain que ce que nous avons vécu avec la découverte ne puisse pas se reproduire aujourd'hui ; autrement dit, que notre système permette, mieux qu'hier, de détecter des talents et une découverte quand elle est faite. À l'époque, on a dû attendre un an et demi avant d'être confirmés. Je pense sincèrement que je revis la même chose avec mon R7V. De même que, lorsque je publie en 1987 sur le HIV dans le liquide céphalo-rachidien qui provoque la démence, il faudra attendre 2005 pour que d'autres s'y intéressent à travers les corécepteurs (différents pour l'entrée dans le lymphocyte ou dans le macrophage) et confirment mes travaux, alors que cela avait, à mon avis, des implications très importantes dans la compréhension de la maladie... Parfois, on a le sentiment que le système génère des « modes ». Celui qui n'est pas à la mode est écarté. Ainsi, on va s'emballer pour la grippe aviaire, la grippe porcine, alors que le sida n'est toujours pas réglé et que c'est autrement plus grave. Je ne comprends pas toujours les choix.

Vous avez le sentiment qu'il y a une volonté, peut-être inconsciente, de liquider les « années sida » ?

Il est vrai que le sida a été traumatisant à plus d'un titre. Des ministres ont dû s'expliquer devant la Haute Cour, des responsables sont partis en prison, sans parler des victimes… Je ne sais pas si c'est un processus inconscient, mais je constate que, depuis 2003, il n'y a pas grand-chose de nouveau qui a été fait ou tenté. Même la prévention a un peu été oubliée, le Sidaction est devenu un rendez-vous annuel et s'est donc banalisé… On a fait comme si, avec l'efficacité des thérapies combinées, le sida était devenu une maladie chronique au même titre que l'hépatite B ou d'autres affections. C'est regrettable, pour ne pas dire criminel.

Quel bilan tirez-vous de la politique antisida depuis vingt ans ?

Cela fait vingt ans que des États, des sociétés, investissent des millions et des millions dans des voies qui se révèlent aujourd'hui être des impasses. Ce n'est pas un jugement. C'est un constat. Il est grand temps de se reprendre.

Et maintenant ?

Toute ma vie, regarder vers l'avenir et aller de l'avant ont été mes objectifs. Écrire ce livre m'a obligé à un retour sur ma vie passée, avec ses périodes douloureuses, d'autres fécondes, certaines heureuses et d'autres catastrophiques. Mais toutes m'ont permis d'en tirer un enseignement positif, et, surtout, de faire passer quelques messages.

Le premier, c'est que, quel que soit le milieu d'où l'on est issu, si l'on veut vraiment réussir les études de son choix, en France c'est possible. Il est certain qu'il est plus facile d'arriver en étant né d'une famille aisée, mais le fait de devoir constamment se battre pour se maintenir au plus haut niveau constitue un véritable atout pour le succès.

Le second, c'est que, quelles que soient les difficultés et leur durée, la roue tourne. Et le fait de résister et de persévérer finit toujours par amener la réussite. C'est pourquoi, aujourd'hui encore, et plus que jamais après toute cette histoire que je viens de raconter, je crois en ma bonne étoile.

Quand on sort de « rien », plus que les autres on doute. Toujours. On veut prouver. Toujours. On ne cesse de se remettre en question. Et, le plus souvent, on en sort grandi.

JEAN-CLAUDE CHERMANN

REMERCIEMENTS

À tous ceux qui ont témoigné leur soutien dans ces moments difficiles.

À tous les patients, à tous les cliniciens et à tous les chercheurs qui ont participé aux recherches.

À Véronique de Bure pour ses conseils et sa complicité.

À Jean-Louis Caussin pour sa « hauteur de vue ».

Notes

2
Un mauvais virage

1. Cours donnés par Jean-Claude Chermann de 1978 à 1983 : « Structure et réplication des rétrovirus. » « Rétrovirus des mammifères. » « Données récentes sur les virus oncogènes à ARN. » « Réplication des rétrovirus. » « Biologie des rétrovirus des mammifères. »

2. Cours de Luc Montagnier : « La transformation cellulaire (cancérisation des cellules). »

3
La découverte

3. « En octobre, je me suis fait virer de Claude-Bernard parce que j'en faisais trop sur cette histoire un peu marginale. » (Rozenbaum, cité dans Bernard Seytre, *Sida : les secrets d'une polémique*, PUF, 1993.)

4. Françoise Sinoussi, Françoise Rey et Marie-Thérèse Nugeyre.

5. B. Spire, D. Dormont, F. Barré-Sinoussi, L. Montagnier, J.-C. Chermann, « Inactivation of lymphadenopathy associated virus by heat, gamma rays and ultraviolet light », *Lancet*, I, 188-189.

B. Spire, F. Barré-Sinoussi, L. Montagnier, J.-C. Chermann, « Inactivation of lymphadenopathy associated virus by chemical desinfectants », *Lancet*, II, 899-901.

4
Going to Paris to live

6. Encadré de la première page du *New York Native* du 20 mai 1985 (série de six articles de Darrell Yates Rist) : « La fondation médicale AIDS (AMF) et le Scientists' Institute for Public Information ont sponsorisé la visite à New York de Chermann pour présenter son travail sur le HPA23 et le sida. Mais cela n'a pas pu aider Tim. Les sérologies du LAV (HIV) et les tests pour trouver les anticorps contre le virus n'ont pas encore été approuvés par la FDA. Le test d'isolement viral ne peut être effectué qu'en tout petit nombre. Aux États-Unis, les laboratoires ne sont pas destinés aux patients mais à la recherche. L'AMF reconnaît qu'elle connaît des laboratoires [qui pourraient faire ces tests] mais elle refuse de donner leurs noms. »

7. Publication sur le HPA23 : *Journal of the National Cancer Institute* (vol. 53), 469, 1974, par C. Jasmin, J.-C. Chermann, G. Hervé, A. Tezé, P. Souchay, C. Boy-Lousteau, N. Raybaud, F. Sinoussi et M. Raynaud.

8. Le 8 février 1985, l'AIDS Medical Foundation et le Scientists' Institute for Public Information sponsorisent la visite de Jean-Claude Chermann à New York pour parler du HPA23.

9. Le lendemain, le titre : « Un nouveau médicament semble freiner le développement du virus du sida ». Extrait du *New York Times* : « Des chercheurs français ont annoncé hier qu'un nouveau médicament semble pour la première fois pouvoir inhiber la reproduction du virus qui serait la cause du sida. Des tests ont été réalisés sur seulement quatre patients, mais un an et demi après le traitement initial, le sang d'un patient, un garçon de quinze ans, n'a montré aucune évidence du virus du sida, et le garçon est retourné à l'école. Les chercheurs ont indiqué que le virus semble avoir disparu, du moins temporairement, dans les quatre cas, mais que rien ne garantissait que le virus ait été complètement éradiqué. Les résultats de ces expériences ont été décrits hier par le Dr Jean-Claude Chermann de l'Institut Pasteur. Il a parlé lors d'un séminaire sur le sida, organisé par le Scientists' Institute for Public Information. La drogue qu'il a

décrite, le HPA23... » (Walter Sullivan, *New York Times*, 9 février 1985).

10. W. Rozenbaum et al. « Antimoniotungstate (HPA23) Treatment of Three Patients with Aids and one with Prodrome », *Lancet*, 23 février 1985, I, 450-451.

5

Les coulisses d'une guerre

11. Le très respecté journal *Science* va publier bientôt quatre articles décrivant l'isolement par Gallo du virus qui serait apparemment responsable du sida. « Il va le coincer, ce virus, prédit Anthony Fauci, le célèbre chercheur du NIH. Mais quand la rumeur de la découverte s'est répandue la semaine dernière [...] une équipe de scientifiques de Paris a attiré l'attention sur leur propre travail sur le virus. Un Prix Nobel est probablement en jeu et l'épidémiologiste William Blattner du NCI (National Cancer Institute) d'observer : "Les gens se ruent pour ramasser une médaille avec cette maladie" » (Claudia Willis et Dick Thompson à Bethesda, *Time*, 30 avril 1984).

6

Dix minutes pour convaincre

12. Le 25 juin 1983, J.-C. Chermann prend la parole au Congrès de Naples sur « Épidémie de sida et sarcome de Kaposi ».

13. Du 14 au 15 septembre 1983, se tient, dans le cadre du célèbre laboratoire de Cold Spring Harbor, dans l'État de New York, un congrès sur les rétrovirus humains.

14. Cold Spring Harbor vit le premier affrontement public Gallo-Montagnier. Deux personnalités on ne peut plus opposées. « D'un côté un Américain *out-going*, sûr de lui, combatif autant qu'agressif. Après avoir découvert l'interleukine-2, utilisée dans le monde entier pour cultiver des cellules T, il venait d'isoler les deux premiers rétrovirus humains à une époque où pratiquement tout le monde avait abandonné le sujet. En face, Montagnier, petit homme moustachu dont le visage large et carré s'anime rarement, auquel la réputation de l'Institut Pasteur n'a jusque-là pas profité, et qui lit ses interventions d'une voix monocorde. » (Bernard Seytre, *op. cit.*).

15. « Jean-Claude Chermann, Guy de Thé, Françoise Haguenau et moi, vallée de la Loire, octobre 1983. C'est au cours de cette

journée que j'entendis pour la première fois quelqu'un, Jean-Claude Chermann, affirmer que le nouveau rétrovirus, alors appelé LAV, était sans doute la cause du sida. » Légende de la photo parue dans le livre de Robert Gallo, *Chasseur de virus. Cancer, sida et rétrovirus humains*, Robert Laffont, 1991.

16. « Il est certain que durant l'été et certainement l'automne 1983, Chermann a découvert l'effet cytopathologique du virus et moi pas... » (interview de Robert Gallo, *Science*, n° 230, p. 520, 1985).

7
L'heure de vérité

17. « Au moment où il y a eu la mise au point du test de dépistage, qui vaut aujourd'hui à l'Institut Pasteur de récolter des royalties très importantes de la part des industriels, y compris américains, c'est essentiellement à Jean-Claude Chermann qu'on le doit ! Parce que c'est lui qui a vraiment poussé, c'est lui qui était au téléphone avec le CDC (Centers of Disease Control, Centre de surveillance des maladies d'Atlanta). S'il n'y avait pas eu l'aide du CDC de Don Francis et autres qui envoyaient des échantillons qui avaient été calibrés aux États-Unis, je ne pense pas que l'équipe de Montagnier serait arrivée aussi rapidement qu'elle a pu le faire. Jean-Claude Chermann a eu un rôle très déterminant dans cette affaire. On lui doit beaucoup de reconnaissance. » (Marc Girard, chef d'unité, directeur des applications de la recherche de l'Institut Pasteur, *in* Alain Valentini, *Le Monde diplomatique*, mars 1998.)

18. Le 6 mars 1984, c'est Don Francis, du CDC, qui commence les expériences avec le LAV chez deux chimpanzés.

9
Le procès

19. À cette époque, le NIH a déjà été critiqué dans le cadre d'une autre affaire, car il n'avait pas de structure pour instruire les cas de conduite critiquable en son sein. En conséquence, on a créé un Bureau de l'intégrité scientifique (OSI).

20. En janvier 1992, l'OSI boucla son rapport final. Popovic était reconnu coupable de mauvaise conduite scientifique, mais pas Gallo. L'OSI ne demandait pas que Popovic soit banni des NIH.

Mais le paradoxe est que depuis le début de l'année 1990, Popovic purge la pire condamnation, excepté la prison : il est au chômage. À l'encontre de Gallo, l'OSI ne retint aucune accusation de mauvaise conduite, mais nota : « Les membres des commissions d'enquête et d'investigation ont été frappés par les nombreuses occasions au cours desquelles le comportement du Dr Gallo n'était pas collaborateur, mais entièrement tourné vers lui-même et ses intérêts. » Fin décembre 1992, l'ORI (Office of Research Integrity) nouvellement créé rendit public son rapport sur le rapport. Contrairement à l'OSI, l'ORI trouva Gallo coupable de mauvaise conduite : « Le Dr Gallo a faussement rapporté la situation du LAV quand il a affirmé que le LAV n'avait jamais été transmis à une lignée permanente. » (Bernard Seytre, *op. cit.*)

21. Le 31 mars 1987, Ronald Reagan et Jacques Chirac, Premier ministre de la cohabitation, enterrèrent la hache de guerre à Washington au nom des NIH et de Pasteur. Pour son premier voyage officiel aux États-Unis depuis son retour au pouvoir, Jacques Chirac avait bien fait les choses. Plusieurs accords furent solennellement paraphés en même temps, dont un sur le désarmement. La signature officielle de l'accord par Donald Newman, vice-ministre de la Santé des États-Unis, et par Raymond Dedonder, directeur de l'Institut Pasteur, a eu lieu dans la salle des Actes de l'Institut Pasteur, le vendredi 4 décembre 1987, en présence de Michèle Barzach, ministre français de la Santé, de l'ambassadeur des États-Unis à Paris, M. Joseph Rogers, de François Jacob, de Robert Gallo et de Luc Montagnier (Maxime Schwartz, Jean Castex, *La découverte du virus du sida. La vérité sur « l'affaire Gallo-Montagnier »*, d'après un texte de Raymond Dedonder, Odile Jacob, 2009).

22. « Je souhaitais développer un laboratoire sur les rétrovirus et les maladies associées, en gros sur le sida. J'ai fait venir Jean-Claude Chermann parce que c'était un des grands spécialistes de la culture *in vitro* du virus. Moi, j'étais avec tous ces spécialistes d'immunologie, et le virus du sida, ça se manie avec précaution, ça s'apprend. Il fallait des spécialistes de la question. En plus, il faut des réactifs. Je dois dire que Bob Gallo nous a bien aidés. Je suis parti deux ans plus tard pour prendre la direction générale du CNRS et Jean-Claude a pris la direction de l'unité » (Pr François Kourilsky *in* Alain Valentini, *op. cit.*).

10

Noble Nobel ?

23. Les quotidiens américains de 1984 citent abondamment la *Nobel Fever*. « Des prix à gagner : La passion de combattre la maladie est grande chez le Pr Gallo, dont la petite sœur est morte de leucémie. Candidat pour un prix Nobel, il admet des motifs plus matérialistes. Mais il craint que la compétition féroce avec les Français ne ternisse ses chances » (*Wall Street Journal Europe*, 25 septembre 1984).

24. « Revoir des règles vieilles de plus d'un siècle. Cette funeste "règle des trois" semble avoir fait une seconde victime cette année, en la personne de l'Italien Nicola Cabibbo, "oublié" lui aussi du prix Nobel de physique décerné mardi à midi à deux Japonais, Kobayashi et Maskawa, et à un Américain d'origine nippone, Yoichiro Nambu. Ce n'est pas la première fois, depuis sa création en 1901, que l'attribution d'un prix Nobel est contestée. La chercheuse américaine Rosalind Franklin, dont les photographies aux rayons X avaient permis à Watson et Crick de déterminer la structure en double hélice de l'ADN, ne figure pas au palmarès du Nobel de médecine attribué en 1962 à ses deux éminents collègues. Plus près de nous, le biologiste français Dominique Stehelin a demandé en vain à l'Académie de Stockholm de reconnaître son rôle déterminant dans la découverte de "l'origine cellulaire des oncogènes rétroviraux" qui valut aux Américains Michael Bishop et Harold Varmus d'être primés en 1989. Mais c'est la première fois que deux contestations surviennent la même année, à deux jours d'intervalle. Du coup, il est permis de s'interroger. N'est-il pas temps pour le jury des Nobel de revoir ses règles d'attribution vieilles de plus d'un siècle ? » (*Le Figaro Science*, 8 octobre 2008).

25. Bernard Le Grelle a pris immédiatement contact avec l'épouse de Jean-Claude Chermann, son fils Olivier et quatre autres proches, Aymar Brossin de Méré, le Dr Youri Popowski, Henri Capdeville et le Dr André Lamotte. Ensemble, ils ont décidé de créer un comité de soutien et d'envoyer un communiqué de presse à l'Agence France Presse, intitulé « Prix Nobel de médecine, un quatrième prix attribué ? » Extrait de la dépêche AFP : « PARIS, 7 octobre 2008 (AFP) – Un comité de soutien à l'attribution conjointe au Pr Jean-Claude Chermann du prix Nobel de médecine a été créé mardi parce que, selon ce comité, "il n'y a pas deux, mais trois co-découvreurs officiels du virus du sida". Les membres du comité de soutien ont joint ce mardi le secrétaire du Comité

d'attribution du prix, dans l'espoir de pouvoir "réparer un regrettable oubli", ont indiqué dans un communiqué ses promoteurs. Ils rappellent que la découverte du virus a été faite conjointement par le Pr Chermann et le Pr Barré-Sinoussi "dans un laboratoire rattaché à l'époque à l'unité d'oncologie virale que dirigeait le Pr Luc Montagnier". Le Pr Chermann était chef du laboratoire, a précisé à l'AFP un membre du comité de soutien. Ils font valoir, à l'appui de cette affirmation, des faits "indéniables et objectifs". Une centaine de personnes font déjà partie du comité de soutien, dont plusieurs médecins, selon les responsables du comité. chc/bb/DS AFP 071949 PPP OCT 08. » Voir aussi *www.nobelchermann.com*

26. Dans l'édition de midi du journal télévisé de France 3 du 8 octobre, Françoise Barré-Sinoussi déclare : « C'est avec le Pr Chermann que je travaillais à l'époque, mon responsable de laboratoire c'était lui... C'est lui qui m'a formée à la recherche depuis le début... C'est lui qui m'a soutenue pour ma thèse... C'est lui qui m'a envoyée en post-doc à l'étranger... Je lui dois beaucoup... Comment voulez-vous que je comprenne qu'il ne soit pas primé ? »

27. « C'est pour cela que lundi, quand il a appris que le prix Nobel de médecine était attribué aux découvreurs du virus mais qu'il n'était pas cité, le sang du chercheur n'a fait qu'un tour. La rumeur dit d'ailleurs qu'il en a perdu connaissance. Une sensation qui n'a pas dû s'estomper en lisant la presse. Car la photo que nous publions aujourd'hui est la seule qui montre Chermann entre les deux lauréats du Nobel. Les autres clichés ont été recadrés ou recoupés. Parfois, on devine les mains de Chermann quasi gommé comme au temps de la censure soviétique où dirigeants et scientifiques apprenaient leur disgrâce d'un coup de gouache révisionniste. » (Frédéric Soumois, *Le Soir*, Bruxelles, 10 octobre 2008.)

28. Extrait de l'email que Robert Gallo a envoyé, le 15 juin 2009, à Jean-Claude Chermann à l'occasion de sa remise des insignes d'officier de la Légion d'honneur par Nicolas Sarkozy : « Cher Jean-Claude, rien au monde ne m'aurait fait plus plaisir que d'être avec toi à cette occasion. Pour de multiples raisons et bien entendu au nom de notre amitié. J'aurais été fier, heureux et honoré. [...] Rien n'aurait pu me rendre plus heureux que d'être là. Tu mérites cette reconnaissance et beaucoup plus. Tu es un ami fidèle et un collègue de longue date. Tu es aussi un "contributeur" majeur de la Cause. Avec toute mon affection. Bob Gallo. »

29. « Il y a eu un tel lobbying dans cette affaire. Franchement, Montagnier, tout le monde en rigole. Il a suivi des cours de com, il a coupé ses moustaches, mis un petit gilet... » (Gérard Davet, *Le Monde*, 10 décembre 2008.)

30. Sur le site Internet de l'Institut Pasteur, Jean-Claude Chermann n'est pas cité. Mais sur le site officiel du prix Nobel (Nobelprize.org) François Jacob, prix Nobel de médecine (1965), membre de l'Académie française et président du conseil d'administration de l'Institut Pasteur (1982-1988), reconnaît le Pr Chermann comme étant un des trois co-découvreurs du sida. En effet, voici ce qu'il écrivait le 2 avril 1998 dans un document intitulé « Institut Pasteur » : « Et un siècle après la vaccination contre la rage, c'est encore à l'Institut Pasteur que Montagnier, Barré-Sinoussi et Chermann ont isolé et identifié le virus HIV responsable de l'un des grands fléaux de ce temps. »

31. Sous le titre « Françoise Barré-Sinoussi entre à l'Académie des sciences », Anne Jouan écrit : « La nomination tardive du prix Nobel de médecine 2008 relance la polémique sur l'"oubli" de Jean-Claude Chermann, lui aussi découvreur du virus du sida. Jean-Claude Chermann, co-découvreur du HIV (il était le patron du laboratoire de l'Institut Pasteur) avec Françoise Barré-Sinoussi (son assistante stagiaire) et Luc Montagnier (qui dirigeait administrativement le labo), avait été le grand oublié de l'académie suédoise. [...] Le président de la République, qui entend bien "réparer" cette injustice, remettra personnellement la Légion d'honneur au chercheur. Mais l'Académie se défend de ne pas avoir élu Jean-Claude Chermann. "Luc Montagnier était connu dès 1983, Françoise Barré-Sinoussi non, confie Jean Salençon. Quant à Jean-Claude Chermann, personne n'en avait jamais entendu parler à cette époque." Et d'ajouter : "Il n'a pas non plus eu le Nobel... Je ne connais pas ses travaux, à part ce qui a été médiatisé." » (*Le Figaro*, 26 février 2009.)

32. La Conférence internationale sur le sida du Vatican s'est tenue du 13 au 15 novembre 1989. Dans son numéro du 27 novembre 1989, le magazine *Time* en donne un compte-rendu sous le titre « Le chahut du sida au Vatican », racontant comment la conférence a été perturbée par un prêtre tenant une pancarte « Le Vatican a le sida », des réunions dissidentes, des attaques et contre-attaques. Le pape Jean-Paul II a mis en garde contre les méthodes « moralement illicites de prévention contre le sida » – une allusion au préservatif. Des chercheurs (dont Jean-Claude Chermann) et des médecins ont défendu l'usage du préservatif, d'autres ont accusé l'Église d'homophobie. Le père Rocco Buttiglione, de l'Académie internationale du Liechtenstein, a parlé de « punition divine », ajoutant que ce n'était pas uniquement les déviations sexuelles, mais « toutes les formes modernes de péché » qui étaient punies.

33. En 1976, pour honorer la mémoire et les valeurs humanitaires du roi Fayçal d'Arabie saoudite, ses huit fils ont créé la Fondation Roi Fayçal. Les Prix internationaux King Fayçal honorent des personnalités qui se sont distinguées en science, médecine, littérature arabe, études islamiques et service pour l'Islam. Le Prix international Roi Fayçal de médecine a été créé pour honorer un travail original, qui bénéficie à l'humanité, et qui fait avancer la connaissance scientifique. Extrait du communiqué de presse du Prix international du Roi Fayçal de médecine 1993 : « Le Prix International Roi Fayçal de médecine a été discerné pour la recherche sur le sida. Une équipe de chercheurs a apporté une contribution exceptionnelle à la connaissance de ce problème fondamental de santé publique. Le prix est octroyé conjointement à : Pr Luc Montagnier, Dr Jean-Claude Chermann et Dr Françoise Barré-Sinoussi. »

12
Parfum de scandale

34. « *Did a Drug Company "Buy" One of This Year's Nobel Prizes? Rumors swirl, but a Swedish prosecutor will only confirm a "preliminary investigation" into allegations that pharma giant AstraZeneca fixed the Nobels for financial gain.* » (« Les rumeurs fusent, mais un procureur suédois a seulement confirmé une "enquête préliminaire" concernant les allégations selon lesquelles le géant pharmaceutique AstraZenica a fait pression sur le comité Nobel avec l'appât du gain. »), Brendan Borrell, *Scientific American*, 17 décembre 2008.

35. Jean-Michel Bader, *Le Figaro*, 19 décembre 2008, p. 1 et p. 12.

36. Extrait de l'article : « Sarkozy attaque le prix Nobel : Le 6 octobre, le prix Nobel a été décerné à deux chercheurs français. Mais ceci a entraîné de grandes controverses en France, où même le président Sarkozy est intervenu du fait qu'un troisième chercheur français ne se trouvait pas parmi les lauréats. » Sous la photo de Chermann, on peut lire la légende suivante : « Le chercheur Jean-Claude Chermann, à gauche, a rencontré récemment le président Nicolas Sarkozy au palais de l'Élysée à Paris. Le soutien ouvert de Sarkozy à Chermann a suscité l'émoi en France. » (Björn Erik Rosin, *Svenska Dagbladet*, Stockholm, 3 décembre 2008).

37. Pour la première fois depuis 1901, « l'erreur » du comité Nobel est dénoncée au plus haut niveau d'un État. Ainsi la

présidence de la République, dans un communiqué publié le 28 octobre 2008, écrit que l'entretien accordé par le président de la République au Pr Chermann « sera l'occasion pour le chef de l'État de témoigner de la reconnaissance de la nation envers M. Chermann qui fut l'un des co-découvreurs du virus du sida. Le président de la République sera heureux de saluer la contribution de M. Chermann à une découverte qui a valu à la France son premier prix Nobel de médecine depuis vingt-huit ans. » Le 30 juin 2009, le président Sarkozy dénonce : « Vous avez été victime d'une injustice, et moi je n'aime pas les injustices. La règle – on se demande bien pourquoi –, c'est deux personnes. Vous étiez le troisième, mais s'il y a trois génies, on doit reconnaître les trois génies et pas simplement deux. Ce n'est pas une affaire de comptable. Ça ne se compte pas au poids. C'est une affaire de justice. » Le Premier ministre François Fillon, à l'occasion des cent vingt ans de l'Institut Pasteur, a déclaré le 14 novembre 2008 : « Je veux redire toute la fierté que nous inspire cette récompense si méritée, à laquelle je veux associer avec force Jean-Claude Chermann, qui dirigeait le laboratoire où a eu lieu la découverte du virus du sida, il y a maintenant vingt-cinq ans. »

38. Le 8 octobre 2008, Bernard Le Grelle et Me Karine Higounet, du comité de soutien, ont eu une première conférence téléphonique avec le Pr Hans Jörnvall, secrétaire du comité d'attribution Nobel pour la physiologie et la médecine, afin de tenter d'obtenir réparation par l'attribution exceptionnelle d'un quatrième prix dans une même discipline. Devant l'importance de la question soulevée, une deuxième conférence est organisée avec le président de l'assemblée Nobel de médecine, Bertil Fredholm. Ce dernier (qui fut consultant rémunéré par AstraZeneca au cours de l'année 2006) leur a répondu que changer les statuts était possible mais prendrait un ou deux ans, et que cela lui semblait peu souhaitable. Il a également indiqué qu'il y avait eu au départ quatre nominés : Montagnier, Barré-Sinoussi, Chermann et Rozenbaum. Rozenbaum, étant un clinicien, a été écarté. Montagnier, représentant l'Institut Pasteur, était incontournable. Il restait donc à choisir entre Françoise Barré-Sinoussi et Jean-Claude Chermann. Ils étaient au courant des recherches du Pr Chermann, qui pourraient, à l'avenir, lui valoir un prix Nobel pour lui seul…

13
Sur la piste d'un vaccin

39. L.O. Arthur, J.W. Bess Jr, R.C. Sowder 2nd, R.E. Benveniste, D.L. Mann, J.-C. Chermann et L.E. Henderson, « Cellular proteins bound to immunodeficiency viruses: implications for pathogenesis and vaccines », *Science*, 18 décembre 1992, vol. 258, n° 5090, p. 1935-1938. P. Corbeau, C. Devaux, F. Kourilsky et J.-C. Chermann, « An early postinfection signal mediated by monoclonal anti-beta 2 microglobulin antibody is responsible for delayed production of human immunodeficiency virus type 1 in peripheral blood mononuclear cells », *Journal of Virology*, 1990 64: 1459-1464. « Rationale for a vaccine using cellular-derived epitope presented by VIH isolates », P. Galéa, C. Le Contel, C. Coutton et J.-C. Chermann, *Vaccine*, vol. 17, n° 13-14, janvier 1999, p. 1700-1705. C. Haslin et J.-C. Chermann, « Anti-R7V antibodies as therapeutics for VIH-infected patients in failure of HAART », *Current Opinion in Biotechnology*, vol. 13, n° 6, 1, décembre 2002, p. 621-624. C. Haslin, M. Lévêque, A. Ozil, P. Cérutti, T. Chardès, J.-C. Chermann, M. Duonor-Cérutti, « *A recombinant human monoclonal anti-R7V antibody as a potential therapy for HIV infected patients in failure of HAART* », *Human Antibodies*, vol. 16, n° 3-4, 2007. P. Galea, C. Le Contel, J.-C. Chermann, « Identification of a biological marker of resistance to AIDS progression », *Cell. Pharmacol. Aids Science*, 1996, 3, p. 311-316. C. Le Contel, P. Galea, F. Silvy, I. Hirsch, J.-C. Chermann, « Identification of the beta 2 m derived epitope responsible for neutralization of HIV », *Cell. Pharmacol. Aids Science*, 1996, 3, p. 68-73.

40. Unitaid est une facilité internationale d'achats de médicaments, chargée de centraliser les achats de traitements médicamenteux afin d'obtenir les meilleurs prix possibles, en particulier à destination des pays en voie de développement. Unitaid est financée par une taxe de solidarité sur les billets d'avion, adoptée par certains pays. Cet impôt a été proposé au départ par les présidents français, Jacques Chirac, et brésilien, Luiz Inacio Lula da Silva. Le 14 juillet 2005, Lula étant l'invité de Jacques Chirac à l'occasion de la fête nationale, Philippe Douste-Blazy leur soumet l'idée de Bill Clinton d'utiliser les fonds pour créer une centrale d'achats de médicaments. Unitaid est ensuite créée en septembre 2006, lors de l'assemblée générale de l'ONU. L'opération est destinée à lutter principalement contre les pandémies (sida, paludisme, tuberculose) à l'origine de 6 millions de morts par an dans le monde. Les premiers

résultats d'Unitaid sont très encourageants : elle a notamment réussi à faire baisser de 40 % le prix des traitements contre le VIH pour les enfants, et de 25 % (pour les pays à faible revenu) à 50 % (pays à revenu intermédiaire) le prix des traitements de seconde intention. Son budget pour 2007 dépassait 300 millions de dollars US, et les fonds d'Unitaid sont dépensés à 85 % dans des pays à faible revenu. Le 3 mars 2007, Philippe Douste-Blazy est nommé président d'Unitaid, et le 8 mai 2007, la Fondation Clinton, en partenariat avec Unitaid, obtient une baisse du prix des traitements contre le sida de 25 à 50 % dans 66 pays (source : Wikipédia).

41. L'hospitalisation du plus ancien malade danois, une femme chirurgien infectée au Zaïre, et celle du premier patient belge, une secrétaire zaïroise d'une compagnie aérienne, date de 1976. Les plus anciens cas connus, tous diagnostiqués rétrospectivement, sont donc européens. (I.C. Bygberg, *Aids in a Danish surgeon*, Zaïre, 1976 ; *Lancet*, 925, 23 avril 1983 ; Bernard Seytre, *op. cit.*).

42. P. Galéa, J.-C. Chermann, « VIH as a cause of AIDS and associated diseases », *Genetica*, 1998, 104 : 133-142.

43. Les Dr Huber et Knopf sont venus renforcer l'équipe avec Camille Haslin. Le Dr Gabriela Huber, docteur ès sciences, était chef des sciences des procédés biologiques chez Novartis où elle supervisait un des programmes d'anticorps les plus importants de l'industrie pharmaceutique. Le Dr Hans-Peter Knopf, docteur ès sciences, était chef des projets techniques chez Novartis pour les lignées cellulaires, responsable de la veille concurrentielle, des évaluations des opportunités externes, de l'analyse des nouvelles technologies et des plates-formes technologiques. Il a conduit pendant cinq ans le développement de la lignée cellulaire propriétaire et des vecteurs d'expression de Novartis, classés parmi les meilleurs dans l'industrie.

44. Selon cinq études agréées par la FDA chez 837 patients américains, 22 à 36 % des patients infectés par le HIV possèdent des anticorps anti-R7V, et ce quel que soit le groupe ethnique, à l'exception de l'ethnie noire où les anticorps anti-R7V sont retrouvés chez 50 % des patients infectés. Ce constat explique les données épidémiologiques faisant état d'un plus faible taux de décès liés au HIV par million de personnes infectées dans cette ethnie. (C. Haslin et J.-C. Chermann, « Neutralizing anti-R7V Antibodies in United States Human Immunodeficiency Virus type 1 infected patients : their role in disease non-progression », congrès dusida, Durban, 2007.)

45. Le 2 mai 1991, l'ANRS octroie 700 000 F (106 707 €) de soutien global sur vingt-quatre mois, plus deux bourses de 500 000 F.

En 1993, cette subvention est portée à 1,2 million de francs (183 000 €). En 1994, Jean-Claude Chermann reçoit 1,3 million de francs pour d'autres programmes qui sont parallèles au programme vaccin (Bêta 2 épitope).

46. *Contracept. Fertil. Sex.* 1997 ; 25 :725-729 et *Contracept. Fertil. Sex.* 1997 ; 389-391.

14
Rencontre du troisième type...

47. 27 octobre 1992. Intervention à l'Assemblée nationale de Jean-Claude Chermann, député de la 6e circonscription des Bouches-du-Rhône, en première séance : « Je demande à cette tribune et devant les responsables de la nation, la création d'une force d'attaque pour la réalisation d'un vaccin. J'affirme que, malgré les difficultés, le vaccin est possible, qu'il ne s'agit que d'un problème de moyens financiers et de personnel. Je dis bien : il ne s'agit que d'un problème de moyens. Les travaux en cours le confirment : les bases du vaccin sont posées et il est inoffensif. [...] Pourquoi une force d'attaque exceptionnelle ? C'est en France que nous avons, les premiers, isolé les virus, et notre avance est encore incontestable. [...] L'Agence nationale de recherche sur le sida n'a pas rempli son rôle : elle a saupoudré au lieu de concentrer ses efforts sur le traitement et le vaccin. Elle a saupoudré au lieu de donner assez de moyens à ceux qui ont fait leurs preuves par leurs découvertes et par leurs publications [...] J'espère avoir été écouté, entendu, compris. J'espère que mon intervention sera suivie d'effets et qu'on ne pourra plus dire "Je ne savais pas". »

27 octobre 1992 (deuxième séance). Réponse de Bernard Kouchner, ministre de la Santé : « Je pourrais botter en touche puisque ce point relève du ministre de la Recherche, mais je dois dire que la suggestion de M. Chermann de créer une force de frappe m'intéresse. [...] Nous ferons tout pour coordonner l'effort public et privé en vue de constituer cette force de frappe. »

11 novembre 1992. Réponse de Pierre Bérégovoy, Premier ministre, à Jean-Claude Chermann : « J'ai immédiatement demandé que l'on tienne compte de vos information et suggestions. J'aimerais pouvoir contribuer à développer le traitement prometteur que vous avez commencé. »

25 novembre 1992. Lettre de Jean-Claude Chermann à Pierre Bérégovoy : Chermann le tient informé de la suite de ses travaux et

rappelle son intervention à l'Assemblée sur la nécessité d'une force de frappe pour accélérer la recherche sur le vaccin. Il écrit que face à la variabilité du virus, il faut le faire dans les deux ans, sinon ce ne sera plus possible. Il rappelle qu'il ne s'agit que d'un problème financier et de personnel. Il écrit aussi que Kouchner semblait vouloir prendre le pari, mais qu'à la suite d'une question orale d'un député, il a répondu que 40 millions de francs étaient donnés à l'ANRS pour le programme vaccin et que Chermann en bénéficierait. En fait, Chermann écrit à Bérégovoy qu'il n'a reçu que 700 000 F de l'ANRS en 1992, subvention portée à 1 200 000 pour 1993. Il explique que le vaccin est possible, mais que deux problèmes subsistent : la variabilité des souches et une protection des muqueuses à assurer. Il conclut : « Je suis surpris de constater qu'aucune instance scientifique ne m'a demandé de combien nous avions besoin (5 millions de francs, plus l'aide d'un industriel) et surtout qu'après l'annonce que j'avais faite, aucune instance ne m'ait demandé comment j'allais m'y prendre. »

48. Le Dr Anthony S. Fauci est depuis 1984 directeur du NIAID (National Institute of Allergy and Infectious Diseases) où il supervise un portefeuille de recherche fondamentale et appliquée afin de prévenir, diagnostiquer et traiter les maladies infectieuses comme le sida et autres infections sexuellement transmissibles. Le budget du NIAID pour l'exercice 2009 est d'environ 4,7 milliards de dollars. Le Dr Fauci est l'un des principaux conseillers à la Maison-Blanche et au département de la Santé sur la question du sida. Il a apporté une contribution fondamentale à la compréhension de la façon dont le virus du sida détruit les défenses de l'organisme, conduisant aux infections mortelles. En outre, il a contribué à l'élaboration de stratégies très efficaces pour le traitement des patients atteints du sida. Le Dr Fauci compte parmi les dix scientifiques au monde les plus cités pour le HIV sur la période 1996-2006.

15

Où va la recherche ?

49. En 1876, Louis Pasteur fut lui aussi candidat à des élections : il s'agissait des sénatoriales. Mais son programme, basé sur la défense de l'enseignement supérieur et de la recherche, n'avait pas satisfait les électeurs et il avait été battu. La légende court que sa manie de ne pas serrer les mains de peur d'attraper des infections lui aurait peut-être aussi coûté son élection. Six ans plus tôt, pourtant,

Napoléon III l'avait nommé sénateur à vie pour services rendus à la nation, mais la défaite de 1870 et la chute de l'empereur avaient empêché la validation du décret impérial. En 1885, enfin, Pasteur refusa de poser sa candidature aux élections législatives alors que les paysans de la Beauce, dont il avait sauvé les troupeaux grâce au vaccin contre le charbon, l'auraient sans doute porté à la Chambre.

50. Le 1er mars 1994, Montagnier écrit à Chermann. Il demande que 50 % des fonds recueillis soient affectés à la recherche pour financer des programmes, des bourses et un projet de construction. Ainsi, une moitié des fonds sera utilisée pour la création d'un centre pilote de recherche sur le sida sous l'égide de la fondation qu'il préside. L'autre moitié sera affectée au financement de programmes de recherche et de bourses, soumis par les laboratoires à un comité scientifique *ad hoc*, sous l'égide de la fondation pour la recherche médicale à laquelle Chermann a bien voulu accepter de participer. Le 2 mars 1994, Chermann répond à Montagnier. Constatant qu'il n'est pas tenu compte de ses demandes (rajouter Griscelli et Zagury sur la liste des bénéficiaires), il refuse de faire partie du comité. Il dit ne pas s'opposer à ce que Montagnier reçoive 25 % de la collecte générale, mais il aurait aimé connaître le montant des sommes que draine aujourd'hui la fondation mondiale présidée par Montagnier, la nature des programmes et les résultats. Chermann demande 15 % des 50 % de la collecte réservée aux chercheurs. Il conclut : « Je ne voudrais pas qu'il y ait le moindre doute sur ma volonté de collaboration totale liée à un souci de parfaite transparence... »

Annexes

CHRONOLOGIE*

FRANCE-EUROPE-AFRIQUE	ÉTATS-UNIS et RESTE DU MONDE
Jean-Claude Chermann (1939-1976)	Robert Gallo (1937-1981)
Premiers cas de sida (1959-1980)	Premiers cas de sida (1976-1981)
La découverte (1981-1983)	La découverte (1983)
Après la découverte et l'affaire Gallo/Chermann-Montagnier (1983-1995)	Après la découverte et l'affaire Gallo/Chermann-Montagnier (1983-1995)
Sur la piste d'un vaccin (1989-2007)	Sur la piste d'un vaccin (1990-2007)
L'affaire Nobel (2008-2009)	L'affaire Nobel (2008-2009)

(Sources : Bernard SEYTRE, *Sida, les secrets d'une polémique, Recherche, intérêts financiers et médias*, PUF, 1993. Maxime SCHWARTZ et Jean CASTEX, *La découverte du virus du SIDA. La vérité sur « l'affaire Gallo/ Montagnier » d'après un texte de Raymond Dedonder*, Odile Jacob, 2009. Randy SHILTS, *And the band played on*, Penguin Books, 1987. Robert GALLO, *Chasseur de virus. Cancer, sida et rétrovirus humains*, Robert Laffont, 1991. Alain VALENTINI, « Controverses autour d'un scientifique atypique », *Le Monde diplomatique*, mars 1998.)

---

* Chronologie établie par Bernard Le Grelle, président du comité de soutien à Jean-Claude Chermann.

FRANCE-EUROPE-AFRIQUE

Jean-Claude Chermann (1939-1976) :

23 mars 1939 : naissance à Paris.
1963 : entre à l'Institut Pasteur de Garches comme stagiaire.
1965-1970 : attaché, puis chargé de recherche à l'INSERM détaché à Pasteur.
1967 : soutient sa thèse de docteur ès sciences avec le Pr Raynaud.
1967 : rencontre pour la première fois Robert Gallo.
1970 : effectue un stage en rétrovirologie au National Cancer Institute de Bethesda (Maryland, États-Unis) chez le Pr Peter Fischinger.
1971 : recrute Françoise Sinoussi comme stagiaire à Garches.
1972 : découvre le HPA23, premier agent antirétroviral au monde.
1974 : fermeture de l'Institut Pasteur de Garches, rejoint l'Institut Pasteur de Paris.
1974 : envoie Françoise Sinoussi parfaire sa formation durant deux ans à Bethesda chez Robert Bassine, puis deux mois chez Gallo.
1976 : chef de laboratoire, puis chef de service (1977) à l'Institut Pasteur.

Premiers cas de sida (1959-1980) :

1959 : premier cas d'un marin anglais homosexuel décédé à Manchester. Des traces d'ADN proviral ont été mises en évidence dans ses cellules.
1976 : prélèvement sanguin effectué au Zaïre contenant le premier isolat du virus, retrouvé des années plus tard dans un congélateur du CDC.
12 décembre 1977 : Margrethe Rask, chirurgien danoise infectée au Zaïre, décède au Danemark d'une maladie rare, une *pneumocystis carinii.*
Mars 1978 : un violoniste homosexuel allemand est diagnostiqué avec un sarcome de Kaposi à Cologne, il décédera en janvier 1979.
1978 : premier cas en France, un chauffeur de taxi portugais de retour d'Angola est diagnostiqué avec une *pneumocystis carinii* par Willy Rozenbaum et Jacques Leibovitch.

ÉTATS-UNIS et RESTE DU MONDE

Robert Gallo (1937-1981) :

23 mars 1937 : naissance à Waterbury (Connecticut, États-Unis).
1947 : perd son unique petite sœur et décide de devenir médecin et de consacrer sa vie à la recherche.
1965 : rejoint les NIH (National Institutes of Health) à Bethesda.
1971 : l'administration Nixon adopte le National Cancer Act, la recherche sur le cancer devient une priorité nationale au sein du *Special Virus Cancer Program*. Gallo devient chef de son laboratoire au sein du NCI (National Cancer Institute).
1975 : découvre avec Gallagher un nouveau virus, qui se révèle être une contamination de laboratoire.
1976 : découvre l'Interleukine-II (substance naturelle qui maintient les cultures de cellules-T en vie).
1981 : publie la découverte du HTLV, le premier rétrovirus humain, dans *Science*.

Premiers cas de sida (1976-1981) :

Juillet 1980 : un homosexuel d'Haïti ravagé par la maladie est soigné par Donna Mildvan.
Septembre 1980 : Michael Gottlieb, professeur assistant à l'UCLA (Los Angeles) diagnostique le premier cas de *pneumocystis carinii* chez un homosexuel.
Janvier 1981 : Donna Mildvan est l'un des premiers médecins aux États-Unis à être convaincue qu'une nouvelle épidémie a commencé.
5 juin 1981 : le MMWR (Morbidity and Mortality Report) du CDC (Centers for Disease Control) d'Atlanta publie la première description détaillée des cas californiens de Joel Weisman et Michael Gottlieb.

La découverte (1983) :

14 avril 1983 : Gallo devient directeur scientifique d'une *task force* consacrée au sida.

La découverte (1981-1983) :

Juin 1981 : Willy Rozenbaum, chef de clinique assistant au service des maladies infectieuses à l'hôpital Claude-Bernard à Paris, prend connaissance du bulletin d'alerte du CDC (MMWR) daté du 5 juin ; quelques heures plus tard, il reçoit un steward homosexuel avec des symptômes qui se révéleront être ceux du sida. Le tableau clinique ressemblait à celui décrit par le bulletin d'alerte du CDC.

Février 1982 : Rozenbaum réunit un petit noyau d'amis au ministère de la Santé. L'équipe décide de se réunir toutes les deux semaines (Jacques Leibowitch, Odile Picard, Charles Mayaud, Claude Weisselberg, David Klatzman, Jean-Claude Gluckman).

Novembre 1982 : Rozenbaum rencontre Françoise Brun qui l'informe que Chermann travaille sur les rétrovirus. Chermann est contacté et rencontre les membres du groupe SIDA à la Pitié-Salpêtrière ; il les convainc de chercher le virus chez une personne à risque et pas encore malade.

3 janvier 1983 : biopsie d'un ganglion du patient dit « BRU » par Willy Rozenbaum. Françoise Brun-Vézinet l'apporte à Pasteur. Chermann réunit son équipe et prépare la « salle BRU ».

21 janvier 1983 : Françoise Barré-Sinoussi et Jean-Claude Chermann détectent une activité de reverse transcriptase.

2 février 1983 : Chermann, en présence de Montagnier, informe Gallo et lui demande des réactifs.

4 février 1983 : Chermann identifie le premier « bourgeon » avec Charles Dauguet, microscopiste électronique.

Mars 1983 : le virus est désigné par le sigle LAV (Lymphadenopathy Associated Virus).

25 juin 1983 : Chermann prend la parole au Congrès de Naples.

13 juillet 1983 : Chermann donne à Christine Rouzioux et Françoise Brun-Vézinet la première préparation virale pour la mise au point de la sérologie LAV.

26 juillet 1983 : sur l'initiative de Chermann, et avec accord du comité d'éthique de Necker, on administre le HPA23 à un jeune hémophile de treize ans.

31 août 1983 : premiers résultats des tests de dépistage.

5 décembre 1983 : l'Institut Pasteur dépose une demande de brevet aux États-Unis.

19 avril 1983 : Gallo reçoit de Chermann un échantillon d'ADN des cellules infectées en vue d'une comparaison avec l'ADN du HTLV1.

20 mai 1983 : parution de l'article fondateur dans *Science*.

17 juillet 1983 : Chermann renvoie à Gallo des échantillons de cellules contenant le virus LAV ainsi que l'ADN de cellules infectées.

Août 1983 : Gallo ne trouve pas le virus dans les envois de Chermann et veut se rétracter dans *Science*. Chermann va rencontrer Gallo à Bethesda.

21 septembre 1983 : du virus LAV est envoyé par le laboratoire de Chermann à celui de Gallo.

Automne 1983 : Gallo se rend compte que le virus du sida est plus différent des HTLV qu'il ne l'avait cru au départ.

Après la découverte et l'affaire Gallo/Chermann-Montagnier (1983-1995) :

14-15 septembre 1983 : congrès de Cold Spring Harbor, premier affrontement public Gallo-Montagnier.

7 février 1984 : colloque de Park City. Chermann précise les caractéristiques du LAV, montre qu'il diffère des HTLV de Gallo et donne les premiers résultats des tests de dépistage. Donna Mildvan lui dit : « *You have de virus.* »

15 février 1984 : Chermann se rend au CDC. Une centaine de sérums codés lui sont remis.

6 mars 1984 : Don Francis, du CDC, commence les expériences avec le LAV chez deux chimpanzés.

19 mars 1984 : Don Francis et Chermann élaborent un plan de collaboration détaillé.

23 avril 1984 : conférence de presse de Margaret Heckler, ministre de la Santé de l'administration Reagan. Annonce de la découverte par Gallo du virus du sida.

4 mai 1984 : les résultats de Gallo sont publiés dans quatre articles de *Science*. La photo du LAV est publiée pour celle du HTLV3.

Juin 1984 : le brevet « Gallo » est donné à cinq sociétés américaines dont Abbott.

Juillet 1984 : le brevet « Montagnier-Chermann » est donné à Genetics Systems.

1984 : Elizabeth Taylor organise, avec la participation de Line Renaud, le premier gala pour le sida (AIDS Project, Los Angeles).

8 février 1985 : Chermann présente le HPA23 lors d'une conférence à New York.

Après la découverte et l'affaire Gallo/Chermann-Montagnier (1983-1995) :

Octobre 1983 : congrès de l'INSERM à Seillac. Chermann essaie de convaincre Gallo que le LAV est la cause du sida.

6 avril 1984 : réunion à l'Institut Pasteur de Paris avec Don Francis, Gallo, Chermann et Montagnier. Incident Gallo-Francis.

20-22 novembre 1984 : Montagnier et Chermann organisent à Paris pour la Communauté européenne les *European Community Workshop on Viral etiology of AIDS.*

12-25 août 1985 : Bill Kraus lance depuis Paris un appel au gouvernement américain pour autoriser le HPA23 aux États-Unis.

28 septembre 1985 : Chermann publie avec Barré-Sinoussi et d'autres chercheurs un article dans *Lancet* sur le chauffage du sang.

Automne 1985 : Line Renaud fonde avec un groupe d'artistes et Jean-Claude Chermann l'AACS (l'Association des artistes contre le sida).

5 décembre 1985 : l'Institut Pasteur décide de déposer une plainte contre les États-Unis.

24 août 1986 : 14e Congrès mondial sur le cancer à Budapest, Chermann décrit la découverte de séquences d'ADN du HIV chez de nombreux insectes africains. Bien que cette découverte établisse que l'insecte peut ingérer un virus et non qu'il le transmette, elle crée une polémique dans la presse. Chermann s'en expliquera sur TF1 dans l'émission *7 sur 7* d'Anne Sinclair du 29 septembre 1988.

19 mars 1987 : l'Institut Pasteur accepte les grandes lignes d'un accord.

Début décembre 1987 : Jean-Claude Chermann refuse de contresigner l'accord définitif dans le bureau de Dedonder, colère de Montagnier. Chermann reçoit l'ordre écrit de signer.

4 décembre 1987 : signature officielle de l'accord par Donald Newman, vice-ministre de la Santé des États-Unis, et Raymond Dedonder, en présence de Michèle Barzach, ministre de la Santé, de l'ambassadeur des États-Unis à Paris, de François Jacob, de Robert Gallo et de Luc Montagnier.

Janvier 1988 : Chermann quitte l'Institut Pasteur et devient directeur de recherche à l'INSERM à Marseille.

Sur la piste d'un vaccin (1989-2007) :

1989 : Chermann, prend la direction de l'Unité de recherche sur les rétrovirus et maladies associées (INSERM U322).

2 octobre 1985 : décès de Rock Hudson à Beverley Hills. Il avait fait partie des patients traités avec du HPA23.

1985 : touchée par la maladie de son ami Rock Hudson, Elizabeth Taylor fonde avec Michael Gottlieb et Mathilde Krim, l'AMFAR (American Foundation for AIDS Research).

18 avril 1986 : Gallo et Popovic reconnaissent que la photo du virus appelé HTLV3 est en fait une photo du LAV.

Mai 1986 : un comité international de virologues se prononce pour appeler le virus du sida HIV (Human Immunodeficiency Virus), un nom « neutre ».

30 mars 1987 : Otis Bowen (ministre de la Santé), James Wyngaarden (directeur des NIH), François Jacob (président du conseil d'administration de l'Institut Pasteur) et Raymond Dedonder signent l'accord préliminaire.

31 mars 1987 : Ronald Reagan et Jacques Chirac, Premier ministre de la cohabitation, paraphent solennellement cet accord à la Maison-Blanche au nom des NIH et de Pasteur.

1987 : Randy Shilts, du *San Francisco Chronicle*, publie son bestseller *And the band played on.*

19 novembre 1989 : John Crewdson, journaliste au *Chicago Tribune*, publie un long article d'investigation sur le laboratoire de Gallo. Le HTLV3 et le LAV proviennent du même patient.

5 décembre 1989 : John Dingell, président de la commission « Énergie et Commerce » à la Chambre des Représentants, demande au directeur des NIH d'enquêter sur le laboratoire de Gallo. Le Bureau de l'intégrité scientifique (OSI) est chargé de l'enquête

6 octobre 1990 : audition de Jean-Claude Chermann devant les membres de l'OSI à Bethesda.

1991 : en pleine controverse, Gallo publie *Virus Hunting*. L'édition française paraît en septembre 1991, préfacé par Jean-Claude Chermann.

Janvier 1992 : l'OSI boucle son rapport final. Popovic est reconnu coupable de mauvaise conduite scientifique mais pas Gallo.

Fin décembre 1992 : l'ORI (Office of Research Intergrity) nouvellement créé rend public son rapport et reconnaît Popovic et Gallo coupables de mauvaise conduite scientifique.

1993 : sortie du film *And the band played on.*

3 novembre 1993 : le bureau d'appel du ministère de la Santé exonère Popovic. L'ORI renonce à poursuivre l'examen du cas de Gallo.

1993 : Chermann reçoit avec Françoise Barré-Sinoussi et Luc Montagnier le *Prix International Roi Fayçal de médecine.*

Mars 1994 : premier Sidaction, Montagnier et Chermann parmi les fondateurs. L'AACS a choisi d'offrir ses fonds à Sidaction.

Novembre 1994 : Jean-Claude Chermann et Don Francis sont les invités de Philippe Gildas sur Canal+ pour la sortie du film *Les Soldats de l'espérance* (*And the band played on*) en France.

26 novembre 1988 : l'élection de Guy Teissier est annulée par le Conseil constitutionnel. Bernard Tapie prend contact les jours suivants avec Jean-Claude Chermann.

29 janvier 1989 : élection partielle dans la 6e circonscription des Bouches-du-Rhône. Bernard Tapie est élu avec Jean-Claude Chermann comme suppléant.

13-15 novembre 1989 : Conférence internationale du Vatican sur le sida. Chermann est parti avant l'audience avec le pape en raison de la position de l'Église sur le préservatif.

2-3 mai 1992 : Bernard Tapie entre comme ministre de la Ville dans le gouvernement de Pierre Bérégovoy, Jean-Claude Chermann devient député de la 6e circonscription des Bouches-du-Rhône.

27 octobre 1992 : intervention de Jean-Claude Chermann à l'Assemblée nationale sur le vaccin.

1996 : Chermann et l'INSERM déposent un brevet pour le R7V.

Mai 2001 : création d'URRMA R&D, filiale française d'URRMA Biopharma.

Août 2004 : URRMA devient une société française indépendante sous la direction de Jean-Claude Chermann.

Juillet 2005-mai 2007 : URRMA est restructurée avec de nouveaux investisseurs sous l'égide d'André Lamotte.

L'affaire Nobel (2008-2009) :

19-21 mai 2008 : célébration de la découverte du virus à l'Institut Pasteur.

6 octobre 2008 : annonce à Stockholm des lauréats du prix Nobel de médecine 2008.

6-7 octobre 2008 : Bernard Le Grelle crée avec Olivier Chermann et quelques amis un comité de soutien.

8 octobre 2008 : déclaration de Françoise Barré-Sinoussi au journal télévisé de France 3.

8-9 octobre 2008 : conférence téléphonique avec le Pr Hans Jîrnvall, secrétaire du Comité d'attribution Nobel et le président de l'assemblée Nobel de Médecine, Bertil Fredholm.

Décembre 1993 : *Time* publie un article dans lequel Gallo se considère complètement blanchi de toutes les allégations contre lui.
1995 : Gallo quitte le NCI, pour devenir le directeur d'un nouvel institut (Institute of Human Virology) à l'université du Maryland.

Sur la piste d'un vaccin (1990-2007) :

1999 : création à Montréal d'URRMA Biopharma.
2007 : présentation par Chermann du R7V à Anthony Fauci du NIAID en présence de Paul Rogers, le « Monsieur Santé » du Congrès américain.

L'affaire Nobel (2008-2009) :

3-8 août 2008 : 17e Conférence mondiale sur le sida à Mexico. Jean-François Delfraissy, directeur de l'ANRS, explique comment il explore le terrain à Stockholm pour le prochain Nobel de médecine. « On en parle de plus en plus. Ici à Mexico, tous les grands noms de la recherche sida ont appuyé le nom de Françoise » (Éric Favereau, *Libération*).
Octobre 2008 : Ariel Fenster, professeur de chimie à l'université de Mc Gill (Montréal) et fondateur de l'OSS (Office of Science and Society), prend publiquement position pour Jean-Claude Chermann.
17 décembre 2008 : *Scientific American* titre : « Une compagnie pharmaceutique a-t-elle acheté le prix Nobel cette année ? »
19 décembre 2008 : *Science*, qui avait déploré que Gallo soit oublié, déplore aussi l'oubli de Chermann et cite le célèbre virologue Jaap Goudsmit qui ne comprend pas que Barré-Sinoussi soit honorée et pas Chermann.
9-11 mai 2009 : Chermann est invité par Gallo pour parler à l'ouverture du Symposium organisé par la faculté de médecine de l'université du Maryland et le National Cancer Institute à Baltimore pour commémorer avec faste le 25e anniversaire de la publication du 4 mai 1984 dans la revue *Science*.

28 octobre : communiqué de presse de l'Élysée : Le chef de l'État témoigne de la reconnaissance de la nation envers M. Chermann qui fut l'un des co-découvreurs du virus du sida.

29 octobre : le président Sarkozy reçoit Jean-Claude Chermann (avec B. Le Grelle, président du comité de soutien, et M. Rodanne, conseiller technique santé à l'Élysée).

14 novembre 2008 : le Premier ministre François Fillon prend position pour Jean-Claude Chermann.

22 novembre 2008 : le Pr Peter Biberfeld de l'Institut Karolinska à Stockholm (d'où est issue l'assemblée Nobel de médecine) et spécialiste du sida déclare ne pas avoir été consulté lors de l'attribution de ce prix.

3 décembre 2008 : Le *Svenska Dagbladet* de Stockholm titre : « Sarkozy attaque le prix Nobel ». Quelques jours plus tard, Nicolas Sarkozy confirme ses critiques à la télévision française.

10 décembre 2008 : à Stockholm, remise du prix Nobel à Luc Montagnier et Françoise Barré-Sinoussi ; à Paris, Jean-Claude Chermann donne plusieurs interviews aux radios et télévisions et participe à un déjeuner avec la presse internationale.

19 décembre 2008 : *Le Figaro* et *Le Monde* publient en première page l'information sur les soupçons de fraude sur le prix Nobel de médecine et sur l'enquête de la justice suédoise.

30 juin 2009 : Nicolas Sarkozy, président de la République remet les insignes d'officier de la Légion d'honneur à Jean-Claude Chermann et déclare à cette occasion que le comité Nobel a commis une injustice.

BILL KRAUS

Bill Kraus (1947-1986), célèbre activiste gay de San Francisco (un des héros du film *Les Soldats de l'espérance*), fut d'abord l'assistant de Philipp Burton, membre du Congrès américain, puis conseiller auprès de sa veuve, Mme Sala Burton, assurant le lien entre le Congrès et la communauté gay. Il est venu se faire traiter avec le HPA23 à Paris. Dans un éditorial d'une page du *New York Native* du 12 août 1985, il lançait un appel au gouvernement américain. Extraits :

UN APPEL

Je suis un heureux élu. Comme un grand nombre d'autres Américains, je vis en exil médical à Paris. J'ai le sida. [...] Je reste ici et nous resterons tous ici, parce que nous avons ici quelque chose de très rare et de très difficile à trouver pour des gens affectés par le sida, nous avons de l'espoir. Et l'espoir s'appelle HPA23. [...] Le HPA23 est un médicament expérimental, et scientifiquement « le jury » n'a pas encore donné son avis, mais il est évident que pour certaines personnes, particulièrement pour ceux qui sont à un stade précoce du sida, le HPA23 peut substantiellement supprimer l'activité virale qui détruit leur système immunitaire. Le HPA23 n'est pas la panacée, ce n'est pas le « médicament » contre le sida. Avec les résultats actuels, des controverses demeurent sur son efficacité réelle, la durée du traitement et les effets secondaires (une baisse des plaquettes). Bien entendu, il reste la question cruciale de savoir si la suppression du virus du sida permet de reconstruire le système des défenses immunitaires, objectif principal d'un traitement contre le sida. Quand on se renseigne sur l'avenir du HPA23 aux États-Unis, ce sont toujours ces questions-là qui sont invoquées par les médecins, les personnalités politiques ou les autorités fédérales de la santé, pour ne pas expérimenter le HPA23 dans notre pays. Les essais récents du Ribavirin et du suramin menés aux États-Unis seraient, paraît-il, prometteurs, même plus prometteurs que le HPA23. Finalement, on nous dit que la société pharmaceutique française, qui a la licence du HPA23, n'autorisera pas le médicament aux États-Unis par peur d'éventuels procès en raison des effets secondaires. [...] À l'heure où j'écris ces lignes, le HPA23 n'est pas disponible aux États-Unis et les autorités font montre de peu d'intérêt pour le rendre disponible. Pour moi, ce désintérêt apparent, et même l'hostilité de la communauté scientifique et de la bureaucratie fédérale, sont une source de grande frustration et de souffrance. [...] Je suis très au fait des thérapies disponibles aux États-Unis. Des milliers de personnes ont déjà été diagnostiquées malades du sida, et des milliers vont encore l'être prochainement. La grande majorité n'a pas accès aux rares protocoles antiviraux en cours. Ne serait-il pas raisonnable d'essayer toutes les thérapies qui ont une chance de mettre fin à ce fléau ? Face à une telle épidémie, n'est-ce pas un impératif scientifique et moral ? Des effets secondaires ? Je prends du HPA23 depuis quatre mois et cette inquiétude, bien que réelle, me laisse, dans les circonstances actuelles, perplexe. Je n'ai subi, comme tous les autres participants à ces essais cliniques, absolument aucun effet secondaire à l'exception d'une petite baisse des plaquettes, phénomène réversible à la réduction ou à l'arrêt temporaire du traitement. Pas de fièvre, pas de nausées, pas de douleurs. L'absence de ces effets secondaires pourtant tellement courants dans le traitement d'une maladie aussi grave, a été l'une des grandes surprises de ce traitement. [...] Mon expérience en politique m'a appris une leçon importante. Quand les gens au pouvoir veulent que quelque chose se fasse, ils trouvent toujours un moyen. Si les officiels américains de la santé veulent expérimenter le HPA23 dans ce pays, cela se fera. C'est aussi simple que cela. [...] Si nous pouvons faire venir le HPA23 cet été aux

États-Unis, nous saurons très vite si ce traitement fonctionne ou pas. S'il ne fonctionne pas, nous n'aurons rien perdu. [...] Si nous ne faisons pas venir le HPA23 aux États-Unis maintenant, si nous attendons six mois, un an, deux ans, pour savoir si ce qui est actuellement un succès apparent en France est réel et définitif, alors nous aurons perdu beaucoup de temps – du temps que nous n'avons pas. Comme l'a déclaré un leader de la communauté gay devant une commission sur le sida au Congrès il y a deux ans, nous comptons le temps, non en mois ou en années, mais en vies.

DONNA MILDVAN

En 1977, le Dr Donna Mildvan, chef du service des maladies infectieuses au Beth Israël Medical Center de New York, étudie la transmission sexuelle de l'amibe et autres agents pathogènes entériques chez des homosexuels. Ces maladies sont rares aux États-Unis et ces patients n'avaient pas voyagé en dehors de New York. Elle observe également un gonflement des ganglions lymphatiques chez certains d'entre eux. En juillet 1980, lorsque un homosexuel gravement malade arrive à l'hôpital, elle se rappelle ces patients. Quand il commence à perdre la vue d'un œil, un collègue suggère de mettre en culture l'humeur vitrée. « Nous avons envoyé l'échantillon au laboratoire et nous avons trouvé un cytomégalovirus », relate Donna Mildvan. En décembre, l'homme était mort. Deux semaines plus tard, Donna Mildvan se souvient : « Un infirmier de l'hôpital a été admis avec une *pneumocystis carinii*. Il est décédé dans les dix jours. C'était fulgurant. » L'autopsie a révélé que l'infirmier avait été infecté par le cytomégalovirus.

Ces cas ont conduit Donna Mildvan à deux constatations : « Premièrement, il s'agissait d'une nouvelle maladie, et deuxièmement, la lymphadénopathie que nous avions trouvée lors de notre étude de l'amibe était le stade précoce de cette maladie. »

Donna Mildvan organisa un déjeuner avec Dan William, son collaborateur de l'étude sur l'amibe. Il avait ouvert un cabinet de médecine au service de la communauté gay et reçu des jeunes hommes atteints du sarcome de Kaposi qui, comme le cytomégalovirus, ne survient que chez les patients immunodéprimés. « Nous étions assis là, incapables de manger, quand nous avons compris qu'une nouvelle épidémie venait de commencer. »

En 2000, Donna Mildvan reçut le prix des Héros en médecine de l'International Association of Physicians in AIDS Care. Une de ses publications (plus de deux cents), qui date des premières années de l'épidémie (D. Mildvan et al., « Infections opportunistes et un déficit immunitaire chez les hommes homosexuels », *Annals of Internal Medicine*, 96 :700-4, 1982), a été classée parmi les cent articles les plus cités dans le *Science Citation Index*.

(Source : Barbara Spector, « Battling AIDS on the Front Lines », *Bryn Mawr College Science and Technology Newsletter*, 2004.)

Don Francis

Célèbre épidémiologiste américain, docteur ès sciences en virologie, issu de Harvard, ce vétéran du programme d'éradication de la variole de l'Organisation mondiale de la santé est également connu pour son rôle lors de l'épidémie de fièvre hémorragique le long de la rivière Ebola, en Afrique centrale, en 1976.

Don Francis a commencé ses travaux sur le sida en 1981. Il fut l'un des premiers scientifiques à suggérer que la maladie était causée par un agent infectieux. En tant que directeur du laboratoire en charge du sida au CDC (Centers of Disease Control d'Atlanta), il a travaillé en étroite collaboration avec Jean-Claude Chermann pour prouver que le HIV était la cause du sida. Il a également été l'un des premiers scientifiques à saisir l'impact du HIV aux États-Unis et fut l'ardent défenseur d'une politique responsable de la part des autorités américaines.

En 1993, HBO a produit un film couronné d'un Emmy Award sur la crise du sida, intitulé *And the band played on* (en France, *Les soldats de l'espérance*), adaptation du best-seller du même nom publié en 1987 (Penguin Books) par le journaliste Randy Shilts du *San Francisco Chronicle*. Le personnage central du film est Don Francis (joué par Matthew Modine) qui travaille au CDC d'Atlanta, sans argent et sans laboratoire digne de ce nom. Don Francis poursuit sa théorie selon laquelle le sida est causé par un virus sexuellement transmissible. Son adversaire est Robert Gallo (interprété par Alan Alda), qui cesse son aide financière lorsqu'il apprend que Francis a partagé certaines expériences avec des chercheurs français qu'il voit principalement comme ses rivaux pour un éventuel prix Nobel : Jean-Claude Chermann (Ronald Guttman), Françoise Barré-Sinoussi (Nathalie Baye) et Luc Montagnier (Patrick Bauchau).

(Sources : Wikipedia, Literature, Arts and Medicine Database, New York University, 1993 ; Bernard Le Grelle ; HBO Home Video.)

Table

Pour l'éditeur, le principe est d'utiliser des papiers composés de fibres naturelles, renouvelables, recyclables et fabriquées à partir de bois issus de forêts qui adoptent un système d'aménagement durable.
En outre, l'éditeur attend de ses fournisseurs de papier qu'ils s'inscrivent dans une démarche de certification environnementale reconnue.

Cet ouvrage a été composé
par Facompo à Lisieux (Calvados)

Impression réalisée par
CPI BRODARD ET TAUPIN
La Flèche (Sarthe)
pour le compte des Éditions Stock
31, rue de Fleurus, 75006 Paris
en octobre 2009

Imprimé en France
Dépôt légal : octobre 2009
N° d'édition : 01 – N° d'impression : 54875
54-07-6375/7